將軍
黑碳
...
2015.12.30

回到過去變成貓

BACK TO THE PAST TO BECOME A CAT NO.3

陳詞懶調 × PieroRabu

社區寵物

花生糖

李元霸的兒子，在小郭的寵物中心長大。黃白花色，嘴邊上有顆「痣」，體型比一般同齡貓要大。牠性情偏凶悍，到處挑場子、打架，但在黑碳面前很老實。

爵爺

大貓，帶虎紋和斑點紋，毛稍長而厚，毛色是暗金色。牠個性凶殘，由於是實驗室出品，攻擊力爆表；牠相當聰明，懂得選擇主人與棲身環境，對自己人很好。

撒哈拉

具有三種血統（薩摩耶、哈士奇、拉布拉多）的公狗。牠相當好動愛玩、又容易闖禍，讓小主人阮英很頭疼。

將軍

珍稀物種的藍紫金剛鸚鵡，屬於鸚鵡中的高富帥。牠超級愛唱老歌，喜歡咬貓耳朵，最厲害的技能是懂摩斯密碼！

人類朋友

方邵康（方三爺）

韶光集團董事長，韶光飯店老闆。他遊走鄉間時遇上正流浪中的黑碳，不只幫助黑碳回家，還拉著黑碳一同在街頭賣藝，一人一貓可謂有著患難與共的感情。

葉昊（耗子）

和衛稜從小一起長大的好兄弟，經營夜樓。因為某件事需要「貓手」幫忙，從此與貓輩再也斷不開關係。

阿金

有夢想的年輕人，與朋友組了一個五人樂團，想闖盪江湖歌壇。在黑碳流浪賣藝時，一起合奏過。

佛爺

楚華大學物理學院院長，丈夫是楚華大學的校長。身為小卓的指導教授，她很心疼小卓的遭遇，在知道黑碳的「事蹟」後，對黑碳另眼相看。

Contents

Back to
the past
to become a cat

第一章 X 一隻搶麥的黑貓 005

第二章 X 卓小貓 035

第三章 X 接頭人是一隻貓？ 061

第四章 X 來自地獄的貓 087

第五章 X 這隻大貓想賴下來？ 125

第六章 X 爵爺登場 155

第七章 X 軍訓場邊的四賤客 181

第八章 X 貓生都昏暗了 211

第九章 X 鬍子帶來的苦惱 235

第一章

一隻搶麥的黑貓

早上送兩個孩子和焦媽他們出社區大門之後，鄭歎就和出來散步的三隻貓沿著社區閒逛，這個時間點，社區很多人上班的上班、上學的上學，並沒有什麼人在外面。

鄭歎有些無聊，雖然這裡的生活是很安逸，但是也太過安逸了，讓他每天的散步都有些興致缺缺。走了兩步，鄭歎耳朵動動，看向一棟樓。這裡已經偏向東教職員社區的角落，而鄭歎看向的那棟樓屬於東教職員社區最靠裡側的一棟，平時就算不是上班時段，也沒什麼人往那裡走去。

鄭歎循著那點聲音往那棟樓走過去，確定了一下聲音出處，然後來到一樓的一個住戶家陽臺外，跳上陽臺的圍欄，從圍欄走到窗戶那裡，再跳到窗臺。

有陽臺的這間臥房，通向陽臺的門緊閉著，窗戶則是半開著，且裡面的窗簾並沒有拉攏，只拉了一半，所以鄭歎能夠從沒被遮住的窗戶那裡看清楚房內的情形。

房內，一對年輕男女正打啵打得火熱，看上去像是剛從外面回來的，穿著衣服，不過現在衣服也隨著兩人的動作一件件往外脫。鄭歎沒想到早上就能看到這樣火熱的場景，所以很是興奮，站在窗臺上，頭湊到窗戶前，幾乎貼著窗戶上的玻璃往裡看。

原本蹲在花壇那邊草叢裡瞇著眼睛曬太陽的大胖見鄭歎一直停留在窗戶那邊，也好奇地走過去。雖然又變胖了，但牠的跳躍力還是很好，輕易就跳上陽臺的圍欄，然後走到鄭歎旁邊，歪著頭往裡看。

鄭歎察覺到旁邊的動靜，瞧了瞧大胖，心想：你看得懂嗎？

沒過幾秒，在外頭抓蟲子玩的阿黃和警長也湊了過來，四隻貓擠在窗臺上，從沒被遮住的窗戶那兒往裡面瞧。

裡面那對男女已經脫光光躺床上，前戲都做得差不多了，拆套準備提槍上陣。這時，躺床上那女的無意間朝窗戶看了一眼，然後就大叫一聲，一腳踹在男人的胸口，直接將人踹下了床。

「啊！有偷窺的！」

「滾！」

伴隨著這聲「滾」，還有靠窗戶書桌上的一個筆筒也被扔了出來，用來砸貓的。不過四隻貓躲得太快，筆筒連同裡面的筆都摔在地上。

那邊窗戶被拉得「啪」一聲響，窗簾一拉到頭，再也看不到裡面一點畫面。

鄭歎看著那邊拉攏的窗簾，有些失望，看得好好的沒想到會被發現。

搖搖頭，鄭歎轉身準備離開，卻見阿黃又走向那邊，看著地上的一枝從筆筒裡掉出來的麥克筆，抬爪子撥了撥，然後突然跟隻袋鼠似的繞著麥克筆蹭蹭跳了幾下，往地上一滾，彎爪撥弄著玩，像是找到新玩具一般。警長在不遠處看了會兒，也湊上來跟黃二貨一起撥筆玩。

鄭歎嘆氣，所以說，這些貓根本不明白剛才看到的是啥，在牠們眼裡，現場「動作片」還比不上一枝破麥克筆有吸引力。

趴在草地上曬曬太陽後，鄭歎又跳上樹，趴在一根樹枝上等焦媽他們中午回來。雖然現在鄭歎又將電子感應卡帶上了，可家裡沒人，鄭歎也不想獨自在家待著。在外面野了一個多月，果然還是有影響的，在家裡壓根坐不住。

下午還得去小郭那邊。小郭昨天才知道鄭歎回來的消息，說準備今天來接鄭歎過去一趟。

鄭歎一個多月不在，聽說小郭那邊的寵物廣告拍得不是很順利。小郭習慣了鄭歎的高效率，店裡其他的貓代替上場時，不光急得小郭嘴上冒泡，其他工作人員也恨不得砸設備。他們這次是真正理解了那些拍動物電影的人的無奈。

有時候，不是給食物就能讓動物們聽你的話，在拍攝過程中可能一丁點其他因素就能讓所有的努力廢掉。在小郭對於廣告的要求越來越高的時候，店裡的貓已經不能滿足新標準了。起點太高，也就造成了一旦鄭歎不在，小郭就得花更多的時間、更多的精力以及更多的金錢去砸出一部相匹敵的廣告。

好的是，現在大多數時候都只是圖片版，影片版拿不出手，現在也沒必要花大價錢去剪輯。很多認識小郭的人還問他為什麼沒有影片版了，小郭給的理由是，那隻「明星貓」被牠家主人帶回去了，至於什麼時候再有，他也說不準。

得知鄭歎回來的時候，小郭差點直接殺來焦家，只是他現在手頭的事情太多，拖了一天。

焦媽下午沒課，請了個假回來，親自帶鄭歎過去。小郭說了，讓鄭歎過去先適應一下，也順便徹底檢查一遍身體。

貓剛回來的時候，焦媽見牠看上去和一個多月前離開時差不多，而且吃得也多，除了有些興奮之外沒什麼異常，精神很好，沒外傷，量了下體溫也還正常。況且貓在外面和方邵康他們待一起那麼久，也沒聽方邵康說生病之類的，焦媽也就沒將自家貓往小郭那邊送，畢竟送過去之後，估計自家貓又有得忙了。

小郭那邊的情況焦媽也聽過一些，她捨不得自家貓過去忙活，所以才想著多拖幾天，沒想到這麼快那邊就得到消息了。

好久沒來寵物中心，鄭歎沒見到李元霸和花生糖，聽說剛出去遛街沒多久。

郭大哥檢查了一番，確定鄭歎很健康，焦媽也放心了，一起來到拍廣告的工作室，坐在邊上看小郭他們拍攝。

工作室的人見到鄭歎像是見到救世主一般。這一個多月，每一次拍攝都是煎熬啊！沒對比就看不出差距，以前他們還覺得這樣一隻很普通的黑貓除了比其他貓聰明那麼一點點之外，也沒特別之處了，而這一個多月的經歷也讓他們知道這種想法大錯特錯。

焦媽坐在旁邊看著那些工作人員見到自家貓的表情以及抑制不住對自家貓的誇讚，笑得很是自豪。

今天只是做了點簡單的活動讓鄭歎適應了一下，以後還是隔兩週來一次，若有特殊情況，小郭會打電話給焦家。

按理來說，打廣告並不需要這麼頻繁的拍攝，一、兩次就行了，但小郭有他的打算。鄭歎倒是無所謂，反正閒著也是閒著，還能賺點零用錢。

從寵物中心出來，焦媽並沒有直接回家，而是帶著鄭歎去了附屬醫院那邊。

附屬醫院旁邊有一個住宅區，裡面住的都是附近的一些老師或者附屬醫院的醫生，還有一些在這裡租房的學生。不過這裡的房租稍微貴些，所以在這邊看到的學生並不多，就算有，要麼是家裡條件比較好的，要麼就是在楚華大學讀研究所的學生。

此刻，附屬醫院社區樓三樓的302房中，楚華大學管理學院研三的學生白揚正對著電腦寫論文。實習和市場調查之後，有很多資料需要處理，他希望能夠儘快整理出幾篇報告，畢業之後，這些報告和在國外雜誌上登載的論文都將會成為他進入社會的個人「名片」，所以對於這份論文，他們這些人都很拚命。

在白揚對著電腦敲鍵盤寫論文的時候，一隻貓跳上書桌。這貓背上和尾巴都是黃色，帶著虎斑紋，肚子是白色的，八個月左右的樣子。那隻貓叫了兩聲，白揚一直盯著電腦，沒理牠。

見白揚不理，牠蹲在桌子邊上，看了看白揚，然後又看看桌面的一些東西——有枝筆。抬爪子，撥。

「啪嗒！」那枝2B鉛筆掉落在地面，削好的筆尖斷了。

那貓歪著頭看了看摔下去的鉛筆，收回注意力，繼續看桌面——有個橡皮擦。抬爪子，撥。

橡皮擦做平拋運動飛出桌沿。

看著掉落到地面還彈了兩下的橡皮擦，那貓再次將目光投向桌面上的其他東西。旁邊放著一杯咖啡，還是溫的，只喝了半杯。那貓湊上去，在杯口嗅了嗅，不感興趣，然後將注意力放到電腦上，看著電腦上的滑鼠移動，牠抬爪子對著電腦螢幕，追著滑鼠拍。

白揚將牠推到一邊，「別鬧，自己玩去。」說完繼續整理論文。

可是貓沒這麼容易放棄，又是按鍵盤又是擋螢幕，白揚沒辦法，只能將牠抱下桌，「去窩裡睡覺！」

「喵——」

蹲在地上的貓見白揚又不理牠，叫了兩聲沒得到回應，繞到桌子另一邊，跳上桌。那邊有個存錢筒，存錢筒旁邊是一個木製筆筒，兩個物品中間只有一個滑鼠寬度的空隙。那貓旁邊不走，偏偏從兩個物品中間擠過去，將筆筒擠翻，然後慢悠悠走到白揚旁邊。

攤開的本子上有一枝簽字筆，那貓看了筆兩秒，抬爪子，撥。

「啪嗒！」筆掉落到地面。

白揚將 excel 裡面的資料處理好，準備在本子上記錄下來，卻發現本子上的筆不見了，看看地面，筆、橡皮擦，還有不知道什麼時候扔到地上的一些毛絨掛件。

長嘆一口氣，坐在電腦椅上的白揚低身去撿筆。

那貓見狀，趴到桌沿旁，伸胳膊彎著手掌去撓白揚後腦杓的頭髮。

「你鬧夠了沒有！」白揚起身吼道。

「喵～」

「喵個屁！」白揚揉揉額頭，他已經後悔答應李小茜幫忙養貓了。

這貓叫「丟丟」，李小茜取的名。

丟丟應該是學校裡有學生養了之後丟棄的，李小茜撿到丟丟的時候，牠身上被潑了豆漿，全身都沾著灰，瘦瘦的，駝著背可憐兮兮的蹲在草坪上，風一吹還瑟瑟抖兩下，只要有人走過去，

牠就像受驚一般跑掉。李小茜餵了幾次食物之後，才漸漸跟牠熟悉，後來索性就帶回家了。

由於焦媽在住院的那段時間，李小茜經常幫忙照顧，後面幾次焦媽來醫院複診的時候，李小茜也幫了忙，再加上焦爸和李小茜的導師也比較熟悉，焦媽對這個醫學院實習生印象很好，遇到的話會聊一聊，知道她撿了一隻貓回去養著，焦媽還看過丟丟幾次。

兩週前李小茜跟著她導師出國學習去了，讓白揚幫忙養著。然後，白揚的悲慘生活開始。

過來的頭兩天丟丟還表現得很老實，也不亂跑，可是，熟悉之後就完全變了。

摔杯子、撓床單，到處折騰。好的是，這貓不怎麼叫喚，可能被去勢了的關係。牠也不跑出去，就算打開門也不往外跑，估計是在外面待怕了。

丟丟熟悉了環境之後，對屋裡什麼都好奇，白揚沖杯咖啡牠也要湊上去聞聞。牠雖然沒舔，但是鬍子都碰到裡面了，咖啡液面上還飄著兩根短短的貓毛，白揚看著實在喝不下去。不僅如此，牠還伸爪子撥撥咖啡杯，如果不是白揚手快，那個咖啡杯又得來個自由落體式犧牲掉。

白揚自己摔壞個杯蓋都要被李小茜說，這貓才兩個星期就摔了三個杯子，兩人網上聊天時也沒見李小茜說什麼，好不容易雙方都有空了來個跨洋視訊，這貓還搶占視訊時間！

至於磨爪子……呵呵，除了貓抓板不抓，其他什麼都抓，窗簾、床單、被套、沙發、衣服以及白揚現在身上穿的牛仔褲上，都能見到貓爪勾出來的線頭和洞洞。

大晚上睡個覺，半夜被壓醒。胸口受壓容易讓人做噩夢，白揚醒的時候就看到胸口上團著的那一坨。有時候這隻貓會直接鑽進被窩裡，鑽被窩裡也就算了，牠還盡折騰，從床頭鑽到床尾，左邊鑽到右邊，鑽半天才能平靜下來睡覺。

最讓白揚鬱悶的是——尼瑪，晚上看個片牠還趴你腿上，這讓人怎麼擼？！就算能，你擼個試試？以貓的性格，絕對會湊過去撓上一爪……

聽說貓寂寞的時候就自己主動湊過來的跟你玩耍玩耍，聽著很美好，但問題是，牠寂寞的時候白揚正忙得暈頭轉向，看著在眼前製造各種麻煩的貓，白揚恨不得兩巴掌拍過去。但偏偏又打不得，他答應李小茜要好好照顧貓的。

李小茜說，焦副教授家的貓乖巧聽話，善解人意，顧老師生病還知道去探望，每天幫忙接送孩子。

但是，世上有一種貓，叫「別人家的貓」。

白揚正跟丟丟對著互瞪，突然聽到有人敲門。

「誰啊？！」白揚語氣不太好，話語中還帶著剛才對貓吼時的怒意。

打開門，見到門口站著的人，白揚有些不好意思。

「顧老師，原來是您啊，快請進！」白揚趕緊擦了擦椅子。椅子上都是貓爬過的，平時沒人來，他也沒怎麼擦。

鄭歎從焦媽提著的袋子裡探出頭來，看了看周圍，便瞧到站在桌子上蹲著的那隻貓。

「咦？顧老師，這貓是您家的？」白揚遞過來一杯茶，問道。

「是啊，我家的黑碳，之前因為一些事情弄丟了，前些日子才託人幫忙找回來。」因為自家貓回來的原因，焦媽最近臉上都帶著笑意。

「哦？這就是黑碳吶。」白揚看了看跳到一張椅子上的黑貓，這就是李小茜一直誇讚的那隻

黑貓？

鄭歎察覺到白揚的視線，側頭瞧過去。

白揚與鄭歎的視線一碰上就心裡打了個突，他總感覺眼前的這隻貓有些怪，或許是習慣了丟丟的鬧騰，突然見到這麼一隻眼神很冷靜甚至冷淡的貓，感覺莫名的怪異，就好像眼前坐著的並不是一隻貓，而是一個陌生人似的。

真讓白揚選擇的話，他還是寧願選擇丟丟。鬧騰就鬧騰吧，生氣的時候想吼就吼牠一下，再小小教訓一下，但面對這隻黑貓，白揚感覺與自己氣場有些不合，想吼估計都吼不出力。

鄭歎不再理會白揚，扭頭再次看向蹲在書桌上的那隻貓。那隻貓看上去比較排斥陌生人以及陌生的貓，尤其是雄性同類，看鄭歎的眼神帶著警惕和很強的戒心，估計是在外被欺負過。所以鄭歎也只是在椅子上坐坐，並沒有湊上去打招呼。

在外流浪過一陣子之後，鄭歎對很多人和貓的心理情緒比較敏感，能夠察覺出來對方的情緒變化，而這種敏銳的察覺力也讓鄭歎在外走動時會少去一些麻煩，就像李元霸能夠分辨出哪些人需要避開，哪些人又需要以強硬態度對待一樣。

焦媽這次來帶了一些貓罐頭，剛才去小郭店裡的時候順便買的。李小茜出國之前，焦媽還讓她放心，說會經常過來幫忙看看貓的，因此也沒食言，今天下午剛好有空，就帶點東西過來看看丟丟，也順便幫忙帶一些話。

白揚面臨畢業，到現在工作也沒確定下來，雖然他手頭有幾個選擇，但白揚一直沒給對方確切的答覆。焦爸知道後也有意想將白揚挖過去，天元生物那邊現在還缺少優秀的管理人才，所以焦媽也過來提一下。當然，去與否還是看個人選擇，強扭的瓜不甜。

焦媽將袁之儀整理出來的一份邀請函和一份說明文件遞給白揚，簡單談了談之後，便帶著鄭歎離開了。

白揚在人離開之後又瞧了瞧手上的文件，小心地放進抽屜裡，看著蹲桌沿上的丟丟，「有外人的時候就表現得一本正經！」

「喵——」

「怎麼，有意見？！」

白揚將丟丟從桌沿上拎下來，繼續開始整理論文，就算丟丟又爬到他腿上趴著，也沒再將牠扔下去。

回到東教職員社區的時候，鄭歎見到站在樓下的衛稜。

說起來，鄭歎很久都沒見過衛稜了，自從衛稜搬到公司那邊之後，就很少見面，只有偶爾衛稜跟焦爸打電話的時候才會順便問候鄭歎一下。

「咦？小衛，你怎麼來了？來了也不打電話給我，站在這裡乾等。」焦媽說道。

衛稜笑了笑，「我問過大門警衛，他說妳帶黑碳出去了，我看這時間也快到放學的時候，你們也快回來了，就沒打電話給妳。」說著又看向等在門前的黑貓，「黑碳，好久不見！」

鄭歎扯了扯耳朵，哼哼兩聲算是打招呼。

「還是老樣子，不喜歡理人。哎，原本還準備帶你出去玩的。」衛稜說道。

正準備刷卡開門的焦媽和準備進門的鄭歎聽到衛稜的話，齊齊扭頭看向衛稜。

「咳，先進去再說。」衛稜抓抓頭髮，他看出來焦媽有些不贊同了，估計是抓貓事件讓她有些神經緊張。

鄭歎倒是很感興趣，畢竟他現在整天待在學校裡也沒有什麼事情做，在外流浪了一個多月，膽子越發大了。

爬上五樓，開門進入家裡後，焦媽說道：「小衛啊，你也知道黑碳被抓，好不容易回來，現在我們都挺緊張牠的。就像今天去寵物中心檢查身體也是我親自帶過去，沒有去麻煩小郭。」

「這個我當然知道，只是這件事情，我也跟焦老師說過。」衛稜道。

「他怎麼說？」焦媽突然有種不太好的感覺。

「焦老師說，看黑碳自己的想法。」

其實衛稜在詢問焦爸的時候並沒想到他會這樣說，畢竟誰家會讓貓自己做決定？就算這貓與其他貓有些不一樣，但不管怎麼說，這也只是一隻貓而已。

焦媽想了想，道：「你想帶牠去哪裡玩？」

「這個妳放心，就在市區內，我兄弟們的地盤，去那裡就是讓他們認一認，以後要是黑碳跑遠了或者再發生什麼事情的話，他們也好幫忙。之前我就拜託他們找過貓，貓販子的那些地下運輸線就是他們提供的。再說黑碳也不會亂跑，我以前就帶牠出去過一次……」

見對面的焦媽又瞪著自己，衛稜咳了一聲，不再說話，那次沒徵得主人家的同意就帶貓出去確實不太好，就算沒發生什麼意外，但畢竟這先斬後奏的事情總會讓人感覺不好。

「黑碳，你怎麼決定？」焦媽問道。她知道自家貓與眾不同，聽得懂人話，但是衛稜說的事情實在是讓她擔心，自家貓好不容易回來，這還沒安分幾天呢，就又要經常跟著這些人往外跑，性子跑野了怎麼辦？

蹲在茶几上的鄭歎看看左邊的焦媽，又看看坐在右邊的衛稜，低著頭，往右挪了挪，再挪，再挪。

不用看，鄭歎也知道現在焦媽一定不好受，但他確實不想一直被關住，再怎麼說他內心可是一個人，還是個年輕的靈魂，偶爾像隻貓一樣犯犯懶，窩在社區裡曬曬太陽散個步也就行了，但要一直被關在這裡，鄭歎還是有些不太願意。不得不說，往外跑了一趟，將心理的不安分因子都激發出來了，還是人的時候鄭歎就喜歡沒事開著車到處逛，即便現在是一隻貓，也是一樣的。

焦媽沉默了一會兒，擺擺手，「行吧，牠自己選擇的就按照牠自己的意思來。晚上回家嗎？」

「這個請放心，我一直跟著呢，就算晚上回不來，我也會在第二天親自將牠送回來，不會一直留在外面的，而且也不是每天都會帶牠出去。」衛稜保證道。

焦媽點點頭，「就留這裡吃晚飯吧，反正也到晚飯時間了。」

衛稜這次沒留下，說在外有事便離開了，明天下午會過來接貓。

等衛稜一離開，焦媽就一通電話打了過去給焦爸，第一句話就是問鄭歎的事情。

鄭歎不知道焦爸說了些什麼，焦媽看著還是不太贊同的樣子，但也沒有再繼續追問。

而此刻，坐在辦公室的焦副教授掛掉電話之後，揉揉眉心。他知道衛稜找自家貓肯定是有什麼事情需要自家貓幫忙，原本他也是準備拒絕的，但是想起了前兩天和方邵康的那通電話。方邵康在知道他和袁之儀幾人有一間公司，也小幫了一下忙，促成一筆生意。有方三少作為中間人，對方也很給天元生物面子，雙方很快達成合作協定。

為此袁之儀興奮了很久，公司的發展進度比他預想的要快，而且還要順利很多，而這個加速劑竟然是一隻貓。事後，袁之儀還叫嚷著要過來拜貓，被焦爸拒絕了。這種事情還是別弄得人盡皆知的好。

方邵康離開楚華市之前打了通電話給焦副教授，兩人聊了一些關於鄭歎的事情，最後掛斷之前，方邵康說了一句話：「別總拘著你家的貓，就你家黑碳那樣的，注定管不住，也不是一般人能夠管的。你家那貓聰明著呢！鬆鬆手，或許牠能給你一個大驚喜也說不定。」

驚不驚喜的，焦副教授倒是無所謂，他只希望自家貓能夠健健康康的就好。

第二天，鄭歎在院子裡趴在樹枝上眯著眼睛打盹。早上在社區裡逛了逛，沒意思，他又跑出去在校園裡溜達了一圈，下午閒著沒事，只能趴在這裡養精蓄銳，衛稜說了今天晚上要帶他出去一趟。

晚上吃完晚飯之後，衛稜到了。現在這個月份，吃完晚飯天還亮著，鄭歎跟著衛稜下樓。

衛稜這次沒騎他那輛摩托車，而是開了一輛看上去不怎麼樣的小車。不過，就算看著不行，那好歹也是四輪的，總比坐摩托車時待在背包裡被揹著要好得多。

「這車我找人借的，你可別在座位上亂拉屎。」衛稜坐在駕駛座，扭頭對蹲後座的鄭歎說。

鄭歎沒理他，亂拉屎這種事情是那些沒膀胱的鳥做的，自己怎麼可能那麼沒節操？

坐在後座上，鄭歎看著車窗外面的景物，來判斷衛稜現在所走的線路。

鄭歎知道自己不算聰明，但記憶力還可以，上次坐方邵康的車走過的路線現在都還記得，再聯繫上看過的城市地圖，鄭歎大致能夠猜到目的地是在哪一塊地區。雖然不是城市的最中心地帶，但也處在繁華地段，與楚華大學周邊區域的繁華不同，這邊是真正具有濃郁商業氣息的區段。

楚華大學所在的周邊地段，消費的都是學生居多，而在這裡，大多都是一些上班族，其中白領和知名人士占主要，楚華市的富人們也大部分都集中在這個區域。

車在大道上駛過，紅燈時停了一會兒，鄭歎看到車窗外的路標，上面的街道名字有些熟悉，再看看周圍一些高聳的建築，然後被那大大的「韶光飯店」所吸引。

——臥槽，這不是方三叔給的會員卡上所標注的飯店嗎？！

鄭歎湊到車窗邊看了看。他不懂設計，對於這棟建築的特色也說不出個所以然來，但看著這家飯店，就感覺城市中鋼筋水泥堆積起來的犀利和冷漠變得柔和了許多，帶著些許新崛起的青澀卻又不失明日天驕的霸氣。

看得出來，方邵康肯定在這棟建築的設計上花費了不小的功夫。

在鄭歎看窗外的建築時，衛稜側頭看了一眼鄭歎，說道：「外面就是韶光飯店，聽說你和那位方三爺關係不錯？」

——方三爺？方邵康的外號還真多。不過也不算關係不錯吧，頂多一起賣過藝。

衛稜也沒指望一隻貓能夠回答他的問題，方邵康的傳言他聽說過不少，頗具傳奇色彩的一個人，同時也是一個難以捉摸的人。衛稜一直覺得，方三爺就跟貓似的，你很難猜到他下一刻會想些什麼，或者做些什麼。或許，天才的腦子本就與常人不同？

搖搖頭，綠燈已經亮起，衛稜繼續開車。

到達目的地的時候，天已經暗下來的，周圍大街上各種燈光亮起，準備迎接夜間出來活動的人們。衛稜將車一直開到一間規模挺大的酒吧後，在停車場停好車，帶著鄭歎出來。

從正門進入不方便，按規矩來說，這裡應該是不准帶寵物進來的，但衛稜要帶的話，守在門口的人也不會真攔著。不過，衛稜知道這樣不太好，也沒想要從正門進，便招呼鄭歎，準備從旁邊的側門進去，那邊有一扇門是專供內部人員進出的，守在那裡的人其實比正門口的人更嚴格，身手也要厲害得多。

鄭歎下車後看了看眼前這間酒吧，雖然還沒進去，但是鄭歎彷彿已經感受到了裡面那種勁爆炙熱的氣氛，原以為那種生活一去不復返，再也無法踏足這種地方。每次見到那些酒吧，即便只是一間小酒吧，他也能回憶起曾經的那種紙醉金迷的生活。

驀然回首，恍如昨年。

並不是每個來酒吧的人都和曾經的鄭歎一樣，酒吧不一定就代表墮落與頹廢。隨著經濟的快速發展，城市的消費水準越來越高，大部分人都清楚感覺到肩上的擔子越來越重，而隨著時尚的流行以及社會風氣的轉變，各種類型的酒吧漸漸成為年輕人的新寵，同時也逐步成為娛樂放鬆場所的新貴。

繁忙的一天過後，總有工作上的不如意、事業上的不稱心，情感以及其他各方面的壓力都會給人增加負重，那些總會讓人感到疲憊和麻木。每到這時候，很多人就會邀上幾個朋友，大家一起去泡吧，短暫的自我放縱，發洩一下心中的壓力，學會釋放，暫時拋卻那些工作報表，拋卻那些爾虞我詐，讓生活更加色彩斑斕一些。

鄭歎抬頭看了看這間大型酒吧。沒在正面，所以看不到正面的招牌，不過，側面的樓頂也有標牌。

夜樓——yeah club。

相比起英文名，鄭歎還是覺得「夜樓」這個名字更好聽。很多時候，英文和中文名字意思並不一定會是一樣的。不同的人，理解也不同，既然這間酒吧的主人選擇了這兩個名字，肯定有他的道理。

夜樓座落在楚華市這個白領精英無數的繁華地段，周圍工薪階層也多，每日生意好是必然的，而便利的交通更能讓所有的顧客都可以順利到達這裡，並不局限於本區域的人口。

至於能不能留住顧客，這就得憑夜樓的手段了。不過，鄭歎看停車場幾乎爆滿，天還沒全黑就有很多人往這邊湧動的情況來看，這酒吧的人氣確實不錯。

三五成群的人從馬路對面陸陸續續走過來，鄭歎有些羨慕地看著那些人，卻沒想，突然看到一個熟悉的身影。

鄭歎現在的感覺很敏銳，他也很相信自己的判斷力，就算那個身影被走過的人群遮擋住一些，但只剛才那一晃，他就能抓住畫面。看身影，鄭歎確定自己肯定認識那個人，至於到底是誰，他不太確定。

為了弄個明白，鄭歎沒理衛稜的招呼，而是朝馬路對面走過去。

見那隻貓並不理睬自己反而還往外走，衛稜低罵一聲，抬腳跟了上去。

這時候大家都只看著燈火輝煌的建築，看著自己此行的目標地點，不會去注意周圍有沒有貓，更何況還是一隻黑貓，在這樣的視覺條件下並不容易注意到。再說了，誰也不會想到在這個時間點會有一隻貓在這裡走動。

鄭歎看著來來往往的車輛，趁著車與車之間間隔稍大的時候衝到對面街道——夜樓的對面。

在正對著夜樓大門、馬路的另一道，路燈燈柱下蹲著一個人，看樣子應該還很年輕。那人手裡夾著菸，卻很少去吸一口，而他的目光一直注意著街道對面的夜樓，眼神帶著嚮往和迷茫，整個人周身都透著一股失意的氣氛。

這樣的人，大家都見得多了。在商業化的城區，鬱鬱不得志或者滿懷抱負披荊斬棘爬上高位之後，被無情拍打下來摔得痛不欲生的人，這片城區每天都能見到一大批，周圍的人都已經見怪不怪了。就算一個人喝得爛醉如泥摔倒在路邊，也沒人會去關心一句，清晨清道夫掃地的時候，只會淡定地拿著大掃把從他身邊掃過。這便是繁華大都市的冷漠，殘酷現實下的社會常態。

帶著青色鬍渣的年輕人用沒夾菸的手插進髮間，撥了撥頭髮，他知道自己現在像什麼，現在已經是全無形象可言，頭髮跟雞窩似的，幾天沒洗澡身上還一股味道。

他又想起了早上去買早餐的時候，見到的那隻夾著尾巴渾身髒兮兮的流浪狗。毛色泛著黃，卻不是那種金色的黃，是帶著點枯葉的色彩，打結的長毛帶著一些泥塊雜亂垂落，眼睛都被遮擋住。牠看著周圍來去匆匆的人，會夾緊尾巴躲到一邊，跑動的時候跛腳很明顯，停下來後卻又會看著行走的人群，似乎在尋找著什麼，又在期待著什麼。

他記得撥開那隻狗從額上垂落的幾乎遮住眼睛的毛時，看到的那雙眼睛——帶著期待和哀求，刺得他甚至沒有勇氣再多看一秒。最後他只留下一個並不大的、沒有多少肉的包子，狼狽地逃開。他害怕自己會變成和那隻流浪狗一樣。只是，牠還有自己施捨一個包子，但，自己呢？

或許，現在這個樣子，才是原汁原味的流浪。

自己的選擇錯了嗎？不知天高地厚，將自己撞得頭破血流。

是否該回頭了？但是，真的不甘心哪！

年輕人正垂頭想得入神，突然感覺手上的菸被撥了一下。視線往上移，看到一雙黑色的貓爪子，再往上移，看到一雙帶著好奇之色的貓眼。眨眨眼，年輕人愣了幾秒，顯然還沒從剛才的沉思中回過神來，好不容易反應過來之後，卻又納悶了。

他們經過好幾個大都市，見過很多黑貓，那些貓都只是形似而神不似，可是現在眼前的這隻貓，是真的很像某隻敲瓶子的貓啊！

難道是自己眼花了？沒吃晚飯大腦供能不足，出現幻覺？

「黑碳！你亂跑什麼啊！真出個什麼事讓我回去怎麼跟你貓爹貓媽交代！」衛稜帶著怒氣走過來，剛才看到這貓過馬路真是嚇出一身冷汗。

「我咧！黑碳，真的是你啊！」年輕人眼裡閃出驚喜，剛才沉思時的黯然之色稍隱。

「喲，認識？」衛稜看看蹲在地上有些邋遢樣的年輕人，又看向鄭歎。

鄭歎沒理會衛稜，他現在正好奇阿金這傢伙怎麼將自己弄成這副模樣，其他四人呢？哪兒去了？不是說已經組成樂團，五人一起行動的嗎？

「二十多天前見過一次，牠還幫了我們一個大忙的。咦，那位方先生不在嗎？」阿金看了看周圍，確定沒發現那位掛著單眼相機的方先生。

衛稜挑挑眉，二十多天前……那時候這貓還在外面呢，好像和方三爺一起？

「行了，先別在這裡待著，找個地方坐下說話。」衛稜招呼著鄭歎，再朝阿金招招手，示意他跟上。

「去哪兒？」阿金趕緊將手上的菸蒂扔進一公尺之外的垃圾箱，問道。

衛稜指了指對面的夜樓，「那裡。」

阿金一個趔趄，直接來了個跪拜，幾乎是正對著鄭歎和衛稜跪下來的。

鄭歎：「……」要不要再插三炷香？

「少年，真的不用行此大禮！」衛稜道。

「……不是，蹲太久，腿麻了。」

雖然是因為蹲太久腿麻，但阿金心裡確實是詫異的。

不是詫異衛稜說要進去夜樓，去夜樓的人多得去了，沒什麼值得詫異的，他詫異的是，對方似乎要帶一隻貓進去？一隻貓能夠進去酒吧嗎？還是堂堂夜樓！

這幾天阿金幾乎每天晚上都會來這裡看看，蹲在街對面，看著街上的人們進去，看著那些受邀的樂團進去，然後蹲在外面發呆，直到有人出來，聽到人們出來時談論的哪個樂團或者哪個歌手的事情。這些都讓阿金羨慕不已。

他總會想，哪天自己也能成為這些人談論的話題？

可是，現在他們連一間小酒吧都進不了，更何況是有名的夜樓。

隔著一條街而已，卻彷彿天塹。

只是阿金沒想到前一刻還是天塹，下一刻自己就被告知能夠跟著一起進去。

也好，不管對方有什麼目的，自己有個機會能夠見識一下夜樓，也值了。

阿金跟著衛稜和鄭歎過了馬路，然後從旁邊的側門走了進去。這倒是讓阿金意外。

守在側門旁邊的人見到衛稜之後叫了聲「稜哥」，然後有些好奇地看著阿金，這可是個生面孔，臉上看著還挺嫩，也很落魄，實在想不到衛稜為什麼會帶一個這樣的人進來。不過，不管他們心裡怎麼想，口頭上肯定不會問出來，做好自己分內的事情就行，其他的少問。

至於鄭歎，守門的人只當是衛稜帶過來的寵物而已，根本沒在意。以衛稜和自己老闆的關係，這點事情壓根就不算事。

「稜哥。」

鄭歎跟著衛稜走到轉彎時，從走廊那邊過來一個人，看上去和那些白領精英們差不多，戴著金邊眼鏡，這也讓他看著斯文了些。那人胸口夾著一塊名牌，鄭歎看不懂那名牌的花紋到底是什麼意思，但看得出來這人應該是經理之類的職務。

其實鄭歎還有些好奇，為什麼那些人都叫衛稜「稜哥」，而不是「衛哥」？

鄭歎不知道的是，衛稜有一次被人叫「衛哥」時，那人帶著點地方口音，所以聽起來像是「偉哥」，為此還被葉昊嘲笑好久。自那之後，衛稜就有了想法，以後再也不讓人叫自己「衛哥」了，就叫「稜哥」。

「龍奇？這次是你在看場啊。」衛稜道。

「嗯，昊哥臨時有事帶著豹子走了，說如果稜哥你過來的話，讓我招待一下。」

說著，名叫龍奇的那人掃了站在衛稜身後的阿金一眼，眼神帶著懷疑，不過也沒多說，領著兩人一貓往樓上走。

三樓屬於絕密ＶＩＰ區域，只有被特殊允許的人才能進入。

這裡有很多包廂，衛稜顯然不是第一次來，在這裡有一個廂房是衛稜等人專用的，所以龍奇並沒有問太多，直接將人領到那裡。

阿金顯得有些拘束，闖蕩這麼久，一點見識還是有的。眼前兩人無論什麼身分，肯定都不是自己這個小人物能夠惹得起的，而最奇怪的就是，除了這兩人之外，還有一隻謎一般的貓。怎麼看怎麼違和。

「坐吧，別拘束。」衛稜拍了拍旁邊的皮沙發，對阿金說道，並不在意阿金身上已經有些髒的衣服。

龍奇也不會說什麼，他現在只是陪客而已。不過，龍奇也奇怪，衛稜怎麼會帶一個這樣的人過來，以龍奇的眼力，這個年輕人肯定不是道上的，也不會是衛稜那種出身。雖然剛才衛稜也解釋了是臨時碰上才帶過來，但以龍奇對衛稜的瞭解，衛稜現在肯定打算套話，就是不知道這個年輕小子到底知道些什麼事情，能夠讓衛稜這麼感興趣。

衛稜跟阿金說著話，鄭歎也沒去管他們，自己在包廂裡逛了一圈，心裡對這個包廂的評價還算好。

走了一圈之後，鄭歎就跳上沙發前的實木茶几上，盤子裡放著一些點心，鄭歎已經吃過飯，嗅了嗅，也沒什麼胃口。閒著無聊，他繼續打量這間包廂內的布置，發現這裡竟然也可以當ＫＴＶ，鄭歎很遺憾，若自己還是以前的樣子的話，肯定會唱上一唱，可惜現在只是一隻貓。

龍奇雖然一直沒有說話，注意著阿金那邊，同時也沒有落下對那隻黑貓的打量。

衛稜帶一隻黑貓過來是什麼意思？

從鄭歎繞著包廂內轉圈，到跳上實木桌，龍奇一直都分神注意著，直到衛稜示意他上點酒。

「阿金你年紀還小，讓龍奇幫你調點度數低些的酒吧。」

衛稜說這話的時候，手指頭那裡動了兩下，龍奇看了看衛稜，輕點下頭，轉身離開。

這兩人的細微動作被鄭歎注意到，他就知道衛稜這傢伙沒這麼好心將人領進來，所謂的「度數低點」，有多少真實性，鄭歎相當懷疑。

雖然阿金還很年輕，但畢竟在外摸爬滾打過這麼長時間了，一些警惕心還是有的，衛稜沒問出太多事情，就準備換策略了。

「稜哥你還是老規矩？」龍奇走到門前的時候轉身問道。

「老規矩。」衛稜頭也不抬地道。

得到想要的資訊，龍奇便直接開門出去了。

鄭歎看著關上的門，有些不爽。自己還沒選擇呢，人就走了？

阿金話依然不多，拘謹地坐在那裡，顯得格格不入。

衛稜也沒再繼續問，走到一面牆邊，按了按牆上的一個按鈕，那塊牆面便往旁邊移動，露出一扇窗戶。同時，也有從下方傳來的激情澎湃的樂聲。

阿金聽到樂聲，眼睛一亮，從沙發上站起，來到窗戶邊往外看。

鄭歎也好奇地跳到窗戶邊，隔著窗戶，能夠看到下方的場景，那應該是一樓某個區，供大眾消遣的地方。邊上有一些酒桌，來來往往的人穿梭在其中。中央有個圓臺，上面有一個樂團正在表演。

「這就是傳說中的夜樓『東宮』？」阿金有些激動。

阿金聽人說過，夜樓有四個區，分為東、西、南、北四個宮，北區是最普通的，也是這裡消費最低的地方，那裡的駐唱實力相比其他三個區來說要差很多；而西區和南區層級高一些，主打的風格也不同；至於東區，那是整個夜樓四區中最優越的存在。東區經常會有一些知名的樂團和歌手過來表演，這裡才是整個夜樓最讓人憧憬的地方，只是東宮也不是誰都能進去，消費也不是普通人能夠承受的。

見到阿金的表情，衛稜笑了笑，「是啊，感覺怎麼樣？」

「很棒！」阿金看著下面舞臺中央正在演出的那個樂團，羨慕，但也絕對談不上嫉妒，實力差距擺在那裡，只能仰望，帶著點看偶像的意味在裡面。

衛稜拉開窗戶，讓包廂內的人能夠更清晰地聽到下方的演奏。現場版總是更容易刺激神經影響情緒而引發共鳴，尤其是阿金這種。

鄭歎一看阿金的眼神就知道這傢伙的警惕心估計降低了一大截。

搖搖頭，鄭歎對於這裡並不瞭解，也欣賞不來那些樂團的演奏，他以前去酒吧就是圖個樂子，釋放一下而已，至於是什麼人在唱歌、哪個樂團在表演、是否有知名ＤＪ，他就沒心思去觀察了。

聽阿金這麼說來，這下面的區域還挺高級的？

正想著，龍奇推著一個小推車進來。

鄭歎奇怪了，不就拿點酒嗎？有必要推個推車進來？

等龍奇從推車上一個盒子裡面拿出酒的時候，鄭歎就有股像是被一根魚刺卡住的感覺。

——紅星二鍋頭？！

——天殺的，來這種地方衛稜居然要喝二鍋頭？！

——還尼瑪是外面很普通包裝的那種！

好的是，龍奇只是將二鍋頭遞到衛稜眼前，端了一杯雞尾酒給阿金，然後拿出兩瓶紅酒放在實木茶几上，剩餘幾瓶紅酒都放在包廂內的酒櫃裡。

一杯酒下肚，再加上衛稜套話，阿金開始敞開話匣子。

鄭歎也終於知道為什麼只見到阿金一個人了，因為另外四人都在醫院。三個躺病床上，一個在那邊照顧，他們手上的錢幾乎全砸進醫院了。

在這個陌生的城市他們沒朋友、沒親人、沒靠山，作為外來者，在酒吧跟人起衝突也肯定是挨揍的一方。有些事情，不是他們想避免就避免的，退一步未必海闊天空。

白天阿金在醫院照顧了大半天，晚上出來走走，也好好想想，找到一個解決當下困難的法子，畢竟生活還是要繼續，作為團長，他得挑起擔子。

同時，衛稜也套到了自己想知道的話，關於那位方三爺的。衛稜感覺，他好像知道了什麼不得了的事情——堂堂韶光集團董事長竟然跑去賣唱？！還是跟一隻貓一起賣！這要是說出去，方家的人估計滅口的心思都有了。

衛稜一邊聽，一邊開瓶紅酒替阿金滿上，自己則拿起一個二兩裝小瓶的紅星二鍋頭喝起來。

那邊衛稜在套話，這邊龍奇沒事幹，開了瓶酒替自己倒了一杯，坐在旁邊低頭喝自己的，同時也想想最近老大說的事情該怎麼去解決。正喝著，他發現眼前被推過來一個酒杯。

抬頭，龍奇便看到蹲在實木茶几上的那隻黑貓。

鄭歎實在忍不了了，如果自己不主動點，估計會被無視得徹底，於是將一個空酒杯推向龍奇。

一人一貓對著瞪了半分鐘，龍奇才移開眼，看向衛稜那邊，衛稜只是往這邊掃了眼就沒再注意了，看來是不準備管。龍奇再看看面前這隻貓，貓爪子還敲了敲酒杯，像是在催促似的。

龍奇一樂，拔掉瓶塞倒了點酒到推過來的杯子裡。

鄭歎看著倒進杯子裡那麼一點點酒，有些不滿意，不過至少有酒了，喝完了再讓龍奇倒！

鄭歎將頭伸進紅酒杯子裡面的時候，發現杯口還是有些小，只能將耳朵往後收了收，不然耳朵卡在杯口那裡難受。

——喝酒還得收耳朵，不爽！還是當人的時候好啊！

鄭歎一邊將頭伸進杯子裡喝著酒，一邊想著，尾巴尖一勾一勾的。

龍奇瞧著挺好奇，貓能喝酒？他第一次見到。

以前龍奇倒是聽一個兄弟說過讓他家的貓喝酒的事情，可他家的貓寧死不屈，就是不張嘴。後來他在貓身上塗了點酒，貓就會去舔毛，舔一下就伸舌頭搖腦袋的抽半天，緩一會兒之後又去舔毛。最後他家的貓直接昏睡了過去。那兄弟將貓帶到寵物診所的時候還被獸醫狠狠批了一頓，因為有很多貓是對酒精過敏的，喝多了會引起中毒甚至致命，開不得這種玩笑。

不過……

龍奇再看看衛稜那邊，衛稜正打探著方三爺賣藝的細節，聽得起勁呢，一邊聽一邊樂，也不怕到時候被方家的人追殺。偶爾瞟一眼這邊，見貓喝酒，衛稜也沒有要阻止的意思。

衛稜不擔心，可龍奇擔心，真要是出什麼事，自己肯定得擔責任，他可不認為眼前這隻貓只是普通的貓，不然衛稜也不會帶過來。就算衛稜沒約束貓，可他還是時刻關注著，生怕這貓出什麼事一般。

——傷腦筋啊……這貓喝酒不會拉肚子吧？

——喝了會不會吐？要不要先讓人找個獸醫過來預備著？

龍奇的思緒剛轉了個彎，又聽到貓爪子敲酒杯的聲音。抬頭，見實木茶几上那隻黑貓又瞪著自己，而那個酒杯裡面的酒已經喝完了。不過，龍奇這次沒有那麼爽快倒酒，還在猶豫。

鄭歎剛嚐出點酒味，懷念了一下曾經的日子，心裡也讚嘆了一下這酒還不錯，可現在眼前這人不準備倒酒了？這怎麼行？！

抬爪子再敲敲酒杯，他這次敲得力道大了些，也急促了些，催促的意思很明顯。

龍奇看著眼前這隻貓，他沒想到這貓會這麼與眾不同，嗜酒嗎？應該也不至於。一時興起？

鄭歎敲了敲杯子之後，又將酒杯往龍奇那邊推了一點，再推的話，就會掉下茶几了。

龍奇心裡嘆了嘆氣，將酒杯往裡移了些，然後拔瓶塞又往酒杯裡面倒了一點，比剛才稍微多了一些。擱下酒瓶，龍奇看著眼前的貓，就這小身板，這點已經是極限了吧。

鄭歎可沒去猜龍奇到底在想什麼，見到杯子裡有酒之後，就又將頭伸進去喝。喝完之後繼續跟龍奇對著瞪眼，直到龍奇替他再次倒上。

第三次倒的酒喝完之後，鄭歎覺得有些撐，尿意來襲，便跳下茶几跑向洗手間那邊過去。

包廂內有獨立的洗手間，鄭歎來到洗手間門前，跳起來撥門把手，打開門之後進去，還不忘將門關上。

一直注意著鄭歎動靜的龍奇看得愣眼，恰好衛稜這時候也看著這邊，龍奇便道：「稜哥，這貓……」

「別管牠，牠自己知道該怎麼做。」衛稜淡定道。

龍奇無語，這貓到底怎麼訓練出來的？真邪乎。

在鄭歎出來之後，龍奇還特意跑去洗手間看了下，發現連馬桶都沖過，周圍也沒有灑貓尿的痕跡。水龍頭開過，衛生紙也用過，扔進簍子裡的紙團上還黏著幾根黑色的貓毛，聯想起那貓走出去的時候兩隻有些濕的前爪，龍奇覺得自己想多了，一隻貓怎麼可能會自己洗手然後扯衛生紙擦手呢？

龍奇並不知道，原本鄭歎是準備用烘手器的，但是不太方便，就直接扯了衛生紙簡單擦擦了。包廂裡面鋪著地毯，腳掌踩過的濕痕也不明顯。

龍奇從洗手間出來的時候皺著眉頭，估計還沒想通。

這邊阿金也有些喝多了，衛稜想知道的事情都被套了出來。

看了看坐在那裡發呆的阿金，衛稜將窗戶牆拉攏，包廂內立刻平靜下來。打開設備，拿出麥克風遞給阿金，衛稜道：「試試？」

阿金現在不太清醒，但唱歌形成了一種自然，見到麥克風就不自覺地接過手，聽到伴奏響起就開始唱，衛稜點什麼，他就唱什麼，實在不會的就直接說出來，跳過。

衛稜其實有心想幫阿金一下，怎麼說也從這人嘴裡得到了一些方三爺的耍帥事蹟，又看在黑碳的面子上，幫個小忙總行。年輕人嘛，給他一點點希望，就能讓他們從絕望中走出來。現在讓阿金唱歌只是為了看看這人的唱功而已。

雖然對於這方面不太瞭解，但經常來這裡，聽的歌多了，衛稜也能分辨出來一些高低優劣。阿金的唱功尚可，只是還不夠，訓練一下後頂多在北區那邊混著，至於到時候能混成什麼樣子，那就得靠他自己了，或者說，靠他們那個小樂團的能耐。

在夜樓，能夠到哪個區駐唱，完全是憑藉個人能力。

在酒吧，駐唱歌手就要學會帶動氣氛，也要足夠聰明，什麼場合就唱什麼歌，還要有一定的應酬能力和應變能力等等這一些問題，衛稜剛才在套話時已經有了底，阿金雖然做得還不夠好，但練一練相信就能應付了。再說，現在也不可能直接讓他們過去唱，就算是夜樓的北區，人手也是安排好了的，衛稜不會強行干涉，到時候先跟人打個招呼，讓葉昊的人幫忙再安排就行。

正當阿金唱得起勁，衛稜正思考著的時候，鄭歎撈過衛稜手裡的另一支麥克風，開始嚎起來。鄭歎覺得自己喝得不多，但是按照現在這個小身板，這些酒足夠讓他醉得迷迷糊糊了，剛才還好，現在酒勁上來，鄭歎走路都呈「S」形了。

而鄭歎在聽到阿金唱歌之後，也突然有了唱歌的想法。

喝醉之後的鄭歎，搖搖晃晃地，彷彿看到了那個晃動的放著很多貓籠子的車廂，畫面一轉，他好像又看到那個為了躲避抓貓人、藏在布滿灰塵的閣樓裡的自己，那個為了看上去不像一隻流浪貓而跳進養魚的水池裡洗冷水澡，去跟一隻波斯貓搶寵物牌，等車還要被人追著打的黑貓……

畫面再轉，鄭歎彷彿又趴在一輛公車上，聽著司機在瘋狂地按著喇叭，輪胎與地面的尖銳摩擦聲，還有駕駛員帶著當地口音的叫罵。打開車燈行駛在路上的車輛如血液般流動，周圍的一切似乎都變得凶神惡煞。

而鄭歎自己，每一天都和這個世界打著啞語。

突然也好想唱歌，放聲、放肆地唱。

於是，鄭歎看到衛稜手裡的另一支麥克風之後，就過去撈在懷裡。

第二章

卓小貓

晚上十點，楚華大學東教職員社區，焦家——

焦爸和焦媽都還沒睡，畢竟這是自家貓好不容易回來之後，第一次被帶出遠門，就算知道有衛稜看著，但心裡還是不放心，打通電話過來說明一下也行啊！

正想著，臥房的電話響了。離電話近的焦爸快速伸手接起。

只是，在接通的那一剎那，從聽筒那邊傳過來一聲聲標誌性的「嗷嗚哇啦」句式的嚎叫，讓正準備問出一連串問題的焦家夫婦沉默了一會兒。

等聽筒裡變得安靜下來，焦爸問道：「那邊怎麼回事？」

「黑碳喝醉了，現在正嚎著呢，我在洗手間，這裡安靜一些。」那邊衛稜說道。

「你們給牠喝酒？！」焦媽氣道。

焦媽還準備搶電話說幾句，被焦爸安撫住了，問了一下那邊的具體情況。

衛稜簡單說了一下之後，走出洗手間，來到沙發旁，讓龍奇將音響設備關掉，然後將電話往正乾嚎著的鄭歎旁邊放了放。

聽著那邊去掉了背景音的嚎叫，這讓焦爸確定是自家貓沒錯，而且還很有精神，中氣十足。只是相比起以前，自家貓這次吼得更驚悚、更肆無忌憚，呈現一發不可收拾之勢。

「黑碳？」焦媽將電話搶過來，叫了幾聲。

鄭歎正嚎著，感覺有些奇怪，沒伴奏了，安靜了不少，然後又聽到電話裡傳來的聲音，嚎聲變小。

「黑碳不回來了嗎？」是小柚子。

「媽，黑碳去幹什麼了？」這個是焦遠。

兩個孩子都沒睡著，聽到家裡電話響就立刻踢開被子爬起來，躡手躡腳走到主臥室房門前貼著門板聽，確定是關於自家貓的，就敲門進來了。他們的聲音也透過電話傳到鄭歎的耳朵裡。不大，但鄭歎依然能聽得到。

「乖，去睡吧，黑碳在跟人K歌。」焦爸對他們說道。

這邊，鄭歎歪著頭，用混沌的腦子思量了一會兒。

對，自己現在已經沒流浪了，累了還可以回家，那個不大的院子、老舊的樓房、有些擁擠的頂樓小房屋……

這麼一想，心情也突然變好了。

衛稜和龍奇就看著沙發上那隻貓停下嚎叫，然後猛地再次嚎起來，變得激昂了，那跨越兩個八度卻半點不在調上又吼得歇斯底里的嗓音，讓衛稜和龍奇想撞牆。他們現在無比羨慕已經喝醉睡過去的阿金，那樣就不用忍受這種煎熬。

沒開設備沒配樂，麥克風沒起作用，這貓還能嚎得這麼起勁！

為此，衛稜和龍奇心裡同時做下決定，以後絕對不能讓這隻貓喝酒！

自作孽，不可活啊！

衛稜想出門清靜一會兒，又怕鄭歎做出點什麼意外的事情，既然答應了焦家的人，就得看著。

而龍奇，幾次上去想將鄭歎抱在懷裡的麥克風拿出來，想著沒麥克風這貓估計就不會嚎了，但手還沒碰到麥克風就被撓了，幸好沒撓到手，但受到摧殘的是衣袖，這剛買沒兩天的西裝，袖子就被貓撓出幾個破洞。他想溜出去還被衛稜拉著，說什麼同甘共苦……共苦你妹啊！

當葉昊辦完事回來的時候，一開門就被那嚎叫聲驚得止住了腳步。包廂內的隔音效果很好，以至於將門打開之後，瞬間造成了巨大的聽覺反差。

跟在葉昊身後的人快速擋到前面，被葉昊抬手止住。

跟著葉昊來這層樓的都是幾個信得過的人，而一直跟在葉昊身邊的都是心腹。

比如此刻擋在葉昊身前的是留著小平頭的豹子。豹子只知道這裡面一直都是衛稜的專用地，而且今天負責場子的是龍奇，這兩個都不是會製造出這種噪音的人。至於剛才守門的人說衛稜帶過來的年輕小子，他沒見過，不好評論。

不過，這種噪音也實在是太讓人絕望了。

豹子沒想到鄭歎，雖然守門的人也說了衛稜帶過來一隻貓，但他從來就沒聽過貓會發出這種聲音，也沒想過一隻貓能夠做出多麼驚天地泣鬼神的事情。

見葉昊抬手，豹子也退到一邊，但視線還是注意著裡面，生怕突然竄出個什麼奇怪的東西來。

隨著門漸漸打開，包廂內傳出來的聲音響徹三樓的整個走廊，在走廊兩頭守著的人身上的汗毛嗖地立了起來，看了那邊一眼，然後迅速收回視線。事關老大，他們還是不要好奇的好。

葉昊和豹子快速進入包廂，然後將門關上。三樓的走廊頓時又安靜了，彷彿剛才的嚎叫聲沒出現過一般，而三樓的人心裡都在猜測，那間包廂裡到底發生了什麼事？

葉昊進門之後，第一眼就看到了這個噪音的源頭。

沙發上躺坐著一隻黑貓，坐姿跟人差不多，靠著沙發，懷裡抱著麥克風。還好龍奇將所有的音響設備都關掉了，不然剛才開門那一會兒傳出去的聲音更恐怖，得增加擴音和配樂。

沙發上還躺著一個人，估計是喝多睡過去了，應該就是衛稜帶進來的那個年輕小子。

至於衛稜，戴著個大耳機，坐在沙發旁邊的椅子上，一臉的便祕樣。

而龍奇，坐在角落那邊，一隻手肘擱在腿上，歪著頭以手撫額，另一隻手垂在身旁，拿著眼鏡；袖子上有很多被撓出來的洞和劃痕，還有幾處已經破了。對於龍奇這件新買不久的西裝，豹子是知道的，聽說還花了不少錢。可是，今晚上這件西裝算是報廢了。

龍奇捏了捏眉心，察覺到包廂的門打了開來，抬頭看過去，見到葉昊和豹子之後，龍奇簡直像是見到親爹似的，立刻從椅子上彈起，跑過去對葉昊道：「昊哥，剩下的事情就交給您處理吧，我去看看下面的場子！」

說著龍奇就準備往外溜，但是被葉昊拎著衣領重新拖進包廂內。現在葉昊還沒搞清楚狀況，但看衛稜和龍奇一副無可奈何的樣子就知道現在的情況比較棘手。想溜？沒那麼容易！

龍奇一臉無奈地將事情簡單說了一下之後，豹子奇怪地問：「牠真喝了那麼多酒？我還沒見過貓喝酒呢。」

「現在見到了。」龍奇朝沙發上的鄭歎努了努嘴。

葉昊沒說什麼，看向衛稜，衛稜只是攤攤手，表示自己也沒辦法。

走到沙發前，葉昊看著眼前的貓。他聽到手下人彙報的時候就知道，衛稜帶過來的肯定是這一隻，因為被抓而導致楚華市明裡暗裡一些變動，動用了那麼多人尋找的黑貓。

以前不管衛稜怎麼說，葉昊都認為衛稜是在誇大，可是現在看到真面目之後，葉昊突然覺得衛稜其實還低估了這隻貓的能耐。

能喝酒還能沉浸在自己的世界中嚎成這樣的，估計就這麼一隻了。

鄭歎雖然醉得厲害，但自打流浪之後，警覺心就提高很多。從門打開的時候，他就察覺到有陌生的氣息，所以嚎得也有些心不在焉，現在一個陌生人走到跟前來，他就不得不重視了。

停下嚎叫，鄭歎看著眼前的人。

一人一貓對著瞪。

葉昊是在打量眼前的貓，而鄭歎腦子不太清醒，警惕中還有些茫然。

包廂內的噪音終於平息，幾人心裡都舒了一口氣，這嚎叫聲聽著太擾人，讓人神經不自覺的緊繃起來，現在安靜下來後，感覺輕鬆多了。

看著眼前的人十幾秒後，鄭歎那點殘存的意識確定眼前這人自己不認識，將手上的麥克風朝那人一扔，翻了個身往旁邊走。

葉昊抬手抓住拋過來的麥克風，心中詫異。這貓拋麥克風的力氣不小，不像是一般貓能夠有的，這要是反應慢點的人，估計會被麥克風砸到。

將那股激情澎湃以及一直悶在內心所有的鬱悶和感慨發洩出去之後，靜下來時，鄭歎就感覺頭昏昏沉沉的，想睡覺。最後那一點點意識讓鄭歎注意到衛稜在旁邊，也知道衛稜答應了焦媽要保證自己安全的事情，所以他知道自己就算現在睡過去也可以，其他事情不用管，有衛稜會收拾。

另一個令鄭歎不太爽的就是，原本準備要睡覺了，但發現沙發上還躺著另外一個人，現在他根本就不記得阿金在這裡，嗅了嗅，氣味不算陌生，但也不算熟悉，只能確定不是焦家的人。

鄭歎走過去，抬腳，踹！直接將躺在沙發上睡覺的阿金踹下沙發，然後沿著沙發走了一圈，覺得沙發空間夠大、夠寬敞了，才躺到沙發正中間，調整了個姿勢讓自己睡得更舒服些。

包廂內一片寂靜，被踹下沙發的阿金依然睡著，可能是因為地板上鋪著地毯，沒摔疼；就算摔疼了，阿金喝成這樣，醒過來的可能性也很小。

而包括衛稜在內的四人，則被鄭歎的所為震驚不已。

衛稜知道這貓的力氣比一般的貓大，但也沒想到會大成這樣，直接就將阿金踹下去了，就算是自己師父家那隻也不會這樣吧？

至於葉昊、龍奇和豹子三人，內心已經開始湧現各種猜測和想法——

神仙？貓妖？妖孽？變種？

還是某個特殊部門的祕密武器？

「這貓……」葉昊指著橫躺在沙發中間的黑貓，看向衛稜。

衛稜擺擺手，「有點特別而已，你們知道就行，別說出去了。」

——這尼瑪只算是「有點」特別嗎？！

龍奇看看被踹到地板上的阿金，再看看自己的衣袖，後悔不已。早知道這貓有異，就不該那麼盲目過去搶麥克風，報廢一件西裝。

葉昊拖過來一張椅子，點上一根菸，吸了兩口。沉默一會兒，他說道：「你的意思是，那件事情可以讓這隻貓幫忙？」

「有這個想法。」衛稜點點頭。

從帶著貓來夜樓，進這個包廂，黑貓和龍奇那邊的動靜衛稜都看在眼裡。他將貓帶過來，一個是確實希望這貓能夠幫上忙，另一個就是希望這貓能夠跟龍奇等人多熟悉一下。這幾人都是衛稜信任的人，葉昊是從小一起長大的哥們兒，而豹子和龍奇是葉昊的心腹，很早就跟著葉昊了。

如果雙方能夠熟悉，以後就算這貓遇到麻煩，衛稜自己和何濤等人暫時不在楚華市或者騰不開身幫忙的時候，也能找這些人應急。畢竟在城市裡，給貓造成麻煩的大多數時候還是人，如果能夠讓葉昊欠一個人情，這貓也能多一個庇護。

「不過，具體行不行，這貓同不同意合作，得等牠醒了之後再說。我剛才已經打電話給牠家裡了，今晚就讓牠在這兒睡，明天問問牠的意思。」衛稜道。

如果是在今晚之前衛稜說這話，龍奇和豹子都不會相信這貓能夠幫忙解決那件事情，但現在他們都保持沉默，同時，也對衛稜口中所說的跟這隻貓談合作表示期待和好奇。

「還有——」衛稜抬頭，臉上比較嚴肅，「關於這隻貓的事情，希望大家都能夠保密。」

「這我自然明白。」

葉昊側了側頭，身後的豹子和龍奇也立刻道：「我們知道的，稜哥，絕對不會說出去。」

「嗯。」衛稜嗯了一聲之後，將注意力放到躺地板上睡得啥也不知道的阿金身上，搖搖頭，對葉昊道：「這個孩子跟那隻貓挺有緣的，他們有個樂團，也都是些未成年的孩子，到時候讓他們先來這裡幹幹，熟悉一下，也學習一下吧。」

不用說得太具體，葉昊就知道衛稜的大致意思，「行。龍奇，你到時候安排一下。」

「好的，昊哥。」龍奇答道。

將事情說完，衛稜就轉了話題，說起方三爺賣藝的事情。

「所以說，跟這隻貓扯上關係，對你們來說未必沒有好處。想想韶光集團最近的動作就應該知道。」衛稜道。

最近韶光集團的動作確實很大，方三爺回歸之後，跟很多人所料想的一樣，每次回歸都有大動作。

龍奇將阿金帶出包廂，豹子守在門外，包廂內除了談論事情的衛稜和葉昊之外，就只有躺在沙發上睡得沉沉的黑貓。

第二天，鄭歎醒過來的時候，搖了搖頭，腦子還有點木木的，關於昨天晚上的記憶也慢慢回想起來。鄭歎暗罵自己一句，昨晚簡直就像一個神經病，一個傻子似的，真是毀形象啊！還好焦家的人沒有看到，不然肯定會認為自家貓瘋了。

喝酒後，體內的蛋白質流失嚴重，葉昊讓人準備了很豐盛的早餐。衛稜和阿金坐在桌子前，阿金本來準備先去醫院的，但龍奇說已經派人過去了，會幫著轉院，並處理剩下的事情，讓阿金先吃早餐，不用太擔心。

鄭歎站在桌子上，看到哪個想吃就讓衛稜弄點到眼前的盤子裡。

衛稜覺得現在這貓簡直要成「爺」了，吃個早餐還得讓人伺候著。

吃完早餐，阿金要去看四個夥伴，鄭歎也準備去瞧瞧，畢竟大家一起賣過唱。

葉昊並沒有立刻過來跟鄭歎談話，第二天也沒有出現在夜樓，聽說有事情先離開了。

阿金他的幾個夥伴現在轉到了附近的一家醫院，比他們之前的小醫院要好很多，也讓他們能夠接受更好的治療。並不是他們傷得有多重，而是為了保證以後演奏的時候不出現其他後遺症，況且到好一點的醫院也能更有保障些。

衛稜開著車，車後座上只有鄭歎，阿金坐在副駕駛座。

本來阿金準備坐後座的，但是他發現，自己有些不知道該如何對待這隻黑貓了。他知道自己能夠得到幫忙是這隻黑貓的關係，衛稜都已經直接說了就是看在這隻黑貓的面子上幫他們一把。

但是，阿金不明白，這不就只是一隻貓嗎？就算特別，那也僅僅只是一隻貓而已吧？

除了衛稜的態度，夜樓的那幾個人也是。阿金回想了一下早上發生的事情，他們從夜樓出來時，碰到在一樓跟人談話的龍奇，龍奇看到他和衛稜之後笑著打招呼，很正常，但看到黑貓之後，那表情就不那麼自然了。阿金在外闖蕩這麼久，看人臉色這方面下過功夫，所以即便龍奇那個表情只是一閃而逝，也還是被他注意到了。

而對於衛稜，阿金心裡有些忌憚。昨天他是喝醉了，但還記得起來一些事情。衛稜從他嘴裡套出了太多的話，甚至連其他四人的住院址址、病房號碼都套出來，雖然說衛稜並沒有惡意，但阿金覺得自己還是不夠警惕，昨天在夜樓太衝動了，尤其是看到東宮那邊的演出時，一下子就放下戒心了，看來自己還需要磨練。

至於那位方先生……

衛稜告訴他，關於那位方先生的事情以後不要跟其他人談起，不然可能會惹禍上身。

果然……都不是普通人吶！連貓都不是普通貓！

停好車，衛稜拿出背包，拉開拉鍊抖了抖手裡的包，然後看向鄭歎。

鄭歎心裡無奈，但也只能跳進背包裡。

龍奇已經將他們的病房號碼告知了，衛稜和阿金直接來到病房。並不是單人病房，每間病房裡面都有四張床鋪，不過現在這間病房內只有阿金的四個小夥伴。三個住院臥床，另一個守著的時候也能在剩餘的那張病床上睡一覺。

見到阿金進來，四人有很多問題想問，但礙於衛稜在場，沒有問太多。他們到現在還納悶，昨天晚上就有陌生人來過，只是今天早上才告訴他們準備轉院，折騰一番之後來到這家新的醫院，其他的事情都不用他們擔心，有人已經處理好了。

天下沒有白吃的午餐，經歷過流浪生活的他們更是清楚，所以對方的這些行為更讓四人心裡沒底，就希望阿金快點回來好讓他們弄明白事情的緣由。而四人在聽了阿金簡單的講述之後，不相信似的看著從衛稜的背包裡面爬出來的黑貓，這貓來頭很大？

不管來頭大不大，他們能夠住在這裡，能夠有機會進夜樓學習那些駐唱的技巧，即便只是在夜樓北區，對他們來說也是天大的好消息。原本他們還做好了各種最差的打算，甚至還準備收拾東西烏溜溜回家的，沒想到能夠峰迴路轉。誰都希望衣錦還鄉，而不是落魄到近乎絕境之後才逃回去。

鄭歎瞧了住院的這幾人一眼，躺病床上的三人，一個頭上纏著繃帶，一個腳上打著石膏，最後一個估計還有內傷，現在三人看著還挺有精神的，證明傷勢確實不是很重。

到酒吧唱個歌還將自己弄成這樣，確實夠倒楣的。不過這也是常事，跟酒吧的其他歌手起衝突並不是什麼稀罕事，但阿金幾個人在這裡沒靠山也沒其他認識的人，被欺負、被排斥也不稀奇。

鄭歎過來只是看看這幾個人，看完就跳進背包，示意衛稜可以離開醫院了。

衛稜離開時，拍了拍阿金的肩膀，「年輕人，還有很多需要學，記住以後別那麼容易就被人套話了。」

阿金詫異。這樣看來，衛稜其實明白做法欠妥，但同時也給阿金上了一課。

從醫院出來，衛稜直接將鄭歎送往楚華大學東教職員社區。再不將貓送回去，焦家的人意見肯定更大，這樣的話，以後再想帶黑碳出來玩就難了。

不過，在前往楚華大學的路上，衛稜一邊開車也一邊注意著後排車座上歪著頭不知道在想什麼的黑貓。

鄭歎其實是在回想昨天喝醉之後的一些細節，暗嘆自己還是太衝動了。鄭歎自己都沒想到心裡會憋了那麼多情緒，就因為這樣一個契機，全部透過嚎叫釋放出來。還好是在夜樓那地方，隔音效果好，也沒被其他人知道，不然就出大醜了。

除此之外，鄭歎還猜測衛稜希望自己幫忙的事情肯定是關於那個葉昊。

葉昊還有龍奇、豹子那樣一些人大概是個怎樣的出身，鄭歎也能夠推測一二，能夠支撐起偌大一間夜樓，能夠安然無恙地在那個繁華地帶經營，肯定也是有一定力量的。至於衛稜到底需要自己幫什麼忙，鄭歎還沒想到。

鄭歎正琢磨著，前面開車的衛稜就出聲了。

「黑碳吶，你看外面有鴿子哎。」衛稜說道。

鄭歎立起身往窗外看了看，那邊有個廣場，廣場上有幾隻鴿子，不多，不像電視上那種一群一群的鴿子，這個時候也沒有誰會去餵鴿子，沒什麼看頭。只是，為什麼衛稜會說起鴿子的話題？

「聽說上個世紀的時候，國外有人利用鴿子作為間諜，訓練鴿子之後，人們會在這些特殊的鴿子身上安裝一種微型的竊聽器，讓牠們在鐳射的指引下飛向要偵察的目的地，比如窗臺等地方。這些特殊的鴿子在停下來後，會按照訓練的步驟，啄一下竊聽器，打開上面的特別開關，然後原本裝在鴿子身上的竊聽器就會自動脫離鴿子腿，開始竊聽任務，而鴿子則已經遠走高飛了……」

說完這話，衛稜心裡都嘲笑自己，竟然跟一隻貓說這種深奧的話題，而且這話還拐彎抹角的，貓怎麼可能聽得懂嘛！就算這貓聰明，也不會像人那樣拐幾個彎思考吧。

恰好這時候車駛到路口，又遇到紅燈，衛稜透過內後視鏡看向後座上的貓，原本以為那貓會和平時一樣擺出一副愛理不理的樣子蹲在那裡，卻沒想看到的是那貓正瞇著眼睛盯著這邊。

那眼神裡的意味……

衛稜心裡一凜：這是聽懂了？真他媽邪乎！

雖然師父他老人家說過「貓是靈物」這種話，但太「靈」就有些妖孽了，這樣會嚇住人的。

「黑碳吶，葉昊那邊遇到點小麻煩，也不是不能解決，就是需要的時間長了一點，但是葉昊希望能夠儘快將事情解決，所以想在某人家裡裝個竊聽器，但是那地方人又不好進去，於是希望你能夠幫個忙。怎麼樣？你聽懂了沒有？」衛稜從內後視鏡看向後座。

鄭歎打了個哈欠，趴下來。

衛稜又道：「這樣吧，你聽懂我的意思了呢，就拍一下車座。」

鄭歎甩動尾巴拍了下車座靠背。

衛稜眼角抽了抽：這傢伙還真聽懂了！是不是都可以免去訓練的過程直接上陣？

「這也不是很危險的事情，只是不想打草驚蛇而已。你過去執行任務，外面還有我接應，如果出什麼事，我保證能夠將你帶離那裡，行不行？」

鄭歎甩尾巴又拍了一下車座。

「怎麼樣？有沒有興趣接這個任務？」衛稜問。

這次鄭歎沒有立刻甩尾巴，過了大概半分鐘的時間才甩的。

這次輪到衛稜詫異了：真聽懂了？真的知道牠自己要做什麼事？這貓該不會其實什麼都沒聽懂，只是甩甩尾巴逗人玩吧？

按照衛稜原來的計畫，訓練加上配合等等，至少需要一星期，就是為了讓貓知道自己要做哪些事情、怎樣去做。可是現在的情況有點出乎衛稜的意料。

「總之，你先想想吧，之後我再過來接你。」衛稜說道，這語氣並不像是在跟一隻貓說話，更像是跟人。而且，談話太過順利以至於衛稜反而擔心了：這貓到底是真懂還是假懂？

到達楚華大學後，衛稜的車駛進東教職員社區。

鄭歎下車後，又跳回車上。

「幹嘛？」衛稜奇道。

鄭歎抬爪子撓了撓脖子。

「哦，忘了。」說著，衛稜從口袋裡掏出鄭歎的電子感應卡，掛在鄭歎的脖子上。

這次鄭歎才跳下車離開。不過沒上樓，這時候樓上沒人，上去也無聊。社區的草坪那裡，阿黃和警長在曬太陽，旁邊趴著聖伯納犬小花，而阿黃還動著爪子在小花身上交替踩踏著。

鄭歎沒工夫去一直注意牠們，他現在在思考一些事情。

明年這時候焦爸估計要出國，一出去就是至少一年，到時候焦家也沒個主心骨，焦遠和小柚子他們要是受人欺負怎麼辦？不能總去指望社區的人幫多少忙吧？

焦爸的朋友們肯定會照應些，但鄭歎希望自己也能盡點力，既然決定留在這裡，肯定要表現出自我價值來。要真有誰欺負上門，正當途徑又起不了太大作用的話，下黑手之類的事情還是找葉昊他們更方便。有時候，暴力能夠更直接地去解決問題。

所以，葉昊這條線，鄭歎沒想放棄。

不就是個小任務嘛，既然衛稜說沒有生命危險，嘗試一下又何妨？

衛稜離開後，第二天並沒有過來。

鄭歎有些失望，他都做了一晚上的心理準備，幻想了各種高端大氣上檔次的特工畫面，結果衛稜一去就沒消息了，鄭歎還懷疑是不是衛稜打電話給焦爸焦媽卻被拒絕了呢。

對於衛稜沒有過來的這件事，最高興的是焦家的人。那天他們在鄭歎回來之後，焦媽立刻將鄭歎帶到小郭那邊做了個身體檢查，得到的結果是「健康」，確切地說，應該是「狀態非常好」。

這點焦媽和郭大哥也不太明白，如果這隻貓真的是喝多了酒的話，不可能屁事沒有吧？至少也得萎靡一下，或者鬧鬧脾氣什麼的。

他們並不知道，鄭歎藉著這次「發酒瘋」也將心中憋了很久的悶氣釋放出來了。或許他們難以想像一隻貓怎麼會有這樣那樣的心理障礙，但事實確實是這樣沒錯。

對人來說，當心理障礙得不到釋放的時候，久而久之便會形成心理疾病，注意力不集中導致過動症、焦躁症，學習壓力大造成憂鬱症、焦慮症，遭遇挫折造成強迫症、躁鬱症等，從十歲的孩童到七十歲的老人，每個年齡段的人都存在著不同的心理障礙。

鄭歎的心理依舊是人的心理，就算為了活下來而無奈地接受變成貓的現實，但心理這關並不是那麼容易過的。借酒發瘋雖然毀形象，但確實是一種不錯的發洩方式。鄭歎不知道自己會以貓的形態存在多久，也不知道這種心理障礙什麼時候才會徹底消除，但至少現在他找到了一個相對來說不錯的宣洩方式，一個不用花一毛錢就能讓自己心理更輕鬆的法子。

嗯，等什麼時候再鬱悶了，再去夜樓發個酒瘋，嚎一嚎，反正焦家的人又看不到，周圍的人也看不到，不會知道自己毀形象的那一幕，至於葉昊那邊的人怎麼想、受不受煎熬，這不在鄭歎的考慮範圍之內。

這是鄭歎昨天回來之後在樹上趴著想了一下午的結論。而另一邊忙著處理手頭事情的葉昊和龍奇等人，壓根不知道自己被賴上了，或者說，他們的地盤被一隻貓看上了。

這週不用去小郭那邊拍廣告，也沒有衛稜的電話過來，家裡沒人，上班的上班、上學的上學，鄭歎趴在社區的樹上，以前一直不知道社區草坪邊上那些灌木是些什麼樹，現在才知道，那一排種的都是含笑花。

空氣中瀰漫著幽幽的香味。

鄭歎趴在高高的梧桐樹上，打了個哈欠，伸伸懶腰，看著下方草坪上又開始挖洞的牛壯壯。這傢伙自打看到撒哈拉刨過一次坑之後，就惦記上草坪了。校園裡很多地方都是水泥地面，能刨坑的地方只有花壇和草坪，而牛壯壯每次被放出來總會在草坪上找個地方刨一刨，有時候會藏一些不知道是什麼的東西進去，有時候純屬是為了刨坑。

莫非這也是一種發洩情緒的方式？

鄭歎不懂。他又不是狗。再說了，他連很多貓的心理都搞不懂。不過，貓的心思本就難猜。

閒著無聊，鄭歎準備去一趟西社區那邊，好久不見小卓了，話說回來，小卓早過了預產期，應該已經生娃了吧？可是回來到現在都沒聽焦爸焦媽提起過。

看來要弄明白只能自己去找答案了。

就像任崇的事情，鄭歎是回來之後去生科大樓那邊找焦爸的時候，聽到那邊的學生談論才知道任崇栽了。聽說任崇與經濟學院那邊的某個女學生有不正當關係，聽說還跟外語學院那邊的某院花有一腿，而任教授原來是有老婆的；他老婆原本在國外，聽說出身還不錯，大小姐脾氣，知道後坐飛機飛來這邊，當著很多人的面抽了任崇好幾巴掌，讓一向注重面子的任崇出醜狼藉。還聽說任教授涉黑……

一些事件加上各種影響不好的傳言，在學校瘋傳。校方原本是想讓任崇休假一段時間，等風波過去，畢竟任崇本身確實有能力，可後來不知道為什麼，強制辭退了任崇。很多學生猜測任崇肯定得罪了學校某個大人物，不然不會這麼乾脆地被辭掉。

鄭歎回想了一下那個總掛著虛偽的紳士笑意的那張臉，再想想聽說的一些傳言，感覺這其中肯定有衛稜和趙樂等人的手筆，畢竟其他學院的那些小八卦，趙樂肯定會熟悉一些。至於強制辭退的事情，應該就是佛爺還有蘭老頭等人的作用，憑焦爸還沒那個能耐。

其實，像任崇這種跟學生有一腿的事情很普遍，只是大家不知道，或者知道也沒有說出來而已，在國外就更常見了，這種事情可大可小，就看是誰在背後推動了。

鄭歎在想明白的時候還挺感動，至少自己出了事情還有這麼多人在幫忙，連總繃著一張臉的佛爺都幫忙了。不過，佛爺會幫忙應該大部分是小卓的原因。不枉自己送一場九葉草啊！

鄭歎一邊往西教職員社區那邊走，一邊想著現在小卓的情況。

走進西社區大門時，鄭歎就感覺自己被盯上了，不是人的視線，是其他貓的視線。

他抬頭看向一棵樹，樹上趴著一隻虎斑貓，跟阿黃挺像，但個頭比阿黃稍微大一些。那貓趴在樹枝上看著鄭歎這邊，隔這麼遠鄭歎就能感覺到那隻貓的敵意。

甩甩尾巴，鄭歎懶得理會牠，繼續往社區裡面走。

沿途鄭歎遇到了好幾隻貓，以前過來的時候那些貓還沒長大，現在個頭都長起來了。西社區的貓也不少，就是不知道警長跟牠們幹過架沒有。

來到小卓住的那棟高樓，鄭歎在門口守了一會兒，等到有人進去的時候，才跟著人溜進去。

還是和以前一樣，鄭歎選擇爬樓梯，坐電梯的話又會被人圍觀，跟看稀罕事物一樣看他，那種眼神鄭歎不喜歡，所以為了避免那些麻煩，鄭歎還是覺得爬樓梯來得省心。

一口氣衝到六樓，鄭歎來到６０６的門口，支著耳朵聽了聽，沒聽到什麼，便跳起來按門鈴。

等門的時候鄭歎還想著，不知道那個保姆還在不在？估計自己又得被嫌棄了。

等了幾分鐘，裡面依然沒有動靜。鄭歎奇怪了，跳起來又按了幾次門鈴，還是沒人來開門。

——難道生完孩子還在醫院住院？

鄭歎對於女人的那些事不太瞭解，也想不出個所以然來。蹲在門口又等了十分鐘，還是沒人來開門，將耳朵貼在門上聽了一會兒也沒聽到屋裡有其他聲響，真的不像是有人在家的樣子。

——算了，回去吧。

鄭歎也不準備再等，看這樣子，他是等不來人開門了。

轉身離開，但剛走了幾步，路過電梯的時候，電梯門開了，鄭歎瞧了一眼。沒看到小卓，倒是看到許久不見的佛爺。

「黑碳？」走出電梯的人問道。

佛爺手裡拿著一個資料夾，看上去有些疲憊。

鄭歎還真沒想到會在這裡碰上這位物理學院的鐵血人物，也不太知道該怎麼和這位佛爺相處，她又不會拿小零食給自己，估計也不會准許自己跑到椅子上睡覺，聽說這類人很多都有強迫症或者潔癖。

聽說而已，不曾親見。鄭歎只是平時在校園裡閒晃的時候聽那些學生說的。至於這其中有多少真實性就不得而知了，畢竟大人物的心思你別猜。

「你來看小卓的吧？」佛爺問道。

鄭歎尾巴尖動了動，不知道該怎麼回答。

佛爺也沒等鄭歎回答，看看手腕上的錶，轉身進電梯，對外面的鄭歎招招手，「進來吧，一起下去。」

鄭歎站在原地想了想，還是抬腳走進去了。

電梯往下降的時候，鄭歎感覺這裡面的氣氛有點詭異，太過嚴肅了，封閉的環境總讓人莫名緊張，又或者是佛爺的氣場太強的原因，總之鄭歎十萬個不自在。

以後還是爬樓梯吧，空間寬敞些，心裡也舒服些。

原本鄭歎以為佛爺只是將自己送出樓就行了，結果出了電子感應門之後，佛爺並沒有要返回樓裡的意思。

「聽小卓說你聽得懂話，咱們走走吧。」說著，佛爺抬腳就往西區側門的方向走去。

鄭歎愣了愣，有些搞不懂佛爺的意思，不過還是抬腳跟上。

西教職員社區側門守門的大門警衛剛打了通電話，跟人聊了很久，午覺都沒睡，有些累了，伸展手臂打了個哈欠，嘴巴正張大著，就看到往這邊走的佛爺。

哈欠沒打完，強行終止，大門警衛趕緊坐好，一本正經的樣子，讓自己看上去很精神很敬業。在這裡守門的人心裡都有一桿秤，哪些人好說話、哪些人招惹不起，都知道，不然這工作就別幹了。而佛爺就是他們招惹不起的人物。誰都知道佛爺的身分，也知道佛爺這人說話辦事有自己的一套，甭想對她拍馬屁拉關係。

不過，今天大門警衛心裡奇怪，佛爺最近只是來這邊睡個午覺，或者忙得太晚來這邊休息一下的，今天也不像是睡過午覺的樣子，而且大名鼎鼎的佛爺旁邊居然還跟著一隻貓！

佛爺喜歡貓嗎？

還真沒聽人說過。不過，也不排除這個可能。

對於那些想知道佛爺喜好的人，大門警衛琢磨著是不是賣點消息出去。

鄭歎跟著佛爺往外走，西教職員社區出去就接近西校門，來往的人也比較多。好的是，佛爺並沒有要出校的意思，轉了個彎，就沿著一條小道往校園裡走去。

雖然現在確實是往校園裡面走，但一出西社區的門，來往的認識佛爺的人也多，鄭歎不知道被多少人行過注目禮，還有一些人在身後小聲議論是不是佛爺家的貓，佛爺怎麼有心情出來遛貓等等話題。

如果是想避開這些人、不被這麼多人注意，其實很簡單，從西社區另一個門沿著相對冷清的石子路走就行了，並不需要往靠校門的這邊走。

鄭歎搞不懂佛爺到底是個什麼意思。

告訴別人這貓其實是有後臺的？而且後臺還是楚華大學鼎鼎有名的佛爺她老人家？

鄭歎一邊跟著佛爺往校園裡走，一邊琢磨著這位大人物的心思。

同時，鄭歎也好奇，剛才過去那邊沒見到小卓，難道小卓搬家了？這房子確實是佛爺的沒錯，但佛爺既然給小卓住，萬萬沒有現在就收回去的道理，何況小卓還是佛爺很看重的學生。

不得不說，佛爺她老人家的氣場確實強，鄭歎跟在旁邊就一直感覺緊繃繃的，真是可憐了物理學院那邊經常會碰到佛爺的學生。

佛爺也並沒有一直走，在一條比較安靜的小道旁邊的長木椅上坐下，拍拍旁邊的位置，看向鄭歎，示意他可以坐在那裡。

鄭歎跳上木椅，坐在佛爺旁邊表示壓力很大。可見那些每天都要和佛爺共事的老師們要承受的心理壓力一定比其他老師大。

佛爺坐下後也不說話，就這樣看著前方的樹林。

鄭歎研究了一下，那片樹林也沒什麼特別的，在楚華大學內很多這樣的小樹林。看佛爺這樣子，其實是在想心事？

鄭歎突然覺得像蘭老頭那種比較好，脾氣雖然古怪了些，但至少有什麼就說什麼，讓人知道他是怎麼想的，也能夠有個應對之法。

不過，鄭歎也慶幸自己現在只是一隻貓，就當什麼都不懂算了，也沒人會讓你打破僵化的氣氛找話題。

此時，物理學院有幾個研究生正準備去校門口的銀行取錢，從這條捷徑小道走過來，結果突然看到了坐在路邊長椅上的佛爺。

不是都說佛爺回去休息了嗎？現在坐在這裡的又他媽是誰？！那幾個研究生心中鬱悶不已。現在這個時間點可不是到處閒逛的時間呀，而佛爺憑藉她那強悍的記憶力，對院裡大部分學生都是有印象的，更何況他們幾個剛好是佛爺那個課題組的，那就更熟悉了。

幾人走過轉彎才發現了佛爺，這時候想當作沒看見返回去肯定不可能，只能硬著頭皮往前走，原本準備裝作沒看見直接走過去算了的，佛爺卻抬頭瞟了他們一眼。

「葉老師！」

「葉老師好！」

幾人臉上笑得很僵，心裡抖成一片，做好了被批的準備。

「你們這是去幹什麼？」佛爺問。

「這不是剛發經費補助款嘛，去取錢，順便開個網銀帳號。」搭話的那個學生說道，末了還加上一句為自己開脫：「晚一點校門口的銀行快關門了，人也多，現在剛好手頭的事情結束有點空，就出來了。」

佛爺點點頭，「去吧。」

——咦？佛爺今天怎麼這麼好說話？

幾人交換眼神，趕緊告辭離開，生怕佛爺改變主意再將他們揪過去批似的。

鄭歎看著這一幕，心裡樂了，這幾個倒楣孩子，出來一趟還碰到「大老闆」，估計會繼續忐忑好久。

「真是，弄得我像洪水猛獸似的。」佛爺輕聲道。

鄭歎側頭看向旁邊的佛爺。看起來，佛爺有些惆悵啊。

佛爺將注意力重新放到旁邊的貓身上，這次沒繼續沉默了，而是說道：「聽說那株九葉草是你送給小卓的？真是隻好貓。」說著，佛爺還伸出手指摸摸鄭歎的貓頭。

鄭歎是不喜歡別人這樣摸他的頭，但佛爺的話，就忍一下吧，畢竟佛爺也替自己出過氣。

「孩子確實很健康，男孩，小卓為那孩子取的小名就叫『小貓』，卓小貓。」佛爺說道。

小名這種東西，有花鳥魚蟲，有金石土木，也有龍虎狗豹之類的。聽聞取小名是一種頗具特色、值得重視的修辭活動和現象，其修辭理據主要體現在邏輯上的「無理而妙」；同時，小名也體現了父母對孩子的愛。

不過，鄭歎自己沒有小名，或許曾經也有過，只是當初父母誰都不提，鄭歎也不會知道。

有時候鄭歎也挺羡慕那些有小名的人，雖然小名有時候不好聽，但讓人感覺鮮活一些，就像一張記憶的底片，透著骨子裡的親近和靈動。

——卓小貓嗎？真想看一下。

——沒出生多久的卓小貓應該不會跟那些熊孩子一樣揪尾巴吧？

鄭歎記得卓小貓出生之前，自己還隔著小卓的肚皮碰過他一下，用頭碰的。

說起卓小貓，佛爺臉上也變得柔和了不少，就像是在說自己孫子似的。

「到時候，我抱著他過來給你看看吧，也讓他知道知道自己名字的來歷，看看他母親口中經常提起的『黑哥』。」

佛爺說了很多關於卓小貓的事情，比如出生的時候大家有多緊張，畢竟很多人認定這個孩子不會健康，跟小卓關係好的人心裡肯定都不好受，直到孩子出來，做過一連串的檢查之後，大家才放下心。

佛爺說，那個九葉草的吊墜卓小貓戴著，而且依照小卓的意思，會讓他一直戴下去，不會有其他的金銀玉石取代。

不過，佛爺基本都在說卓小貓的事情，卻不怎麼提小卓。

——小卓呢？不回來了嗎？

——為什麼是佛爺她老人家親自抱卓小貓過來，而不是小卓自己抱過來？現在卓小貓和小卓又在哪裡？

鄭歎側頭聽著，現在佛爺周身的氣場也不像剛才那樣強硬，再加上這話題鄭歎也挺感興趣，一人一貓相處得倒也還好，即便只是人在說，貓在聽而已。

佛爺說著卓小貓的事情時，也觀察著眼前這隻貓，雖然這貓沒有發出任何叫聲來回應，但就是讓人能夠知道牠在聽，而且聽進心裡去了。

也難怪蘭老頭當時為了這隻貓的事情而對任崇發飆。

佛爺並不像小卓之前的那個保姆那樣對黑貓抱有偏見，即便知道眼前這隻貓有點特異，佛爺也沒有太大驚小怪。走到如今的地位、得到如今的名聲，見過的稀奇古怪的事情多了去了，不差這麼一個。

不知道如果佛爺知曉眼前這隻貓擁有著人類的靈魂的話，會怎麼想。

「以後對人注意點，別再被抓走了。」佛爺說道。

鄭歎耳朵往後扯了扯。應該不會，吃一塹長一智，他沒那麼傻。

又沉默地坐了一會兒，佛爺歎了嘆氣，「這人吶，分兩種，想得開與想不開。跟你出來走走，還真讓我想通了一些事情。算了，人各有志，總有讓他們必須要做的事情，我也干涉不了。」

鄭歎不認為自己做了什麼能夠讓佛爺想通的事情，也不知道佛爺到底想通了一些什麼，見佛爺起身，知道佛爺要走了，自己也從長椅上起來。

「短期內你不用去那邊了，他們不在。」離開時，佛爺說道。

佛爺不知道這隻貓能不能聽懂自己這些話的意思，她只是抱著試一試的心態，將要說的話說出來而已。西區的房子那邊經常沒人，她自己僅是偶爾去那邊休息一下，睡個午覺之類的，時間也不定，又不是每天都過去，就算貓去那邊也沒人開門。

一人一貓沿著小道往回走，在前面的路口分開，佛爺前往西教職員社區那邊過去，而鄭歎則回東教職員社區。

第三章 接頭人是一隻貓？

回到東教職員社區的時候，鄭歎看到聖伯納犬小花正馱著一個小孩在草地上慢悠悠走動。那小孩是社區裡的，上幼稚園，跟小花牠家住在同一棟樓。這小屁孩平時最喜歡的就是騎著小花滿院子溜達，把其他小屁孩羨慕得要死。就算小花的性情比較溫和，但也不是誰都能騎在牠身上的。

看著騎在小花背上正樂得咯咯笑著的小屁孩，鄭歎不由得想到了剛才佛爺說過的卓小貓。

嗯，以後如果卓小貓要騎大狗的話，就讓小花委屈一下吧。反正小花個頭大，帶著小孩滿院子跑，牠自己也高興。

正想著，鄭歎聽到嘀嘀的車喇叭響，回頭往聲音傳來的方向看過去，是衛稜那輛車。衛稜從車窗伸出胳膊對鄭歎招手，招呼鄭歎上車。

——這是準備要開始高端大氣上檔次的任務了嗎？

鄭歎跑過去，從打開的車窗跳進車裡，看向駕駛座上的衛稜。

「去夜樓那邊吧，我打電話跟你貓爹說過了，可以直接走人。」

鄭歎原以為自己這次要擔負起安裝竊聽器的任務，結果在前往夜樓的途中，聽衛稜嘮叨的話，這是有另外的事情？所以前天衛稜說的那些「竊聽器」的話是誆貓的嗎？那些話只是個試探作用？那也太謹慎了點。

不過想想也是，六〇年代被ＫＧＢ（注：前蘇聯的情報機構。）誇口為「世界第一流的竊聽裝置」，今天在國外很多玩具店裡都能買得到。竊聽戰爭應該早被葉昊那些人玩熟了，真要竊聽，以葉昊他們的能力不至於需要一隻貓來幫忙。

不過，這件所謂的「另外的事」又是什麼？

這一次鄭歎來夜樓並沒有就這樣光明正大走進去，而是被衛稜塞進背包裡帶進去的。

到了三樓，進了其中一個房間，衛稜才讓鄭歎出來。

這次並不是上次借酒嚎歌的包廂，而是另外一個，空間稍微大一些，布置有些奇特，還有很多「道具」。

房裡除了之前見過的葉昊、龍奇和豹子之外，還有一個二十五、六歲的年輕人，長得平淡無奇，不像龍奇那樣帶著精英氣質，也不像豹子那樣強壯，給人的第一印象當真是沒什麼特別的地方。不過，能夠待在這裡的，肯定也不是什麼平凡人物。

葉昊見衛稜帶著貓進來，打了個手勢讓他們稍等，然後便和豹子走進靠裡的一個小房間，那裡是一個臨時處理事情的辦公點。

房間大廳裡，龍奇正坐在那裡聽那個年輕人在講解什麼，鄭歎看了一下，對方手上擺弄著一些線圈、電晶體等東西，鄭歎對於那些並不瞭解，所以也看不出個所以然來，而那兩個人所交談的內容鄭歎也聽不明白。那個年輕人說的什麼「越戰時的『倫姆斯』」、「上世紀八〇年代的『倫巴斯』」等等一些名詞，鄭歎聽都沒聽說過。

好奇心驅使下，鄭歎跳出背包，往那邊走過去，伸長脖子。

正交談著的兩個人察覺到鄭歎的靠近，看了他一眼，龍奇不自覺的往後退了退，而那個陌生的年輕人瞧了瞧鄭歎，又看看坐在不遠處吃花生米的衛稜，繼續剛才的話。

鄭歎看到他們兩人前方的桌子上放著一張圖，手工繪製的電路圖，上面標注著一些字母和數位，如R1、R2、Q1、Q2、nF、pF等，鄭歎看著眼花，索性不看了。

蹲在旁邊支著耳朵聽了幾分鐘之後，鄭歎才終於明白，這個年輕人在教龍奇製作簡單的竊聽器，看那樣子，這個年輕人是個玩竊聽器的高手。教完怎麼製作簡易竊聽器之後，這個年輕人還說了一些竊聽器相關的事情，以及他接過的一些反竊聽的工作。

鄭歎越聽越帶勁，這種類似於八卦的事情還是比較容易懂的。沒想到楚華市那麼多官員都請這人去拆過竊聽器和偷拍設備等等。官員們也會使用這種間諜式設備，相互收集黑材料，彼此刺探，抓住對手的把柄往上爬，特別是那些手握審批權力的人，都是很多人眼中的刺探目標。

空調、電源插座、車上等等地方，都可能有各式各樣的竊聽設備存在。

這個世界真他媽瘋狂。

「所以很多人說這東西就是臭蟲，英文中，竊聽器和臭蟲是同一個單字，都是『bug』，很多時候他們會直接問我『這裡有沒有臭蟲』……」

那個年輕人一邊講遇到過的事情，一邊開玩笑，不過，那些客戶的名字和身分卻一點都沒透露出來，看來還是比較講職業道德的。

這樣一來，鄭歎也更明白自己不可能去幫忙裝什麼竊聽器了，有高手在，輪不到自己去冒險，估計這些人也不放心。能力差距在那裡，鄭歎沒什麼不服氣的。

有時候鄭歎也挺佩服這樣的人，能夠專於一業都是不愁吃喝的，悶聲發大財。估計這種人才適合做那種高端大氣上檔次的特工工作。天才和瘋子改變世界，這話確實沒說錯。

「水●事件之後，各處特工為了不步其後塵，研製出鐳射竊聽器，還有後來的傳感竊聽器，那些間諜技術家們真他媽都是天才！我跟你說說鐳射竊聽的原理吧，安裝這種竊聽器不用潛入房間，這也就避免了被『人贓俱獲』的風險。在鐳射發生器產生的兩種光中選出不可見的紅外鐳射用來『隱形』……」

後面這個年輕人和龍奇又開始談論一些專業性的話題，鄭歎聽也聽不懂，便又回到衛稜旁邊，將盤子裡的花生撈幾個出來推到衛稜眼前，讓衛稜幫忙剝花生。

「你還吃花生？」衛稜不知道其他貓吃不吃花生，吃了會不會拉肚子，不過既然眼前這隻貓想吃，就順手剝了幾顆。

原本衛稜是剝個花生，自己吃一顆花生米，另一顆給鄭歎，結果到後來剝出來的花生米全都被鄭歎撈過去了。衛稜撇撇嘴，心想：這他媽就是個「爺」！吃個花生還得讓人伺候著！

過了大概半小時，葉昊和豹子交代完事情，從那個辦公的小房間出來。

跟龍奇說著話的那個年輕人抬頭，見人都出來了，自己也停下話，手頭的筆也擱下來，拍了拍袖子上黏著的一些碎屑，站起身，「說好了？那就開工吧。順便幫你們『消消毒』。」

「辛苦了，巴格。」葉昊說道。

「不用客氣，就這點事我還是能幫上忙的。」說完，巴格便跟著豹子離開。

鄭歎嚼花生米的動作一頓，看向那個走出房間的年輕人，這名字真特別，不愧是搞間諜技術的，就是不知道這到底是真名還是代號。

葉昊則來到沙發上坐下，看向衛稜：「怎麼樣，去那邊沒被說？」

「我現在一去那邊，人家家裡的小孩子就跟防賊似的防我，就算以前幫過他們的忙，現在兩個孩子都跟對待敵人似的對我，為了幫你們一把，我容易嘛！」衛稜感嘆道。

葉昊嗤了聲，也不糾結衛稜這句話。

「跟牠說了沒？」葉昊問，下巴朝鄭歎那邊點了點。

「提了一點，沒具體說，畢竟材料都在你這裡，我說也說不了多少。」衛稜攤攤手。

葉昊看著正蹲在矮桌上啃著花生米的貓，心裡還是不太相信。不過，就算不成功，一隻貓而已，也不會讓人懷疑。

鄭歎啃完花生，聽衛稜說了一下自己要做的事情，其實很簡單，總結起來一句話——幫人拿一份名單。這些名單對葉昊他們有什麼用，鄭歎不知道，也沒必要知道，知道太多不是好事，即便只是一隻貓。

而鄭歎需要去找的人，就潛伏在對方的勢力範圍內做臥底，而且那人身邊被安裝了一些監聽設備，還有人整天監視著，葉昊這邊也不好派人過去接觸，畢竟在這個關鍵的時期容易暴露。

要說那位臥底先生，鄭歎看了葉昊拿出來的照片，一個比豹子還健壯的人，臉上帶著疤痕，看著有些猙獰，估計這就是小孩子們絕對遠離的那種人，用社區裡那些婆婆媽媽們常說的話來形容：看著就不像是個好人。

可偏偏這位能眼都不眨便擰斷人胳膊的壯漢，從小就比較喜歡貓。

鄭歎聽到葉昊的說明時差點嗆住。那種畫面，實在想不出來。

就算是當臥底的時候，這位愛貓先生每每看到流浪貓都會湊過去餵食，曾經這人遇到一個貓販子，當場將貓販子揍進了醫院，住了老長一段時間，差點翹辮子。

從這點來看，鄭歎對這人的印象好了不少。經歷過被抓的事件，鄭歎對貓販子可謂是深惡痛絕，聽到這人的事蹟只有拍手稱快，果然人不可貌相。

同時，鄭歎也終於明白為什麼衛稜希望自己能夠幫忙了，這樣更容易接近臥底先生而不引起對方勢力的警惕，畢竟平日裡這位臥底先生接觸的貓沒上百隻也有幾十隻了。而且鄭歎現在也不是什麼名貴的貓種，還是很多人都嫌棄的黑色，再加上鄭歎經歷過流浪的生活，知道那些流浪貓該有的眼神，所以鄭歎有信心，對於這件事也挺樂意幫一把的。

就當是一次冒險遊戲，衛稜也說了會在附近潛伏著以免意外發生，讓鄭歎放心，不會有生命危險。

既然決定幫忙，需要的準備工作還是要做的。鄭歎跟衛稜先演練了一會兒，做這種接頭的工作，還是得有點演技，鄭歎拍廣告也拍出點心得體會，所以表現也讓葉昊和衛稜很滿意。

至於坐得遠遠的龍奇，看鄭歎的眼神就像是在看妖怪。鄭歎今天發現龍奇身上掛著一個吊墜，估計是辟邪用的。

——嘖，看著是個精英樣，接受能力卻還比不上小卓他們呢！

原本坐在十公尺開外的龍奇見到那隻黑貓瞥自己的眼神，突然感覺背脊一涼。

——那眼神是鄙視吧？絕對是鄙視！

坐了一會兒，龍奇實在坐不住，跟葉昊告辭離開了房間。

「龍奇這傢伙，嘿！」衛稜也不將話說完，那意思大家都懂，不過他也能理解，畢竟這種太超乎尋常的事情不是誰都能接受的，尤其是經常接觸到一些黑暗事件的人，難免會多想一些。

「對了，既然決定讓黑碳去拿名單，總得做足準備。」衛稜說道。

鄭歎不明白所謂的「做足準備」還有哪些，但當衛稜打開一個箱子的時候，鄭歎臉都僵了。如果不是臉上的黑色皮毛掩飾，肯定會發現鄭歎的臉色跟屎似的。

衛稜拿出來的箱子裡面放著「化妝」設備，比如灰塵，還有黏黏的不知道是什麼液體的東西。

「來吧，化妝。流浪貓嘛，就應該有流浪貓的樣子。」衛稜說著，伸手抓起一把灰塵，往鄭歎身上撒。

以前流浪的時候竭力讓自己看起來不像流浪貓，現在不流浪了，反而要弄得像流浪似的，鄭歎都感覺自己是在找虐。

扁頭早上起床之後，拉開房間的門，來到陽臺伸展手臂，呼吸一下新鮮空氣。

抬手看了看升起的陽光，扁頭眼裡閃過一絲憂色。

他手上有一張記憶卡，他在將資訊存到這張記憶卡之後，就一直在等待機會將這張卡交給接頭人，可是最近各方的動靜都很大，上頭已經開始懷疑了，而扁頭也被列入懷疑名單之內。

被懷疑的人都重點監視，扁頭知道自己住的地方有監聽設備，周圍也有人在監視著，所以心裡還是比較急，只不過這種情緒並沒有顯露出來。

扁頭正想著，背後溫軟的軀體貼上來。

「怎麼了？」背後的人問道。

女人面容清麗，看著像是性情溫和柔順的類型。

「在想我的傷已經好了，什麼時候能有活幹。」扁頭笑道。

「多養養吧，省得留下後遺症。」女人說道，話語中帶著關心和擔憂。

「嗯，就是最近有點閒得發慌。」扁頭道。他腹部被捅了一刀，其實那刀是可以躲過去的，但後來還是沒躲，只是避開了要害部位，為的就是增加上頭的信任，可最近發生了一些洩密的事情，自己還是被歸劃到嫌疑人之列。

自從楚華市加強取締，很多人就開始轉換經營方式，至少明面上如此。而道上有道上的規矩，商場有商場的戰爭，不管如今的新形式是怎樣的，競爭總是不斷，相互之間的試探和擠壓從來沒停歇過。

兩人的話語帶著柔情密意，但在各自看不到的地方，眼神卻並非如此。

「咦？」扁頭看向院子裡的圍牆。

這裡是一棟二層小樓，帶著一個三坪左右的小院子，近郊這邊很多住戶都是這樣的設計。扁頭住的這裡是租來的，而院子中那座水池則是他自己挖的，裡面養了一些小魚。

至於院子裡為什麼養小魚，附近認識扁頭的都知道，那是替貓準備的，裡面養的那些小魚其實就是為了方便貓去抓。因為怕貓淹死，水池也不太深，水池旁邊也不是由光滑的瓷磚砌成，就只是土壁，方便落水的貓爬出水池。

周圍總有野貓會過來這裡撈魚，隔兩三天就能見到一隻，這邊的人都見怪不怪了。

扁頭站在二樓的陽臺，將下方的一切看得清楚。

院牆上有一隻黑貓跳上來，警惕地看了看他們一眼，猶豫了一會兒之後，似乎覺得他們不會有其他動作，便朝水池那邊走過去。

「又是野貓啊。」扁頭身後的女人說道。眼神帶著嫌棄。

她對於野貓其實很排斥，寄生蟲、皮膚病，還有其他疾病都可能攜帶著，要不是上面安排她接近扁頭，監視他的動向和接觸的人，她是絕對不會待在這裡的，單論野貓就已經讓她快瘋掉了。

鄭歎站在院牆上抬頭看向二樓陽臺的時候，再次看了一下目標人物「扁頭」，確定是自己要找的人沒錯，便跳下院牆，來到水池旁邊。

對於自己剛才的表現，鄭歎很滿意，他都恨不得頒一個小金人獎給自己了。流浪貓相比起家貓，多一些警惕，甚至凶悍，不怎麼信任人，所以他剛才故意表現出警惕和遲疑的動作。

而作為一隻貓，第一個在意的就是食物了，就算鄭歎不喜歡也得裝裝樣子。之前衛稜也告訴他，在這個院子裡有一座養魚的水池，專門為貓養的，盡情地去抓吧。

可是鄭歎現在心裡其實並沒有多少抓魚的心思，一個是本身對於生魚就沒什麼興趣，自打變成貓之後就沒吃過生魚；第二個則是，他沒多少抓魚的經驗。

作為醒過來的第一天就被收養的貓，鄭歎除了流浪的那段時間之外，都沒擔心過吃食，即便是流浪的時候也都是去偷食的，沒自己抓過魚。該怎麼去抓，完全是憑自己的感覺。

鄭歎現在看上去很狼狽，如果焦家的人看到現在的鄭歎一定會相當心疼的，他們家黑碳現在瞧著相當可憐。

對此，鄭歎也沒辦法，衛稜說要化妝，不化妝這事也不好辦。現在的鄭歎，雖然是黑色的皮毛，不像白毛或者淺色毛的貓那樣顯髒，但或許是附著一層灰的緣故，毛並沒有多少光澤，身上有些地方的毛都一簇簇黏在一起，像結塊似的。這就不得不說衛稜的「化妝」技術了，貓能夠舔到的地方並沒有這種「結塊」，只有貓梳理不到的地方才會有那麼幾個結塊的地方，這樣更謹慎一些，多了一分自然，防止被人懷疑。

整理完毛的時候，衛稜還評價道：「你長這麼壯，不化化妝哪裡像流浪的？！」

——流浪貓就不能壯一點嗎？

鄭歎記得流浪的時候見過好幾隻在外閒逛的沒有貓牌的貓，都挺強壯的。不強壯，能夠搶奪食物和地盤，安安全全活下來嗎？尤其是在野外。

不是每隻流浪貓都瘦瘦弱弱的。

鄭歎覺得自己現在就像是穿著破爛打著補丁衣服的落魄流浪漢……他來到水池旁邊，從水面的倒影裡看了看現在的自己，百感交集啊！

收回注意力，鄭歎看了看水池裡面游來游去的小魚，琢磨著怎麼抓魚。水池裡面養的不是那種色彩豔麗的觀賞魚，卻是很平常的那種魚，水池周圍以及水池中還有一些方便貓抓魚的石頭，讓牠們可以站在石頭上去抓。

鄭歎知道現在站在二樓的兩個人都注意著自己，所以也得表現出和其他貓一樣的喜好，這樣才正常。

他圍著水池轉了兩圈，然後站在水池邊，抬起一條手臂，看著慢慢游過來的一條魚，出爪！

沒撈到。

那條小魚眨眼間就游跑了，和其他小魚混在一起，看不出剛才到底是哪隻。

鄭歎抖了抖爪子上的水，然後換個地方，再等待機會。

可能是這邊的魚經常受到刺激的緣故，比較精，不太好抓。

這樣撈了兩次都沒撈到魚，鄭歎心裡也憋了一口氣，不抓到一條魚鄭歎都不好意思說自己現在是一隻貓。

一條一指長的小鯽魚慢慢往邊上游的時候，鄭歎瞅準機會，出爪！

彎著手掌準確地將魚從水中撈起，然後直接拋向水池邊上的草地。被甩到草地上的小魚拍打著尾巴跳動，鄭歎抖抖爪子上的水，往那邊走過去。

走到那條魚旁邊的時候鄭歎猶豫了，魚撈出來了，接下來怎麼辦？

——不可能吃掉吧？

——老子做不到啊！

對著生魚，還是活生生的沒有去鱗片、沒有去內臟、身上還沾著草屑和泥土的魚，說不定那個水池子裡還有人往裡撒過尿，這讓鄭歎如何下得了嘴？！

相對挑剔的鄭歎表示完全吃不下。

而此刻，隱藏在周圍一間住戶屋裡的衛稜拿著望遠鏡看到那邊的情況，揉了揉額頭，他記得焦家的人說過，這貓不吃生魚。

——黑碳，你將魚撈出來後，該怎麼辦啊？

雖然有些無奈，但衛稜覺得那隻貓應該能夠處理這種事情，便繼續觀察下去。

鄭歎看著在草地上蹦跳的小魚，想了想，似乎阿黃和警長平時如果不是很餓，會將捕到的獵物先玩一玩，玩到獵物快嗝屁、不怎麼掙扎之後再吃掉，或者直接將只剩一口氣的獵物扔在原地不管。

這也是個好主意。鄭歎想著。

決定好之後，鄭歎回想了一下在社區時看到阿黃牠們玩耍的情形，然後就學著阿黃玩螞蚱的那樣，彎著爪子將在草地上蹦跳的魚勾起來，在小魚被拋到空中的時候，鄭抬立起前身，伸出兩隻爪子抱住那條小魚。

下一步應該是撕咬，但鄭歎下不了嘴，決定搓兩下代替，結果魚身上太黏滑，而鄭歎也沒用爪子直接釘住魚身，搓的時候用力不到位，直接將魚搓了出去。小鯽魚在空中滑了一道漂亮的拋物線，掉到水池邊，拍了兩下尾巴，然後在鄭歎過去之前掉進水池，游走了。

扁頭：「……」

衛稜：「……」

鄭歎真的沒有想要將這條小魚放生的意思，原本準備玩一玩就扔在原處的，結果手誤將魚搓跑了。

站在扁頭身邊的那個女人見到這一幕，捂嘴笑道：「這貓真笨！」

「或許這貓並不餓，只是想抓魚玩玩。」扁頭說道。他之前也見過有貓會將魚撈出來玩玩再吃掉，而有些貓將魚撈出來之後就立刻叼著躲到一旁去啃食。看水池旁邊的這隻黑貓並不像是餓的樣子，應該只是為了玩玩吧？

對於扁頭的解釋，女人不置可否，反正她不喜歡野貓，髒兮兮的，不僅醜，而且凶。眼前這隻貓還多了一項——笨！

嫌棄地皺皺鼻子，女人有些不耐煩在這裡看貓，正準備轉身回房間，卻看到剛才那隻黑色流浪貓圍著水池轉了兩圈之後，放棄抓魚，而朝屋子這邊走過來。

鄭歎看了看關閉著的大門，甩甩尾巴，走到旁邊，跳上窗臺，從旁邊的窗戶翻進屋內。

窗戶這東西天生就像是為貓準備的門，不關窗的後果就是這樣。

扁頭他們這裡之前就出現過類似的情況，不過那時候是沒關大門，才讓貓進來的。而這棟住宅設計得並不好，不通風，一樓總感覺潮潮的，所以經常開著窗子通風。

「哎呀，我在樓下廚房還放著切好的熟牛肉呢！千萬別讓貓叼走！」女人大叫著，趕緊往樓下跑。

扁頭也跟著往樓下走，如果不管的話，樓下估計得鬧翻天。

鄭歎從窗戶翻進屋之後，大略地掃了周圍一圈。

很平常的布置，沒什麼奢侈用品，沙發等家具都是比較舊的東西，就和衛稜所說的一樣，這些都是原房東留下來的。所以，鄭歎就算鬧翻天也不會有什麼負罪感。

由於住宅格局設計不太好，一樓感覺有些陰暗和潮濕。

鄭歎趕在樓上的人下來之前，先將一樓的大致布局搞清楚，到時候即便要逃，也不至於太過慌亂。

衛稜說這邊有監聽裝置，應該安裝了監視器，所以鄭歎得盡量表現得自然，更像一隻野貓。明知道這裡有監視器和竊聽器還要表現出不知道的樣子，心裡確實有點怪異。扁頭在瞭解境況的時候還得裝作無知，也難為他了。就是不知道扁頭和他現在的那位女友ＸＸＯＯ的時候是個什麼感覺。

天將降大任於斯人也，第一個就是苦其心志。果然，做這種臥底工作的人，內心都很強大。

嗅了嗅空氣中的氣味，鄭歎循著氣味的方向過去，一隻貓翻進人家的家裡為的不就是偷食嘛，不然難道去翻箱倒櫃找錢包？

一邊往廚房那裡走，鄭歎也一邊注意著從客廳到廚房這段距離的電器和家具擺設。

耳朵動了動，樓上的女人快下來了，鄭歎加快步子。

等女人趕到廚房的時候，就看到那隻髒兮兮的又醜又蠢的野貓正在嗅那盤切好的牛肉。當下女人心裡就一把火噌地竄起來了。

「滾開！臭貓！」女人叫著，隨手拿起一個鍋鏟。

鄭歎裝作受驚的樣子，「不小心」直接從那盤牛肉上踩了過去，然後又「不小心」踢翻了調味罐，裝胡椒粉的罐子摔到地面上，裡面的胡椒粉都灑了出來。

然後又是裝鹽的罐子、裝味精的罐子，還有幾個挺漂亮的陶瓷碗也被踢了下來，一一摔破。

女人更生氣了。她希望將這隻貓趕出去，一刻都不能留！一邊躲著女人敲過來的鍋鏟，鄭歎一邊找地方竄來竄去。

衛稜跟鄭歎說過，進來之後可以適量折騰一番，不過這個「適量」就得鄭歎自己來把握了。覺得差不多了，而扁頭也站在廚房外面，鄭歎一個縱身躲過鍋鏟，從女人的手臂下竄了出去，從灶臺跳到碗櫃上面。

這個廚房的碗櫃比較大，長度將近兩公尺，碗櫃也比較高，頂部離天花板就半公尺左右。聽說以前這戶人家是做小餐館生意的，後來沒幹了就將鍋碗瓢盆都搬了回來，東西比較多。碗櫃後面還有一個貨架，上面都擱滿了各種蒸籠、煮鍋等等，由於長期沒人用，上面都布滿了一層灰。

鄭歎跳上碗櫃之後，女人也沒辦法，拿著鍋鏟敲了兩下希望將貓趕下來，可貓就躲在上面不理她。

女人氣得將手裡的鍋鏟一扔，轉身看向站在廚房門口的扁頭，「你還站在這裡幹什麼？快將那隻貓趕出去！」想了想，她覺得扁頭可能會對自己剛才行為不滿意，便看了看那盆牛肉，指著那邊說道：「到時候把牛肉給牠吃吧。」

說完，女人就走出廚房，剛才一番追貓的行為弄得廚房裡烏煙瘴氣的，身上都黏著一些灰塵，女人準備去浴室洗個澡，她希望出來的時候不用再面對那隻又醜又髒的貓。

見女人走了出去，鄭歎覺得她一時半會兒應該不會再過來廚房這裡，心裡鬆了口氣，但也不能掉以輕心，既然衛稜說這裡可能到處都有監控設備，他也不能表現得太突兀。

再次看了看這個廚房，鄭歎心裡琢磨著出手的理想地方。

在來這邊之前，衛稜告訴鄭歎，這邊裝監視器的話應該會裝在比較高的地方，俯視或者平視，這是很多人的習慣，這樣能更好地觀察全域。當然，也不排除安裝在接近地面的位置，不過廚房這種地方，後者的可能性很小。

再說了，即便再怎麼機密、再怎麼處境艱難，對方也不會是當初ＫＧＢ的情報人員，也沒那麼複雜。

琢磨著，鄭歎心裡已經有了一個決定。

扁頭看著躲在碗櫃上面的黑貓，轉身出去，不一會兒回廚房的時候，手裡拿著一個貓罐頭。喀的一聲將貓罐頭打開，扁頭從碗櫃裡拿出一個塑膠盤，將罐頭倒進去。

「咪，咪咪，過來吃罐頭～」扁頭一邊往這邊靠近，一邊說道。

鄭歎：「……」

——你才「咪咪」，你們全家都是大「咪咪」！

鄭歎最討厭的就是別人對他喊出這個詞，這種行為真他媽蠢！

本來對扁頭還有那麼點好印象，但這個詞一出來，鄭歎就感覺印象直線下跌。

不過，即便心裡不怎麼爽快，但需要做的事情還是得完成。

鄭歎在扁頭往碗櫃這邊靠近的時候就朝下竄了出去，直接躲到碗櫃底下。碗櫃後面是貨架，而不管是貨架還是碗櫃，它們底部的空間都是比較黑暗的，同時也足夠鄭歎在裡面走動。

鄭歎矮著身體在這下面轉了一圈，沒發現什麼可疑的監控物品，除了幾隻不知道什麼昆蟲的屍體之外，就是一些灰塵了。

反正現在身上也是一片髒，鄭歎也不怕在這裡蹭得更髒。

「怎麼樣了？」頭髮濕漉漉的，披著浴袍的女人走到廚房門口，一邊拿毛巾擦著頭髮，問道。

臥槽，這也太快了吧？！鄭歎腹誹。

估計是怕扁頭趁機做什麼洩密的事情，女人很快就出來了。

由此可見，扁頭被監視得還挺嚴，難怪衛稜說不好讓人過來接觸。

不過，現在鄭歎也不擔心了，他待在碗櫃底下，就等著扁頭了。

「要不要用掃帚什麼的驅趕一下？」女人問。

「妳越這樣，牠越不會出來。」扁頭無奈道，手裡端著裝貓罐頭的盤子，俯下身，趴在地面上，將手裡端著的盤子往碗櫃下面送。

站在門口的女人眼裡閃過輕蔑，也沒走進去，就站在廚房門口看著。廚房裡還瀰漫著一股胡椒味，窗戶那邊透進的陽光能夠看到飄浮著的塵埃顆粒，這讓女人的眉頭皺得更緊，往後退了一步，只要看著扁頭沒什麼可疑行為就好，沒必要進去讓自己受罪。

三分鐘過去，還是沒有任何進展。

鄭歎也想快點跟扁頭交接完算了，但衛稜已經叮囑過好幾次，讓鄭歎要耐住性子，沉住氣。

鄭歎想了想衛稜的總結：「作為一隻流浪的野貓嘛，既要表現出狼狽的一面，也要表現出猶疑和對人類的警惕，不該那麼輕易就相信人的，細節決定成敗。而且因為那個女人的原因，扁頭肯定不會讓你一直留在那裡的，因為以前那些人曾背著他殺過一隻躲在屋子裡沒出來的野貓。」

不管怎樣，鄭歎覺得自己應該表現得欲拒還迎……啊呸！應該是以退為進才對。

站在門口的女人已經不耐煩了。

「牠什麼時候能出來？別怪我狠心，扁頭，我現在真的很想拿雞毛撢子抽牠兩下。你看看我好不容易整理出來的廚房，都這樣了。」女人抱怨道。

蹲在碗櫃和貨架底下的鄭歎聽到女人的話，心裡樂道：來呀來呀～妳抽我呀～～如果女人聽到鄭歎的心聲，不知道會氣成什麼樣。

見貓換了個地方，扁頭伸出胳膊，將盤子往那邊挪，同時也注意著貓的動靜。

鄭歎看了看站在廚房門口的那雙腳，然後看向扁頭。

扁頭看著換了個地方低蹲在那裡的貓，從他的角度看過去，兩隻因為反射光線原因而在黑暗環境下顯得亮亮的貓眼，讓扁頭覺得怪異。但是真讓扁頭說，他也不知道該怎麼來形容，總覺得這隻貓和以前見過的那些貓不一樣，真的很不一樣，尤其對上那雙貓眼的時候，總感覺心裡毛毛的。扁頭覺得這應該是光線和角度的原因。

正當扁頭覺得這種食物誘惑的方法大概不起效果，或許自己應該先離開一會兒的時候，他見到那隻貓往這邊走了，快靠近他的手。

這讓扁頭很高興，他決定等貓吃飽了之後，就快速將貓抓住，然後放出去，不然一直留在這裡不知道會不會被老鼠藥毒了。就算被撓兩下也沒什麼大不了的，都被刀捅過，貓爪子撓簡直是小意思。

可是，扁頭的這種心情沒持續多久，下一刻，他覺得背脊的汗毛都立了起來。

他看到那隻貓在靠近他手的時候，抬起一隻爪子，放到嘴邊，然後貓爪子伸向他，一個小小的像塑膠膜片似的東西落在他手上。

這種塑膠膜片的觸感扁頭很熟悉，他以前就用這種東西來通信。

鄭歎對於這種方式的通信不太滿意，因為東西是放在他嘴裡的，有一個小小的卡口套在尖牙上，所以鄭歎在過來這邊的時候都沒有張過嘴。將卡在嘴裡的東西拿出來，鄭歎覺得嘴巴裡面頓時舒服了很多。

鄭歎是舒服了，可扁頭此刻的心情簡直像是垂直向下俯衝幾十層樓的雲霄飛車一般，而且這種心情變化還是在沒有一點兒準備的情況下發生的。

——接頭人？

——一隻貓？

——尼瑪，接頭人其實是一隻貓？！

——那邊到底是怎麼找到這種奇葩的？！

很多人訓練鴿子、訓練老鼠、訓練狗，可是訓練貓的卻很少，極少，反正扁頭沒見過。不說這邊監視的那些人，就算是扁頭自己，打死也不會想到。

扁頭手一翻，擱在拇指上的塑膠膜片掉落，在膜片落到地面之前，扁頭的中指和無名指將膜片夾住。

手指之間的擦動將塑膠膜片表面附著的貓口水去掉，觸感更加清晰，扁頭確定是他想的那種塑膠膜片沒錯。再看看蹲在盤子旁邊嗅著貓罐頭卻壓根沒有下嘴的貓，如果現在扁頭還不明白，那這種臥底的工作他就別幹了。

雖然心裡感覺像被雷劈了一頓，但臉上還是不顯，拿到塑膠膜片之後，扁頭就明白自己現在的首要任務是什麼了。而這隻貓應該是受過訓練的吧？那就暫時不會出什麼事情。

將手臂縮回來，原本夾在指間的塑膠膜片早已經不知道收到哪裡去了，扁頭起身，對站在門口的女人說道：「我先去找雙手套戴上，順便找個手電筒，待會兒將牠抓出來，省得牠一直躲在裡面。」

女人點點頭，等扁頭離開之後，她將浴袍攏了攏，微微蹲下身，往櫃子下面看過去。

現在鄭歎並沒有躲在太裡面，放盤子的地方離碗櫃外就一隻小臂的距離，所以女人也能看到些裡面的情形，算不上清晰，至少還能看到個大概。

而女人低身看過去的時候，剛好看到裡面那隻貓張開嘴巴，尖牙都露出來了。等貓合上嘴巴，與她視線相碰的時候，女人看到了那兩隻反光的亮亮的眼睛。

猛地起身，女人退後了兩步，因為動作太突然，差點跌倒。

她想起了那隻她趁扁頭不在的時候讓人處理掉的貓，也是一隻這樣的野貓。

——所以說，野貓最讓人討厭了，又醜又蠢眼神還凶！

鄭歎若是知道自己這一番表現讓這個女人如此厭惡、如此惡評的話，肯定會喊冤，因為他只是想打個哈欠而已，之前嘴巴裡一直卡著東西，不敢張嘴，現在塑膠膜片拿出來，也能放肆地打哈欠了。

女人也不想繼續留在這裡盯著貓了，她走到放雜物的房間，看著扁頭翻找東西，見扁頭手上確實拿著手套，女人也放下心。

等扁頭找到一個手電筒出來的時候，女人站得離廚房有些遠，雖然扁頭的身手不錯，但她害怕萬一扁頭沒抓緊貓而讓貓逃脫，自己會被貓撓傷。

扁頭將手電筒放在旁邊，一隻手戴著手套伸進櫃子裡面，手指動了動，剛才那個塑膠膜片就出現在指尖。與之前不同的是，現在這個塑膠膜片裡面包裹著一個長一公分多的方形小塊，鄭歎想，這應該就是衛稜和葉昊他們要的東西了。

只不過……

鄭歎的潔癖又開始犯了。

可是，為了儘快將這件事情解決，鄭歎還是忍著不爽，抬爪子將膜片接過來，放進嘴裡，卡口卡在尖牙處，這樣也能避免一不小心吞進肚子裡去。

看到眼前這隻貓的動作，雖然已經做好了心理建設，扁頭內心還是難以平靜下來。膜片上的資訊他已經知道了，也按照膜片上的指示來行動，但是他沒想到這隻貓真的像膜片上說的「牠自己會處理」那樣，將包裹著記憶卡的膜片放好。

——這真的只是一隻貓嗎？

扁頭很想拿個什麼儀器來檢測一下，看是不是什麼新型的高端模擬機器人……不，看是不是模擬機器貓才對。

一切都處理好了，扁頭抓住鄭歎的一隻胳膊，往外帶。想了想，扁頭將另一隻手也伸過來，這樣將貓提出來，貓應該不至於太難受。

鄭歎順著扁頭的力往外走，被提起來出碗櫃底的時候，鄭歎想起了衛稜的話，於是他掙扎了幾下，抬爪子往扁頭手臂上沒被手套蓋住的地方撓了過去，立刻撓出幾條血痕。

對於這個，鄭歎也很無奈，衛稜說了，哪有野貓不撓人的，為了降低被懷疑的機率，這種苦肉計還是得上演一下。

扁頭反正無所謂，這點小傷他並不放在眼裡。

可是，就算扁頭不放在眼裡，站在廚房外的女人卻不這樣想，一看到扁頭手上的血痕，又往後退了好幾步。像是突然想到什麼，女人趕緊跑到大門那裡將門打開，示意扁頭快點將貓扔出去，不然手上的血痕會越來越多，看著怪嚇人的。

出了大門之後，扁頭手一鬆，鄭歎就撒開腿往外跑，跳上院牆，立刻消失在扁頭和女人的視野中。

扁頭看著空空的圍牆，臉上雖然沒什麼表示，但心裡卻輕鬆很多，至少東西是遞出去了。回想一下見到那隻黑貓的情形，扁頭都覺得這貓怪邪乎的，也佩服那邊的人，真不知道他們從哪裡找到這樣一隻貓。

「哎呀快處理一下傷口！那貓身上說不定還帶著什麼病呢！」女人看著扁頭手上的傷痕道。

扁頭無所謂地笑了笑，轉身進屋。

◆◇◆◇◆◇◆◇◆

跳出院牆的鄭歎一路狂奔，來到衛稜所說的一個比較隱蔽的會合地點，等了一會兒，衛稜才過來。

鄭歎跳進衛稜的背包，然後被衛稜帶著走出這個地方。衛稜來到路邊攔了一輛計程車，坐了五分鐘，在一家大型超市下車。這家超市的停車場上，有衛稜開過來的車。回到車上之後，鄭歎才從背包裡出來。

有時候鄭歎覺得衛稜辦事太過謹慎，想問題太過複雜，覺得他真是多此一舉。

衛稜將車開到大道上，看了看內後視鏡，見那隻貓迫不及待從背包裡出來，還一副不耐煩的樣子，開玩笑似的道：「很多事情就像做那啥，你可以直接提槍上陣，但是，『前戲』會增加情趣，讓事情更加自然，水到渠成。為了得到更好的結果，有些事情是不能免的。算了，跟你說你也不懂。」

鄭歎：「……」老子明白，但是這比喻真他媽猥瑣，一點也不應景。

「怎麼樣？在裡面還順利吧？」雖然已經拿到想要的東西，但衛稜這時候心情不錯，就顯得像個話癆。他也沒想要從一隻貓這裡得到什麼回答，於是開始自問自答模式。

「扁頭這個人，雖然喜歡貓，但卻從來沒自己養過，所以他對貓的性情和習慣其實瞭解得並不多。哦，聽說以前養過，後來貓出了意外，大家就沒再聽說過扁頭養貓了，只知道他經常會為那些流浪貓買貓罐頭。其實大家也能理解，畢竟扁頭入了這行就很難穩定下來，養貓養狗都是累贅，現在還好，前些年……」

衛稜這是在幫扁頭刷好感度，刷完之後，便拿起手機打給葉昊。

鄭歎看著前面一邊開車、一邊打手機的人，搖搖頭，希望衛稜別直接將車開上花壇去。

瞧了眼周圍，鄭歎從衛稜的背包裡拖出一瓶礦泉水，兩隻爪子覆上瓶蓋，用力扭動，將瓶口打開，然後抱著這瓶礦泉水往嘴裡灌。不是他想喝水，他只是想漱漱口而已。

漱完口，鄭歎感覺身上也濕了很多，一滴一滴帶著灰塵的水滴滴落在後車座上。

突然感覺身上有點癢，他該不會又惹上跳蚤了吧？

一想到跳蚤，鄭歎就頭疼。索性直接抱著礦泉水瓶，用裡面的水往身上沖，反正現在的氣溫也不算低，淋一淋也沒事。

另一邊，接到衛稜電話的時候，葉昊正跟龍奇和豹子在商量下一步的計畫，準備重新派人去接觸扁頭。為了保險起見，還是早日拿到那些資料為妙，以免到時候出岔子被坑。

其實說心裡話，葉昊對於這次讓貓去接頭的行動並沒有多大信心，就算失敗，只要不暴露貓嘴裡的塑膠膜片就行，再退一步講，就算發現了塑膠膜片，對方也不會知道膜片上到底傳達了怎樣的資訊。

可是，沒想到衛稜會告訴他已經成功的消息。

掛掉電話，葉昊看著眼前的龍奇和豹子，說道：「東西已經拿到了，到時候可以加快計畫開展的速度。」

「拿到了？！」龍奇突然感覺身上的雞皮疙瘩又冒起來了，一隻貓真的能夠順利處理這樣的事情，不得不讓他感到毛骨悚然。

而衛稜打完電話，聽到後面的聲響，抬頭看了看內後視鏡，發現後座上那隻貓正抱著礦泉水瓶往身上沖水，差點直接將車開到路邊的花壇上去。

「你竟然在車裡就開始淋浴？！」

不管怎樣，這之後，衛稜的車從裡到外都得清洗一次了。

此次衛稜帶著鄭歎去的地方並不是夜樓，而是一個幽靜的別墅處。屋裡葉昊和龍奇、豹子都在，見衛稜進來，三人同時往衛稜身後看了看，沒發現那隻貓，然後將視線又轉移到衛稜的那個大背包上。

等衛稜將背包卸下，鄭歎從裡頭跳出來，也沒看神色各異的三人，就開始找浴室。他一想到身上又惹了跳蚤就渾身不自在，肯定是在扁頭那邊草叢裡的時候惹上的，運氣真差！

衛稜看到鄭歎的行為就知道他要幹什麼了，將東西給葉昊後，他走到浴室，放好水。等貓泡完澡之後，他還拿著吹風機替貓吹毛。

洗乾淨吹好毛之後，鄭歎終於感覺清爽了。衛稜也沒在這裡待多久，拒絕了葉昊的挽留，換了輛車，送鄭歎回楚華大學。又是一夜未歸，焦家的人估計又得數落他了，還是趕緊把貓送回去的好。

晚上，在焦家，鄭歎重新洗了個澡，噴了點從蘭老頭那裡弄過來的防跳蚤的藥水，然後鑽進小柚子的被窩。

不管外面是否暗潮掀起、風起雲湧，鄭歎現在只想享受這裡的寧靜祥和，至於其他的，關自己屁事？讓那些人折騰去吧！

第四章

來自地獄的貓

七月的校園，蓊蓊鬱鬱。

雖然經常有人會去整理花壇和一些綠化帶，但草木的生長速度太快，隔幾天就變了樣子。

對於楚華市的人民來說，七月和八月總是讓人煩躁不已，天氣太熱，所以白天人們很少出門。

鄭歎趴在五樓陽臺處，旁邊有一盆蘭草，是蘭老頭送的，鄭歎喜歡靠著花盆躺在這裡睡覺。這個時間點，陽臺上雖然有陰影，但對於人來說仍然比較熱，不過對於貓來講，溫度還好，畢竟體溫本來就比人高一些。

因此，相比起開著空調的室內而言，鄭歎還是更喜歡陽臺這裡。

一眨眼，來到這個地方已經一年多，之前鄭歎還沒注意，可當知道焦遠和小柚子放暑假的時候，鄭歎才反應過來，原來已經又到暑假了。

去年的這個時候，鄭歎來這裡不久，對於一切都比較排斥，沒有安全感、茫然無措，還有其他一些複雜心情糾集在一塊兒，現在想起來，當時的心情已經有些模糊了，可來到這裡的一幕幕還是記得清晰。

正想著，感覺下巴那裡有些癢，鄭歎在花盆凸出來的邊沿上蹭了蹭，打了個哈欠，瞇著眼睛看著下方那些撐著陽傘來去匆匆的人。

這麼熱的天，焦遠還在外面瘋。焦遠最近和熊雄他們幾個總出去玩，今天去游泳池，明天去打籃球，將時間都安排得滿滿的，除了吃飯的時候，白天都不怎麼在家。反正社區的幾個孩子都一起，身邊總有誰家的家長跟著，都是熟人，其他家的家長們也不擔心。

脫離了小學生活的焦遠總是帶著莫名的興奮，就算是熱得要死的大夏天也總掛著傻兮兮的笑，才放假沒多久就已經曬黑了一圈。

想了想待在房間裡做暑假作業的小柚子，鄭歎不禁感慨，還是小丫頭安靜一些。

睡了一覺，鄭歎被叫聲吵醒。

樓下傳來兩聲貓叫。

「喵嗚——喵嗚——」

不是阿黃，不是警長，更不是大胖。只聽這個聲音，不用看，鄭歎就知道是花生糖那傢伙。

從小花生糖就跟著李元霸遛街，對於周圍的地形都已經摸得清清楚楚，從寵物中心到楚華大學這邊，都是牠經常遛的地方。

與狗不同，貓出去遛的時候，遛的距離可能會比人想像的要遠得多。當然，那些路痴型的貓就不提了，比如阿黃，最遠的地方也還在楚華大學之內，而且都是跟著鄭歎他們一起的，如果讓阿黃自己一個的話，連社區的門都不會出。

曾經鄭歎以為阿黃是害怕外面的人和其他不認識的寵物犬，但是後來有幾次帶著這傢伙出去之後，鄭歎才發現這傢伙不怎麼記路，或許去勢之後不再到處撒尿，沒「路標」也就不怎麼記得路了。

至於現在花生糖獨自遛街的原因，主要還是李元霸生病了，腸道感染還是什麼來著，有些嚴重，讓燕子和小郭可心疼壞了。李元霸平時給人的印象很壯實、很健康，連一些小病都沒得過，可是一旦生病就鬧得厲害，總之牠最近一直被留在寵物中心那邊休養，沒出來。

而花生糖這傢伙一有時間還是會外出，不過上次鄭歎過去拍廣告的時候聽小郭說，花生糖這

傢伙每次出去回來都會叼一隻老鼠到李元霸眼前，還是那種個頭很大的老鼠，似乎在尋求表揚，又或許是在向人說明牠已經長大了，不再是當年那隻總需要陪著的小貓。

不管花生糖到底怎麼想的，這種行為一直在繼續。

有時候，花生糖會過來叫上社區的幾隻貓一起出去，貓多了之後估計有氣勢，也不至於總被欺負。

花生糖現在似乎只有七、八個月大，可是比其他七、八個月的貓都要大一些，都跟鄭歎他們差不多了，再加上本身的毛稍微長一些、厚一些，就跟大貓一樣。

至於花生糖嘴邊那一顆個性的「痣」，隨著個頭的增長，那個「痣」也變大了，看著就很滑稽。

鄭歎跟著花生糖出去過幾次，就這麼幾次，鄭歎發現了一個現象。

第一，花生糖抓老鼠的技術很熟練，看來李元霸的教導起了關鍵作用，功不可沒。第二，這傢伙抓老鼠從來不在同一個地方抓，今天在隔壁大街，明天就在楚華大學某個倉庫，後天再換一個地方。

總之，每天的老鼠都來自不同的地點。這讓鄭歎有些納悶。

不同的地方，難道耗子的氣味不同？

又或許這是花生糖向李元霸表達自己對周圍地形很熟悉的意思？

鄭歎不懂，不過對於花生糖這種行為還是挺欣賞的。

花生糖在下面一叫，不知道在哪個草叢旮旯裡睡覺的警長就衝了出來，挺高興的樣子，因為花生糖每次過來叫同夥，很大的可能就是去跟某個地盤的貓打架，或許是那地方的貓擋著牠的道了，打一次開開道。

鄭歎起身伸了個懶腰，出門往樓下跑。

阿黃最近被關在家，大胖這傢伙是不會離開牠家老太太多遠的，所以只有鄭歎和警長陪著花生糖出去逛街。

楚華大學其中一個側門再往外走個百來公尺有條小街，那裡也是一些小套房聚集地，都是建好幾層來租給學生的，比較混亂。在這邊租房的大多是男生，女生不怎麼敢過來，其原因還是因為這裡太偏，加上後面有一棟廢棄的建築，還沒處理，經常有人在那裡打架，出過幾次血腥事件，所以漸漸地，很多人都不怎麼往那邊去了，剩餘一些人選擇在那邊租房還是因為房租低，不然那邊肯定很蕭條。

今天鄭歎跟著花生糖去的地方就是那裡，不過可惜的是，今天那邊有好幾家在辦喜事，升學慶宴之類。沒有去什麼大餐廳，這邊的人都習慣在自家辦，反正他們家都是四、五層的樓，空間大，整理一下就行了。

如果只是一家就算了，現在卻有好幾家，到處都停著車，還有很多人來來往往。現在已經是下午四點多了。

鄭歎見到有一家的圍牆那裡蹲著一隻貓，挺大的個頭，花色和警長還挺像。除了這隻之外，鄭歎還看到另一隻毛有些長的貓，懶洋洋地躺在一輛小車底下。

花生糖看了一圈之後，就不再往前，估計也沒想到會遇到這樣的情況。甩了甩尾巴之後，牠轉身離開。

警長還準備衝過去幹一架，被鄭歎抽回去了，這邊人太多，貓打架也就行了，如果人參與進來就不那麼好辦，況且這裡還是人家的地盤。

貓打架還是得晚上比較好，那樣的話沒有人的因素插進來。不過，花生糖並不是每個晚上都能出來的，全看燕子當天的心情。看花生糖今天的決定，估計晚上是出不來了，若晚上能出來的話，牠白天是不會來這邊的。

鄭歎回到社區的時候，還沒進門就聽到從屋裡傳來的聲音。

——佛爺？

——這個時候佛爺過來幹什麼？

鄭歎疑惑。

走進門之後，鄭歎看到佛爺抱著一個嬰兒，正跟焦媽說著話。

見到鄭歎進來，焦媽趕緊道：「不用等到晚飯時間，黑碳現在就回來了！」

鄭歎扯扯耳朵，這什麼話，說得好像自己是個吃貨似的。

佛爺坐在客廳的沙發上，看著鄭歎道：「黑碳，快過來，這是小貓。」

——小貓？

——卓小貓？

難怪佛爺萬年不變的那張鐵面臉現在柔和得不像本人。

鄭歎走過去，跳上沙發，看著佛爺懷裡的那個嬰兒。

按時間推算的話，卓小貓應該是三個月左右，還不會說話，連爬都不會爬。頭髮不太密，眼睛也不算大，但很黑，很有神。

聽說小孩子的眼睛都是這樣，黑白分明，比較清亮，不像大人們那麼渾。

卓小貓脖子上掛著一個吊墜，就是小卓用九葉草做成的吊墜，現在將來應該都會掛在卓小貓身上。

佛爺調整了一下抱的姿勢，讓卓小貓能夠面對著鄭歎。

一人一貓就這樣對著看。

然後，卓小貓就咯咯咯地笑起來，一邊笑，一邊還擺動著手臂，像小雞仔震動翅膀似的。

——笑個屁啊！

鄭歎看著眼前的小嬰兒，這小傢伙一個勁的在那兒咿咿呀呀，也不知道他在說什麼，而且眼睛和表情非常認真。

「他在打招呼呢。」佛爺說道。

——是嗎？

鄭歎看看繼續在那兒咿咿呀呀的人，這小傢伙笑得口水都流出來了，真的有點蠢。

「黑碳，跟弟弟打個招呼啊。」焦媽在旁邊說道。

——打招呼？怎麼打？

鄭歎有點茫然，就這麼點大的孩子，戳一下會不會戳傷？

不過，看那小傢伙努力揮手臂的樣子，鄭歎還是湊過去，手掌在沙發上磨了磨，將手掌上的灰塵抹去一些，然後抖了抖，看看手掌，確定將尖爪子收起來了，這才將手掌伸過去，在卓小貓胖嘟嘟的臉上碰了一下。

看到鄭歎剛才的動作，佛爺臉上帶了一點笑意。

卓小貓被鄭歎這麼一碰，又開始笑起來。

鄭歎有些無奈，這小破孩子，怎麼這麼喜歡笑。

佛爺沒有留在這裡太長的時間，很快就離開了。

晚上，飯桌上焦媽說起下午的事情，焦爸只是「嗯」了兩聲，沒有太多表示。但鄭歎總感覺焦爸好像知道些什麼。

吃過晚飯，焦媽出去跟社區的一些女教師們到學校體育館那邊跳舞，焦遠和熊雄他們打籃球去了，估計晚上會和焦媽一起回來。小柚子也被焦遠一同帶過去，焦媽說讓她多跟社區的孩子們接觸接觸，即將與她同班的岳麗莎和謝欣也都過去玩了，今晚體育館那邊還挺熱鬧。

焦家只有焦爸和鄭歎，焦爸今天看上去心情不是特別好，有心事的樣子；至於鄭歎，懶得出去，他還想著今天下午卓小貓的事情。

鄭歎趴在沙發上正無聊，瞥見臥室那邊的情形，焦爸雖然開著電腦，卻沒有在整理論文，而是又拿著那本《周先生文集》在看。

鄭歎跑過去跳上書桌，瞧了瞧，焦爸現在看的是《熱風》。

察覺到鄭歎過來，焦爸抬起頭，看了看正伸著脖子的貓，笑道：「怎麼？有興趣？」

鄭歎縮回脖子，那些文章很多都看不懂，境界沒達到，看著累。

焦爸突然想到什麼，將文集扣放在書桌上，然後看著鄭歎道：「黑碳吶，現在就我們兩個，說說話吧。」

鄭歎囧了一臉，他要是能說話，何必等到現在？

不過，顯然焦爸所說的「說說話」意思只是讓鄭歎聽著，他來說。

有時候，一些祕密憋在心裡憋久了之後，就特別希望能夠找個人訴說一下，可是這些祕密被太多人知道也不好，而一隻不能說話的貓便是個理想的傾聽者。

「你知道專案A嗎？」焦爸道。

正準備跳下書桌離開的鄭歎腳步一頓，耳朵噌地就立直了，退回去重新在書桌上蹲好，擺出一副傾聽的樣子。

焦爸撫了撫額頭，說道：「以後佛爺要是再帶卓小貓過來的話，你多陪著點。畢竟小卓能不能安然回來還不可知。」

鄭歎對焦爸這句話還是不太明白，但也沒什麼表示，繼續乖乖蹲在那裡聽著焦爸下面的話。

「雖然很多人都認為小卓出國跟進專案，學校裡也是這麼說的，但其實並非如此。可能有些和佛爺差不多資歷的人會瞭解一些，但他們肯定都不會說。小卓去參加了專案A，那是個很隱祕的專案，參與者不僅需要經過身分的審查，還需要能力考查，還要簽保密協議。我不是很瞭解那個，這是聽以前我導師袁教授喝醉了之後說出來的，那時候剛好他認識的一位原物理學院的教授參加了那個專案，袁教授情緒比較激動，沒收住話。後來酒醒後，他還讓我們發誓不准對任何人說起來。不過，你不算人，所以這話也就跟你說說。」

鄭歎：「……」

不算人？真是當胸一刀。

不過，現在鄭歎確實不算人，這是不爭的事實。

「以前袁教授還笑稱，參加這類專案的人是研究領域的『特種兵』，執行的『任務』風險都很大，為什麼佛爺的心情一直不太好，就是因為她不能確定小卓在完成專案之後，是否能夠安然回來。」

鄭歎也有些沉重，平心而論，他是真的希望小卓能夠安然無恙，也不希望她去參加那個什麼勞什子專案。

「當年我們知道有這種專案之後，心裡其實是有些排斥的，但後來想了想，這種專案的存在肯定有它本身的意義。那些專案不可能對外公開，至少近些年是不會公開的，而且有很多事情一旦公開肯定會引發公眾的不滿，但從更高的角度來說，它有存在的必要。世界上那麼多國家，很多都有自己的祕密研究專案，明面上說著反對ＸＸ研究，其實暗地裡的研究卻正在進行。」

「生化、核戰，這只是公眾知道的一部分。其他的，生命科學領域還有複製人、跨種族胚胎研究等等，那些在研究專案中其實都是允許的，不然這個世界的很多技術不會發展得這麼快。人們經常談論到的外星人，其實有可能就是從那裡面出來的……」

聽著焦爸的話，鄭歎感覺背脊發涼，一直以為是科幻片的東西，其實是真實存在？

「知道什麼是地球物理武器嗎？有人還曾說過氣象控制比原子彈還重要。舉個例子，上世紀七〇年代ＫＧＢ發明的人造風暴技術，突然改變某地區的氣候來適應戰場需要。可能在某一天，這種技術得到改進之後就能夠直接製造颶風，又或許在我們都不知道的時候，這種技術早就已經存在。」

「專案研究的重要程度和其危險程度在一定大環境下是正相關的。往大了說，國防科技、國家安全、技術發展，其實都靠著這些專案。國內研究所和大學這麼多，教授、副教授一大票，但真正深入其中的人都知道，很多研究成果的資料都是造假的。可想而知，靠這些很難解決這個國家的真正需求。」

「這些專案其實也並沒有太脫離大家的視線，只是大家都不知道罷了。比如航太，那絕非很多人想像中的所謂面子工程，這裡面涉及到了多少祕密，沒多少人能夠說完全。」

焦爸端起水杯喝了口水，見鄭歎正一副僵化又迷茫的樣子，笑著點了下鄭歎的頭，「說這些太遙遠了點，換個角度說吧，小卓之所以決定參與這個專案，其中可能有另外的原因，但還有一部分原因肯定是為了卓小貓。作為用生命參與的福利，參與者會得到一些補償，名譽是不可能的，畢竟是保密專案，可是他們能夠得到很多別人所享受不到的便利，比如身分檔案。」

「像是卓小貓，若是按照現實情況，以後他的個人檔案上會怎麼寫？父不詳，母未婚？這樣肯定會遭人詬病。咱們國家，雖說改革開放，人的思想都放開了很多，但畢竟數千年的禮儀之規影響著，看人的時候還是會帶上一些色彩。可因為小卓，以後卓小貓的檔案就不同了，或許在父親一欄會被安排一個為研究工作而犧牲的真實存在的某個人，也或許會安排別的，總之，那些檔案是『真實』的、禁得起考據的，也是被法律承認的。」

鄭歎垂著頭，這些事情果然很沉重，難為焦爸能夠憋在心裡這麼久。

果然，普通人的生活其實還是很幸福的，不用知道那些暗地裡的事情，不用去面對那些可能會毀三觀的真相。

做一個普通的人，做一隻普通的貓，世界還是美好的。

「其實……」焦爸又想起了某件事。

鄭歎真的很想捂住耳朵，估計焦爸又要講什麼毀掉自己心中美好世界的話題了，可偏偏好奇心作祟，沒挪腳。

「其實，我覺得我們院也應該有名額的，可是卻沒有誰和小卓的這種情況類似，那幾個出國的也都是為了拚職稱，或者真的是參與國內外的合作專案，所以我在想，應該是以前發生的某件事情讓院裡丟掉了名額，沒資格派人參與。」

以前發生的某件事情？

鄭歎注意的重點並不在所謂的祕密專案名額上，那些他不感興趣，他只是想知道以前生科院到底發生了什麼事情。

說起「以前發生的事情」，焦爸變得有些嚴肅，在鄭歎等得有些不耐煩時，終於再次開口了。

「聽說，以前院裡有人做了個研究，瞞著院裡其他人進行的，而最後，參與這項研究的三個教授一死二傷，是被他們研究出來的『成果』造成的。那些試驗品代號首碼都是『CFH』，後來被那些瞭解內情的人稱為『CFH事件』。這件事這也是聽袁教授說的，之後校方和上面施力壓了下來，將那些『成果』都處理掉了。這件事連本校的很多老師都不知道，只曉得曾經出過研究事故，卻並不知道到底是怎麼回事。」

鄭歎挺想知道這個所謂的「CFH」是什麼意思，可惜的是，這時候焦媽帶著焦遠和小柚子回來了。

焦爸將心中一直憋著的那些事情說出來後，整個人看上去輕鬆許多，就算眼前這隻貓不能說話，聽也大概聽不懂，但沒關係，他現在只是找個「樹洞」將話說出來而已。

而此刻，這位「樹洞」先生異常沮喪地趴在書桌上，抬爪子將扣放在桌面上的《周先生文集》掀到地面上去。不解氣，再掀第二本。

在鄭歎將茶杯掀下去之前，焦遠跑過來跟他炫耀今天贏了熊雄他們多少個球。

鄭歎沒心思聽他炫耀，跑到客廳沙發上閉著眼睛裝睡。

接下來的幾天，鄭歎的心情一直不怎麼好。

今天，在吃飯之前，許久不見的衛稜開著車過來了，明天週末，衛稜也沒什麼事情，就過來社區這邊叫鄭歎一起去夜樓那邊玩。

反正閒著沒事，鄭歎就跟著去了。

鄭歎來這裡除了散心之外，還準備看看阿金他們的情況。

自從阿金他們出院之後，就一直在夜樓的北區端盤子，五個人還端得挺開心。聽說他們在附近租了一間房子，還養了一條狗，那狗是阿金從路上撿的，腿有些瘸，不過阿金他們五個對那隻狗都很好。

夜樓裡，葉昊他們都不在，只有一個陌生的經理似的人員看場子。

葉昊他們幾個最近似乎很忙，幾次鄭歎來這邊都沒見到他們。葉昊並沒想讓衛稜插手，衛稜也不多問，閒著無聊的時候就過來喝個小酒，鄭歎就在旁邊啃花生和其他食物。吃飽喝足之後，衛稜再送鄭歎回去。

晚上從夜樓回來，鄭歎進院子的時候，聽到花生糖在叫，估計好不容易等到晚上能出來，準備再去幹一架。

社區裡現在還有來來往往外出散步的人，時間應該是八點左右。

還早，可以出去溜達一、兩個小時。

夏天大家的活動時間總會偏晚一點，更何況現在還是暑假期間。

今天晚上警長估計被關在家裡，那麼，能陪著花生糖出去一趟的就只有鄭歎了。反正也沒什麼事，鄭歎便跟著花生糖往外走。

側門那兒還有進進出出的學生，不過他們也沒心思去注意兩隻貓，學校周圍的貓很多，見到貓是常事。

反正這邊是小街，大多是一些居民的住宅區，管制比較鬆，都做起了學生生意。那些在外面擺攤的小商販現在生意正好，攤上吊著燈泡，讓這條小街亮堂了不少。

從旁邊走過的時候，耳邊充斥著商販與學生的對話，以及嗤嗤的煎炸聲等等。

鄭歎嗅著濃郁的食物香味，側頭看了看花生糖，這傢伙除了偶爾抬起頭嗅嗅空氣中的氣味之外，看上去並沒有被這些香味影響。

繼續往前，走出擺攤市的區域，一下子感覺冷清了許多，而且因為這邊都是住宅區，住的大都是平民老百姓，沒誰家會出錢去設置路燈，都是藉著從樓房裡面透出來的燈光才能看到路，所以晚上十點過後，這邊很多住戶漸漸睡下，在這邊走動的人就少了很多。

現在才八點，周圍還是很亮的，至少對鄭歎和花生糖來說算是挺亮。偶爾碰到蹲在外面的寵物犬，有狗繩拴住的話，鄭歎和花生糖都不怎麼跑，依然維持原有的行走速率，淡定無比。如果有沒拴狗繩的狗上來追他們，他們倆就跳上旁邊的院牆，任由下方的狗叫，反正叫沒多久就有人過來喚狗。

不管是哪種情況，他們都不會亂跑。在這點上，鄭歎不得不承認，花生糖的智商確實比很多貓都要高，就是不知道這是李元霸教導出來的，還是天生的。

來到前兩天花生糖帶鄭歎和警長來過的地方，花生糖還沒叫喚宣戰，鄭歎就聽到了「嗚——嗚——」的聲音。

循聲看過去，鄭歎見到一根矮石柱上面站著一隻貓，就是那隻花色和警長挺像的，現在正弓著背看著自己這邊，嘴裡發出嗚嗚的警示聲。很快，鄭歎見過的那隻長毛貓也跑過來了，身上的毛都有些炸起。

除了這兩隻貓之外，鄭歎還聽到周圍有其他貓的動靜，不過很顯然其他幾隻露出的敵意沒眼前這兩隻那麼重。

花生糖應該跟這兩隻貓較量過，不然這兩隻不會在見到花生糖時就這麼警惕，看那樣子有點像要衝上來，卻又有些顧忌，不過牠們並沒有退縮。

這兩隻貓看上去，應該是這周圍區域貓中比較出頭的貓，不然其他貓不會不敢靠近，而且花生糖就算體型跟鄭歎他們差不多，但畢竟才七、八個月，相比起那些散養幾年的貓來說，還是有些稚嫩。所以，不管花生糖打架的技能有多少，花生糖自己過來跟這兩隻幹架的時候即便沒有怎麼受傷，但也肯定沒打贏。

鄭歎正想著，花生糖已經衝了過去，衝向石柱那邊縱身一個跳躍，快速朝上面站著的貓揮了一爪。

這爪，花生糖也沒想要抓到對方，只是將對方從石柱上逼下來。

過幾招，雙方僵持下來對峙一下，弓著背發出壓低的嗚嗚聲，大幅度甩兩下尾巴，然後再過招，抓撓咬踹，再來個追逐。

貓打個架就這樣，戰場範圍可能會比較廣。

其實跟牠們打架，鄭歎挺不好意思的，總感覺像在欺負小孩子一般。不過，為了替花生糖撐場子，鄭歎也就意思一下，能起個威懾作用就行，沒必要將這些貓都揍成啥樣。這些貓，能安然活個幾年都不容易。

所以鄭歎只是在一個照面制住那隻長毛貓，讓牠不會去干涉花生糖和另一隻貓的戰場，之後就沒再有其他動作了。這一幕有些熟悉，鄭歎想起了當初被抓走的時候，在南城搶劫過的那隻高貴的波斯貓。

沒理會被摁在地上一直叫著的長毛貓，鄭歎看著花生糖跟那大黑貓打架，看那樣子，花生糖是不會輸的，上次一對二沒討到好，這次估計將鬱氣全部發洩了出來。

周圍有幾隻躲在角落裡看熱鬧的貓，不過都沒湊上來，有幾隻有想要湊上來的意思，但走了兩步就蹲下，估計想再觀察觀察形勢。

偶爾有人走過這裡，光線作用，他們並沒有注意到待在一邊的鄭歎，只是聽到鄭歎摁著的那隻貓在不停地叫喚，罵了兩句，就立刻走遠了。畢竟當貓不再那麼撒嬌式叫著的時候，叫聲聽著有些嚇人，更何況還是晚上。

一想起這周圍的治安不太好，路過的人都行色匆匆。

鄭歎看看被摁在地上掙扎無效一直叫著的貓，心想：何必呢？又不會把你怎麼樣。雖然將你摁在這裡，總比在你身上撓幾爪子來得好。

等鄭歎發覺花生糖跟那隻大黑貓打著打著越打越遠的時候，才放開壓著的貓，跟了上去。

那隻長毛貓一被放開就快速離開，也沒跟上那邊，估計回牠自己家裡求安慰去了。

這一帶比較安靜，鄭歎能夠從周圍的聲音中分辨出那兩隻貓掐架的聲音，也能從偶爾幾聲尖銳的慘叫中聽出花生糖形勢不錯，慘叫的都是另外那隻，所以他並不怎麼擔心，腳步就沒那麼急。

反正那兩隻貓打架，自己又不準備摻合，這次過來撐場子的目的已經達到，那隻長毛貓也回了家，就讓花生糖自己打個痛快吧！公貓嘛，總要打幾次架的。說起來，花生糖這還算是客場作戰呢！

一邊走，鄭歎還有心思看一看周圍的環境建築。他沒來過這邊，聽說這邊比較雜，幾次過來都沒有往太深的地方走，所以現在走過的地方對於鄭歎來說都比較陌生。

民房也漸漸只有幾棟了，再往前走，就只有旁邊圍著一面牆，圍牆裡面應該就是人們所說的那個流產的建築工程了。之前只是大略聽說過，現在看來，這項工程還挺大的，占地面積挺廣。

這裡沒多少人氣，到處都是雜草，地面都坑坑窪窪，有些淒涼的感覺。以鄭歎的猜測來看，這片區域應該不至於一直這麼荒廢下來，畢竟是大學周圍，地理位置也不錯，又不是郊區。

思量中，鄭歎被一聲很淒慘的貓叫嚇了一跳。聲音很突然，而且也沒叫完，戛然而止。

這不應該是貓之間打架的叫聲吧？

鄭歎有種不太好的感覺，雖然那聲慘叫不是花生糖、而是另外那隻貓的，但如果那隻貓遇到什麼致命危險，花生糖估計也遇到了。

希望事情沒那麼糟糕。

鄭歎迅速往剛才慘叫聲傳過來的方向趕去，奔跑的速度雖然很快，但腳步聲很輕，而且鄭歎在奔跑的時候也注意一下周圍的動靜。剛才他過來的時候並沒有想到會有什麼值得警惕的事情，但現在看來，還是他掉以輕心了。沒有貓和狗的威脅，可是人的威脅一直存在，縱使大部分人都是文明人，但自從被抓之後，鄭歎知道，這世上還是有很多人能夠一眼不眨地敲死一隻狗或者一隻貓。

鄭歎沒有從圍牆上跳過去，他不知道圍牆那邊究竟是什麼樣子，不知道那邊有沒有讓他能夠躲避的地方或者遮掩物。往前跑一段距離就能看到這個圍牆的大門了，兩扇金屬門被粗大的鎖鏈鎖住，門上刷的漆都掉落很多，一塊一塊的顯得斑駁，鎖鏈上的鏽跡告訴人們這邊已經長時間沒人管理。

鄭歎支著耳朵注意了一下周圍，沒聽到有什麼活動物體。俯低身，鄭歎從鐵門下的空隙看向院牆裡面。

周圍沒有其他照明設備，只有天空那彎明月才能讓人模糊看到圍牆內的情形。

對於鄭歎來說，視野還是比較清晰的。

百公尺遠處有一棟未能完工的建築物，從圍牆到那棟建築物之間的場地比較荒涼，長滿了雜草，有幾堆建築垃圾堆放在那裡，但除此之外，給人的感覺比較陰森和空曠。

那棟建築物就像個盤踞著的怪物似的，張開大口等著入侵者進入。

一陣風吹過，迎面而來，鄭歎嗅到了風中的血腥味。

是貓的。

當初被抓的時候，鄭歎嗅到過貓血的氣味。與人的不同。

鄭歎心裡有些焦急，警惕地往血腥味傳來的方向過去。

走了一段距離，繞過一堆建築廢棄物，在靠近建築物的地方，鄭歎看到了躺在地上的那隻貓。

牠十分鐘前還跟花生糖打架，生龍活虎的，可現在，牠正靜靜躺在地上，頭上淌著血，有些看不清本來的面目了，死狀很淒慘，顯然是被人敲打而造成的，而且還不止敲了一次，用力也猛。

而讓牠變成這樣的工具，就是被扔在不遠處的那根七十多公分的建築扒鉤。

扒鉤上還有人的氣味，這與鄭歎的預料相同。

鄭歎心裡發涼。現在沒時間來感傷，他迫切想知道花生糖到底在哪裡、情況怎麼樣。

警惕地繞著場子走了一圈，鄭歎並沒有看到花生糖的身影，至少這也算是一個好消息。

——在建築物裡面，還是已經跑出去了？

那隻貓躺著的地方離建築物很近，也不排除花生糖逃進建築物裡面的可能。如果已經逃出去的話，以花生糖的智商，應該會叫喚幾聲讓自己知道的吧？

這樣看來，很有可能就是那小子進建築物裡面去了，估計靜靜躲在哪個角落。

想了想，鄭歎決定進去裡面看看，怎麼說花生糖也是自己看著長大的，陪著牠出來，也要將牠帶回去。

建築物沒完工，窗戶、門什麼的都沒有，所以能夠很輕易就進入裡面。

鄭歎小心地往裡走，避免踩到地面上的一些雜物，更讓自己的動作不發出聲音。同時，走動的時候鄭歎也分辨著空氣中的氣味，耳朵注意著周圍的動靜。

貓的嗅覺比人類敏銳二十倍左右，也能聽見比人類至少高兩個半八度音的高音，習慣在黑暗中洞悉一切，而且身形較小，這些都是現在鄭歎的優勢。

不管這裡面到底發生了怎樣的事情、做什麼祕密交易，還是什麼人之間的恩怨情仇，鄭歎一點興趣都沒有，他現在最想做的就是將花生糖找出來，然後安然撤退。

「碰！」

樓上發出一聲撞擊的響聲。

鄭歎被那聲響動嚇了一跳，這種死寂一般的環境下突然出現這種響動確實讓人嚇一跳。

一樓除了前門那裡的窗戶之外，後門以及側面的一些窗戶都用木板釘著，雖然有縫，但並不能讓一隻貓從該處進去。

鄭歎決定上樓看看。

工程沒完成，樓梯也沒有欄杆把手，還要注意臺階上那些生鏽的釘子，鄭歎悄聲來到二樓樓梯口處，耳朵聽著周圍的動靜，風吹進來，將一些塑膠紙吹得刺啦刺啦響，然後再次回歸平靜。

可是，這些都不算什麼。

鄭歎發現剛才產生響動的地方躺著一個人，沒有聲息。

深呼吸，鄭歎讓內心盡量平靜下來，這種時候不能亂。

壯著膽，鄭歎走到那邊，在那個人周圍找了找，於轉彎靠牆的地方尋到一滴血。應該是有人躲在這裡停留過一會兒，血跡還沒乾，時間不久。

不過……

鄭歎確認似的在血滴那裡嗅了嗅，牆上也嗅了嗅，受傷的那人留下的氣味有點熟悉啊！

回想了一下，鄭歎首先將校園裡的人排除，然後是不常見到的幾位，不是小郭、不是衛稜、不是阿金、不是……葉昊……

——葉昊！對，就是他！

——尼瑪，都是些什麼事啊！

——葉昊怎麼淪落到這種地步？被人陰了？

先是花生糖，現在是葉昊，鄭歎覺得今天的運勢一定渣得跟屎一般。

既然嗅出了葉昊的氣味，鄭歎現在又不知道該往哪邊去找花生糖，畢竟這棟建築物每層樓的面積還挺大，於是便循著氣味走。

葉昊受了傷，不知道受傷的程度怎樣，隔一段距離鄭歎就能找到血跡。不多，但這點血跡和周圍殘留的氣味也能讓鄭歎準確找到葉昊。

只是，鄭歎在找葉昊的時候，也嗅到了其他陌生人的氣味。耳朵動了動，留意那微小的人耳很難聽出來的腳步聲，還有陌生的汗味。

夏天的好處，氣息得不到很好的遮掩。

那個陌生人現在正往葉昊那邊走，鄭歎躲到一面牆後，看著那個靠近的陌生人。

那人的腳步很輕，但並不算慢，應該是從一些蛛絲馬跡中尋找到了葉昊的藏身點，同時也很警惕，注意著周圍的動靜。

那人手上拿著一根建築扒鉤，跟之前鄭歎在那隻死去的貓旁邊發現的一樣。

周圍窗戶的地方用塑膠帆布遮著，只有一個角因為時間太久還是其他原因，掛著的繩子斷掉，折下來一個角，讓這裡面不至於完全黑暗。

鄭歎就看著那人往一個小間那邊走，而葉昊應該就在那裡面。

——幫一把吧。

——希望葉昊能夠記得自己是第二次幫他。

當那人拿著建築扒鉤往葉昊那邊靠近，而葉昊也處於精神緊張狀態的時候，他們都沒想到，這裡還有第三者在注意著。

「嗷嗚——」

突然一聲詭異的叫喊讓兩個人幾乎同時汗毛直立。

現在沒有風，不管是遮在窗戶口的塑膠帆布，還是地面的那些塑膠紙，都沒有發出任何聲響，死寂並且凝重緊繃的氛圍下，在兩個人都覺得只有對方這個敵人、沒有其他活物的時候，不得不說這聲叫喊突兀得讓人頭皮一麻。

但是，在這聲貓叫過後，兩個人的心裡是截然不同的感受。

拿著建築扒鉤的陌生人是在緊張之後懊惱，後悔沒有能將這周圍的貓都清理掉，只解決了一隻而已。

捂著腹部的傷口漸漸有些乏力、已經做好最壞打算的葉昊，在驚悚過後，心裡一陣欣喜又帶著一點兒懷疑。這叫聲挺熟悉，那天在夜樓被荼毒過，所以印象深刻。而衛稜也說，估計就只有那隻貓能叫出這種效果。

——應該就是那隻黑貓吧？

鄭歎叫了一聲之後，換了個地方，彎著爪子將地面一根釘子撿起來，然後趁那個人再繼續往葉昊靠近的時候扔了過去。

準頭不錯，釘子打在那人背上。

鄭歎扔完釘子就又縮回轉彎處。他就是察覺到周圍只有葉昊和這個人，沒有其他人，才敢叫出聲的，而且他現在離那個陌生人也遠，就算那個人身手了得又怎麼樣？總不可能隔著十來公尺就出擊吧？

剛縮回頭，鄭歎就聽到那邊彭彭的響聲，以及金屬掉落的聲音。

這麼快？

鄭歎露出頭看向那邊，正看到那個陌生人倒下，而葉昊也靠著牆，手上拿著一把匕首，匕首上還滴著血。

估計是趁著對方分心注意身後的時候出的手。

扯扯耳朵，鄭歎其實還幻想著在葉昊和那個人打得難解難分的時候出手，現在發現自己錯得離譜，像這些人，都是盡力一擊致命，多延續一秒就會讓他們自己的生命多遭受一秒的危險。

葉昊一手拿著匕首，一手捂著腹部，靠著牆慢慢坐下，喘氣。剛才的一番動作估計又讓傷勢更嚴重了。

「嗷嗚——」鄭歎又叫了一聲。

——花生糖那小王八蛋到底去哪兒了？！

「喵嗚——喵嗚——」

隨著叫聲，還有匡匡的木板響，就在剛才葉昊藏身的隔壁。

鄭歎趕緊跑過去，走進那個小房間的時候才發現，這裡面不知道準備建成什麼，地板都往下陷了一些，上面鋪著木板，木板之間有縫隙，而花生糖一條腿陷進去卡住了，但之前的情況又讓牠不敢用力掙扎製造出聲音，一直到現在。

——還挺聰明的。

沒等鄭歎抬木板，花生糖就自己掙扎出來了，只是看上去這傢伙的腿還是傷著了，不知道是暫時扭到還是骨折，走路一跛一跛的，有些吃力。

「喵嗚——」

花生糖往鄭歎這邊走過來，聽聲音還挺委屈？

鄭歎抬爪子摸了摸花生糖的頭，讓牠先待在原地別動，然後來到葉昊旁邊，看這傢伙還能支撐多久。

葉昊比鄭歎想像的有能耐，挪了個地方，估計還防備著一些突發情況。他掏出手機，對鄭歎道：「幫我看著點外面，我打通電話。」

在察覺到那兩個人進樓的時候，葉昊就將手機關機了，這種環境下，一點點震動的聲響、一點點異常的亮光都能讓他暴露在對方眼下。

鄭歎看向乖乖待在原地舔腿上一些小傷口的花生糖，然後走到樓梯口那邊，跳上窗臺，在盯梢著樓梯口的同時也看看建築物外面有沒有人過來。

葉昊打了通電話給龍奇他們，那邊估計會很快來人。

打完電話，葉昊也不打算在這裡等，除了己方之外，對方應該也聯絡了人，所以一旦對方的人先到達，他待在這裡是死定了。

緩了緩之後，葉昊準備站起身，想到什麼，對鄭歎說：「那隻貓受傷了？我把牠抱下去吧。」

剛才打電話的時候，藉著手機螢幕的亮度，葉昊看到了不遠處躺著的那隻貓，怎麼說那隻貓其實也幫了他，不然他不會發現那兩個人跟過來了。

兩隻貓過來打架讓那兩人暴露了行蹤，也讓葉昊做了準備，只是，另外那隻可惜了。

花生糖似乎明白眼前這人沒有惡意，看看鄭歎，然後任由葉昊將牠撈起來。

葉昊從躺地上那人的衣服上扯了點布，夏天的衣服，也就那樣。將傷口簡單包紮了下，葉昊現在一手抱著貓，一手拿著匕首，跟在鄭歎後面下樓。

鄭歎聽著周圍的動靜，慢慢走出建築物。

空曠的場區吹來的風讓鄭歎剛才的緊張心情放鬆不少，不過，也不能掉以輕心放鬆警惕。

鄭歎出了建築物，在葉昊的指引下，才知道原來在另一邊還有個「出口」，那邊的圍牆倒了一段，所以葉昊才會進來這裡。

快靠近那個出口的時候，鄭歎嗅到空氣中淡淡的陌生人的氣息，腳步一頓，抬爪子攔了攔葉昊往前走的腳。

下一刻，葉昊就往旁邊倒過去，滾到一堆建築垃圾旁邊，翻身躲避。

在葉昊反應的同時，一顆子彈擦著葉昊的肩膀過去。要不是有鄭歎的提醒，再加上他自己的反應夠快，估計就不會只有這點兒擦傷了。

——這裡居然還有個人等著！而且還是帶著消音槍的！

鄭歎現在心裡恨不得問候一下佛祖他老人家，今天的運氣也太背了，葉昊這傢伙到底得罪了誰，有必要這麼狠嗎？刀之類的也就算了，還槍？

鄭歎趕緊將摔到地上的花生糖拖到一邊，來到一堆磚塊後面，磚塊不高，也只能救一下急。

正琢磨著想其他什麼辦法的時候，鄭歎突然感覺到一股涼意漫上後脊，陌生的、從沒有過的，不同於剛才見到葉昊殺人的涼意。

而那個持槍的人似乎突然混亂了，子彈有的射擊在圍牆上，有的射擊到別處，偏離鄭歎這邊很遠，偏離葉昊藏身的建築垃圾那裡也遠。同時，鄭歎還聽到了很奇怪的咕噥聲，像是壓低了從喉嚨裡發出的一種吼叫，除此之外，就是那個持槍者的慘叫了。

鄭歎小心探出點頭往那邊看了看，恰好看到那個持槍的人倒下，接著一個身影衝過去！

破開皮肉的聲響讓人不寒而慄。

躺地上的那個人抽搐著，手上的槍不知道什麼時候已經掉了，拿槍的手上有幾條很深的血痕，而且還都是在腕部那裡。

至於那個身影……

狗，還是貓？抑或是其他什麼生物？

不管那是什麼，牠對著地上那人的脖頸處又揮了一爪子。

地上那人抽搐了一會兒，很快就沒生息了。

這一幕讓鄭歎和葉昊都很震驚，那種全身毛髮都幾乎炸起來的寒意瀰漫全身。而不同於鄭歎和葉昊，躲在磚塊堆後面的花生糖卻顯得很興奮，瘸著腿往那邊走過去。

夜色下，看不出站在屍體上的那隻動物到底是什麼顏色，但毛上的紋路，鄭歎還是能夠看出一點兒。

因為社區裡鄭歎經常見到大胖，所以對於狸花貓的花紋比較熟悉，眼前這隻，雖然只是背面，但那紋路確實比較像大胖那種的，而除了這些條紋之外，還有一些淡淡的斑點紋。

貓？

從揮爪和一些走動的動作上看，確實更像一隻貓，只是這隻比一般的貓要大上很多，乍一看去倒像隻狗，毛稍長而且看上去毛還挺厚，但身體比例卻是更接近於貓。

牠踩在那人胸前，靜靜地看了看，那立起的大耳朵也稍微動了兩下，尾巴尖彎了個弧度擺動著，似乎在確定什麼。

白色的月光下，這一幕甚是詭異，但牠的動作給人的感覺卻有些慢條斯理。

「噗嗤——」

又是一爪子。

爪子帶起的血液濺落在地面上，形成一長條的血滴帶，而躺在地面的人已經對這一爪子沒有任何反應了。

鄭歎和葉昊都不約而同打了個寒顫。

那個人都已經死了，那隻卻再補上一爪子！

揮完這爪子，那隻扭頭看向鄭歎這邊。

鄭歎的心差點提到嗓子眼，他現在終於明白為什麼很多人在晚上看到他眼睛的時候會表現出那種嚇一跳的表情。這種感覺真的很嚇人，更何況那隻才剛剛殺了個人，不是老鼠、不是螞蚱什麼的，而是一個真正的人。

就算鄭歎見過殺貓殺狗，見過人殺人，可衝擊最猛烈的卻是貓殺人！

是的，這是一隻貓，鄭歎在牠扭頭看過來的時候已經確定。

只是，鄭歎懸著的心還沒放下，就發現花生糖那傢伙一跛一跛地過去了，而且速度還挺快，一副高興不已的樣子。這讓準備上去將牠攔住的鄭歎止住了動作。

按理說，花生糖這傢伙在李元霸的教導下懂得辨認威脅，從之前的事情就能看出這傢伙其實很懂得保護自己，而現在這樣歡欣若狂往上湊的架式，讓鄭歎有些摸不著頭腦，但注意力還是放在花生糖身上，有些緊張。

葉昊一手捂著腹部，靠著那堆建築垃圾，另一隻藏在背後的手握著匕首。剛才他也被突然出現的那隻……貓……嚇住了，而且做好了打算拚一拚的，可看現在的情況，似乎有些不對勁？

不管怎麼樣，葉昊還是決定小心為上，他一直覺得貓這種動物喜怒無常，前一刻能對著你撒嬌、黏著你玩耍，後一刻就能又撓又咬，更別提眼前那隻貓還殺了人！

鄭歎剛才因為要將花生糖拖到磚塊堆後面，沒有去注意那隻貓是怎麼殺人的，可葉昊看到了，不論是跳躍力還是反應力都相當驚人的貓，而且夠聰明。

剛開始的那幾下葉昊也只是猜測，因為那時候他剛躲到那堆建築垃圾後面，那隻貓應該是在趁那個槍手將目標放在自己這邊的時候，給了那人手腕一爪子，雖然沒讓那人立刻扔下槍，但手已經不足以維持槍支的準確度了。

沒等那人換手拿槍，第二爪已經襲去，抓的是那個人的脖子，從背後偷襲，抓在後頸那裡。趁那個人抬手摸後頸的時候，牠又跳起來對著那人的眼睛又撓一爪，再然後就是頸部靠近脈搏的地方，最後在頸部同樣的位置再一爪、再一爪……直到那人沒有聲息。

地面的雜草上留著那隻貓剛才行動的時候瞬間爆發力而產生的痕跡，很難想像一隻貓能夠做到這種程度。不過，這到底是什麼品種？原以為衛稜介紹的那隻黑貓夠奇葩的了，沒想到還有比那更奇葩的。

在鄭歎和葉昊帶著不同的心情看著往那邊走過去的花生糖時，那隻爪子上還帶著血的貓也正式轉過身，對著這邊。見到花生糖之後，那隻貓原本帶著殺氣的雙眼中冷意退卻不少，抬腳走向花生糖這邊。

花生糖開心的湊過去之後，腦袋一歪，瞇著眼睛往那隻貓身上蹭了蹭，還發出「喵嗚」的叫聲，像是在撒嬌。而那隻貓也低下頭幫花生糖舔毛。

鄭歎看著這兩隻的互動，突然想起了一件事情。當初李元霸懷孕的時候他就想，什麼樣的貓能夠拿下那隻貓斯拉……現在看來，莫非就是眼前這隻？

花生糖和那隻貓站在一起，很明顯的小了許多。不過花生糖還可以長，就算長不了這麼大，比一般的貓肯定會大一點兒。

如果他的猜測是正確的，那麼花生糖從生下來就比一般的貓大的原因也能夠解釋清楚了。不僅比一般的貓大，而且夠強壯、夠聰明，毛也比一般的短毛家貓要長、要厚。

而且看花生糖的樣子，明顯不是第一次見到這隻貓。這麼說，其實牠們很早就見過面了，還極有可能見過不止一次。難怪李元霸總帶著花生糖出去遛街，其實是為了找機會去見花生糖牠爹吧？就是不知道這隻貓到底住在哪裡，或者藏在哪裡。

這隻貓的眼神有點像流浪貓的眼神，但相比起那些流浪貓，卻又有些不同。鄭歎仔細觀察了一下這隻大貓，因為牠身上的毛稍微長了一些，所以能夠看出不像是經常梳洗的樣子。經常梳洗的話，毛應該更順滑一點，就算是貓自己為自己舔毛，也還是與徹底梳洗是不同的。再說了，這種性格的，有多少人敢養？

其實，如果沒有剛才殺人那幕的話，這隻貓給人的印象也還算好，至少牠的長相並不像李元霸那麼煞氣逼人，只是有些嚴肅，尤其是眼裡的冷意退下之後，如果體型減半，別人也只會認為是比較特殊的森林貓而已。

這隻貓的警覺性很強，在幫花生糖舔毛的時候耳朵也一直注意著周圍的動靜，葉昊手機震動時，牠看了葉昊那邊一眼，卻沒有其他舉動。

「喂？」葉昊接通電話。

來電的是豹子，豹子他們很快就到了，現在只是確定一下葉昊的位置，順便瞭解一下這邊的情況。

鄭歎注意到，葉昊打電話的時候，那隻貓又看了葉昊那邊幾眼，總感覺有點意味深長的樣子。但鄭歎又能夠確定，這隻貓不會和自己一樣的情況，這是一隻真正的貓，這種身體與靈魂的契合度是無法懷疑的，可能有那麼點特殊，但絕對不是像自己一樣有人類靈魂。

鄭歎挺好奇這隻貓到底在想什麼。

在葉昊掛斷電話不久，豹子他們就到了。

三輛車，車停在外面，人從那面倒塌的圍牆處進來。

豹子看著地上那個死去的人，一眼就瞧出傷口的古怪，有些驚訝地看向葉昊。

葉昊也沒解釋，只說：「先將這些處理了，裡面還有兩個。」

「好的。」豹子也不是喜歡多問的人，指揮著幾個人去處理建築物裡面的屍體。

見到有人來，那隻貓也一直守在花生糖身邊，父子倆待在一旁，並沒有離開，眼裡對豹子等人充滿戒備。

而鄭歎則跳上磚塊堆，看著那些人在葉昊的指揮下忙活。

跟過來的一個醫生樣的人物先幫葉昊緊急處理了一下傷口，然後讓葉昊到車上去，畢竟這裡處理起來不太方便。

葉昊點點頭，卻沒有立刻離開，而是看向花生糖那邊，才轉身就發現花生糖正被牠爹叼著往這邊走。

鄭歎記得聽人說過，小貓的話，被這樣叼著沒事，但長大後還被這樣叼著可能會比較難受，很可能會劇烈反抗。不過，看花生糖依舊乖乖的樣子，鄭歎就想，果然是父子啊！

那隻貓將花生糖叼到葉昊眼前，然後看看葉昊，再看看那個醫生。

葉昊與那隻貓對視了幾秒，然後對那個醫生道：「待會兒順便幫這隻小貓看看吧。」

醫生：「……」尼瑪，我是醫生不是獸醫啊！

既然葉昊都發話了，那個醫生也只能硬著頭皮上。

都沒讓葉昊多說，那隻貓見葉昊離開，就又叼著花生糖跟上去了。

葉昊上了一輛改裝過的休旅車，而他前腳剛上車，那隻貓後腳就叼著花生糖上去了，還霸占了一個座位，讓葉昊看著一陣無語。

想了想，葉昊又探出身，對鄭歎道：「黑碳，一起吧。」

鄭歎扯扯耳朵，知道葉昊這傢伙其實對那隻大貓挺忌憚，覺得有自己在的話保險一點。雙方之間的紐帶就是花生糖，而葉昊知道鄭歎是跟花生糖一起的，所以才叫上鄭歎，同時也打了通電話給衛稜。本來他不準備讓衛稜插手，可涉及到貓，就不得不讓衛稜幫幫忙了。

鄭歎也有些好奇，他看得出來那隻大貓只是帶著警惕，並沒有之前那種殺氣。於是他跟上去看看滿足一下好奇心，只是待會兒得麻煩衛稜打電話給焦家了。

休旅車駛離現場，廢棄建築物這邊很快被清理乾淨，看不出發生過命案的樣子。

車裡，花生糖靠著那隻大貓躺著，車裡的空調可能讓牠覺得不太舒服，又往那隻大貓那兒縮了縮。而那隻大貓幫花生糖舔了舔毛之後，一直盯著葉昊，像是在打量著什麼。

正被醫生處理著傷口的葉昊被盯得有點毛毛的，沒有殺氣、沒有明顯的惡意，卻讓他更覺得古怪不已。

而趴在椅背上看著他們的鄭歎覺得，那隻大貓估計是在打什麼鬼主意。李元霸和花生糖都很聰明，這隻也絕對不是個笨的。

這次葉昊並沒有去夜樓，而是前往鄭歎上次去過的那個幽靜的別墅處。

衛稜已經在裡面等著了，並沒有多著急，他已經瞭解了葉昊的傷勢，沒什麼需要擔憂的。唯一不太確定的是待會兒打電話給焦家會被怎麼罵。

見到葉昊幾人進來，衛稜先看了看葉昊身後。除了那隻黑貓之外，還有一隻大貓。

剛才在電話裡葉昊只是隨口說了一句有一隻「大貓」，衛稜並沒放在心上，他覺得在這種大都市裡面，除了動物園，不可能有那種大貓的，不是指老虎、獵豹，而是說猞猁、獰貓這一類。

所以，一點心理準備都沒有的衛稜在見到那隻大貓之後，臉上就跟抹了屎似的。

每次看到這種大貓，衛稜心裡就別提多彆扭了，總會想起不堪回首的往事。

葉昊知道點衛稜的事，所以在電話裡故意說得比較含糊，現在見到衛稜的臉色，他難得地笑了笑。

「笑屁啊！」

衛稜抬腳踹了過去，被葉昊躲過。

「怎麼回事？」衛稜也沒再踹，而是坐回沙發上，問道。問的時候還看向正在果盤裡翻東西吃的黑貓。

鄭歎沒搭理他們，反正他現在只是過來看熱鬧，沒準備多參與，他就想看看那隻大貓在打什麼主意。

葉昊的傷處理一下之後，也沒有大礙。輪到花生糖的時候，那個醫生本來挺緊張的，畢竟不是獸醫，可找出原因之後，就淡定一些了。

花生糖可能卡在木板間的時候，被木板邊沿那些細細的木渣刺了進去，雖然沒怎麼流血，但每走一步就會讓牠感覺到疼痛，舔也沒用。

那醫生原本還準備用一些強制固定的東西，不過他發現花生糖還挺配合的，便拿著工具開始拔「刺」。拔一下，花生糖就「喵嗷——」叫一聲，似乎很痛，有幾次都反射性地翻身，差點直接將那個醫生咬了。

這「刺」才拔了一半就這樣，剩下的拔的時候該不會被貓咬或被撓吧？

在那醫生有些遲疑的時候，鄭歎就見到花生糖牠爹走過去，抬起腳掌將花生糖摁住，然後看向那個醫生，意思是讓醫生繼續？

鄭歎：「……」突然感覺花生糖好悲慘，有一個嚴肅的媽也就算了，還有個這樣的爹。

被強制摁住的花生糖疼的時候就叫，還掙扎了幾下，卻也沒掙脫牠爹的爪子，在旁邊看得衛稜和葉昊臉色一陣變換。

終於將花生糖腿上的「刺」拔完，塗抹上藥膏的時候，那醫生額頭上都是一層汗，不是熱的，是緊張的，旁邊那隻大貓太詭異了，讓他有點想要快點逃離的衝動。

衛稜打電話給焦家，告訴他們今晚貓不回去了，焦媽要聽鄭歎的聲音確認貓是安全的，於是鄭歎對著手機嚎了一嗓子。

正幫花生糖舔著毛的那隻大貓被鄭歎這一聲嚎驚得噌一下跳起來，警惕地看著鄭歎，看了一會兒之後，才再次回到原處蹲下。

解決完焦家那邊，衛稜和葉昊對花生糖有點無從下手，不知道是誰家的，現在去查也要時間。

「剛才你沒問問焦家的人？」葉昊道。

「沒，就想著怎麼避免被罵了，說完事情就迫不及待掛了電話。」衛稜無奈。

想了想，衛稜將手機放到鄭歎眼前，抬手指了指正在那隻大貓身邊蹭的花生糖，說：「那隻貓你解決。」

鄭歎明白衛稜的意思，自打衛稜知道自己能夠撥電話之後，就經常在開車的時候讓他幫忙撥電話。不過現在，鄭歎沒有立刻按號碼，而是抬起頭看了看周圍。

這個客廳裡就葉昊和衛稜，那個醫生剛出去，而豹子似乎被派了任務，龍奇聽說受了傷正待在醫院裡。沒有其他人，客廳外面的幾個小間裡面倒是有幾人，不過他們沒得到葉昊的吩咐不會進來。

既然都是熟悉的人，鄭歎也就沒太多顧忌了，將電話撈過來，按下了號碼，然後推給衛稜。坐在一旁的葉昊臉上抽了抽，他突然很想像龍奇一樣找個辟邪的東西戴著。這貓太詭異了！除了葉昊之外，那隻大貓將衛稜和鄭歎之間的動作都收入眼底，歪著腦袋不知道在想什麼。

鄭歎撥的是小郭工作室那邊的電話，一般小郭都會在那裡，今天也是。

電話接通，衛稜從小郭嘴裡套出了花生糖的名字，然後只是說花生糖受了點傷，被他一起帶過來了，明天會送回去，其他事情都沒說。

知道鄭歎也在這裡，小郭心裡放心很多，還對著衛稜再三感謝。

解決完花生糖的事情，衛稜和葉昊同時將視線放在那隻大貓身上。而那隻大貓看了看兩人，打了個哈欠，趴在花生糖旁邊準備睡覺。

衛稜、葉昊：「……」就這樣睡下了？

剛才打電話給小郭，衛稜並沒有聽到小郭說有其他貓，他轉頭問正抱著一片豬肉脯啃著的鄭歎，「那隻你認不認識？」

鄭歎想了想，搖頭，繼續啃豬肉脯。他雖然認識花生糖和李元霸，推測這隻是花生糖牠爹，但說認識還不至於，甚至聽都沒聽說過。如果附近有這樣的貓，鄭歎肯定會被焦爸囑咐一頓的，而社區裡一向消息靈通的大媽們不會連提都沒提。

這隻大貓應該每隔一段時間過來看牠老婆孩子，平時躲在一個人跡罕至又適合牠生存的地方。至於牠平時藏身的地點，鄭歎回想了下看過的地圖，楚華市植物園以及一個帶山的公園風景區離楚華大學都不遠。

其實，寵物中心到楚華大學還有一條小道，剛好經過那個廢棄工程的地方。只是那中間有一個施工地點，再加上那條小街的治安問題，鄭歎沒往那條小道走過。這麼說來，這隻貓有可能是剛去寵物中心那邊偷偷看過牠老婆，往回走的時候剛好碰到有人要殺葉昊，而葉昊懷裡抱著花生糖，這才出手的？

不管鄭歎是怎麼猜測，反正現在這隻大貓已經在這裡了，而且似乎也沒有要避開人的意思。

想到了什麼，鄭歎啃豬肉脯的動作一頓，看看趴在那裡的父子，再看看跟衛稜討論著事情的葉昊，眼睛一瞇。

——莫非這隻大貓想賴下來？！

想想那隻大貓的作風，再想想葉昊這個說起來已經漂白、卻依然逃不開某些黑色事務的身分，嗯……

正跟葉昊談論著事情的衛稜本來想喝點水，拿起杯子的時候不經意間朝鄭歎那邊看了看，就看到那隻黑貓抱著一片已開口的獨立包裝的豬肉脯，維持著啃咬的姿勢，瞇著眼睛，似乎在想什麼事情。

「黑碳，想什麼呢？」衛稜問道，他知道這貓不能說話，就是想喚回一下這貓的注意力，剛才那樣子太詭異了，要不是認識這麼久，衛稜也會跟龍奇一樣被嚇到。

鄭歎收回腦子裡的想法，看了看衛稜，又看看葉昊，低頭繼續啃豬肉脯。

想什麼？其實就是在想如果這隻大貓真要耍賴皮賴下來的話，就憑牠救過葉昊，葉昊也不會拒絕。葉昊這人別的不說，還是挺講義氣的，應該對恩貓也不會太差。

想想那場景，真是喜聞樂見。

「我怎麼感覺那隻黑貓有點像是在準備看我笑話的意思？」葉昊皺眉道。

「……你多心了。」衛稜也只能這麼安慰。

第五章

這隻大貓想賴下來？

第二天早上，鄭歎蹲在葉昊旁邊的椅子上吃三鮮湯，這地方的人做三鮮湯喜歡用豬肝、腰花和瘦肉做，鄭歎一直很喜歡，焦媽也經常做，沒想到在這裡會吃到。

花生糖父子眼前都放著一個大腕，不，那隻大貓眼前應該算是盆了，裡面放了三鮮湯泡飯，葉昊沒養過貓不知道該餵什麼，見鄭歎吃什麼，直接就給牠們吃一樣的了。好的是這父子倆都沒挑食。

原本花生糖父子的飯盆是放在地上的，見鄭歎蹲椅子上，那隻大貓不幹了，跳上一張椅子，然後就一直盯著葉昊，葉昊想裝作什麼都不知道，那隻大貓就開始嚎，有鄭歎在前，就算牠嚎得很刺耳，聽著至少還偏向於一隻貓，不像鄭歎那種鬼嚎。

即便如此，也確實讓人難以忍受。

葉昊示意做早餐的那位傭人，「把牠的飯盆端上去。」

那隻大貓本來體型就比鄭歎大，飯盆也大，一張椅子放不下，傭人又搬來一張。順便將花生糖的也一併擱椅子上了。

看著這情形，葉昊心裡想：吃完就都給老子滾！

正吃著，門口有聲響。

聽到門口有人說話的聲音，正喝著湯的衛稜嗆了一下，看向葉昊，低聲道：「你老婆帶孩子過來了。」

原本葉昊想回一聲「這有什麼值得大驚小怪的」，突然反應過來，這裡還有三隻貓。以前老婆說要養貓的時候自己怎麼回的？

具體回了什麼葉昊已經不記得了，只記得是「討厭貓」的意思，直到現在他老婆都一直沒養過貓。

可眼下的情形……

正想著，鄭歎就看見一個身材高眺的美女帶著個跟焦遠差不多大的男孩走進來。

唐雪聽說葉昊昨夜遭襲，一大早就帶著孩子趕過來看看葉昊的情況。雖然昨晚打電話知道葉昊沒受重傷，但總歸過來看看才安心一點。

結果一進來，唐雪就看到飯桌旁邊三張椅子上的三隻貓，正準備詢問葉昊具體情況的話直接卡喉嚨裡，一臉的難以置信。

而跟在唐雪旁邊，原本板著一張臉的小屁孩看到飯桌旁邊的三隻貓，眼睛立刻就亮了，與見到他爹時那種木木的表情完全不同。

衛稜低下頭，繼續認真地喝湯，裝作沒看到葉昊的求助眼神。

鄭歎感覺此刻的氣氛有點尷尬，看了看衛稜，見這傢伙一副不想理會的樣子，也低頭繼續吃早餐，耳朵卻支著，聽周圍的動靜。

沉默半晌，唐雪終於出聲道：「這裡，是個什麼情況？」

葉昊擱下碗，擦了擦嘴巴，指著鄭歎道：「這隻，衛稜帶來的。」然後指著花生糖，「這隻，一間寵物店的，跟衛稜帶來的這隻一起，待會兒就送回去。」

最後，葉昊指著那隻大貓說：「這隻，路上撿的，來歷不詳。」

唐雪也不知道聽進去多少，點點頭，就看著那隻大貓，「這貓不像是普通的貓啊，這體型夠大，難道也是超級貓？」

「超級貓？」

葉昊和衛稜同時看向唐雪，眼裡充滿疑惑。

鄭歎也不吃了，聽著唐雪接下來的話。這個詞第一次聽到。

「十九叔養了一隻大貓你知道吧？」唐雪看向葉昊。

葉昊回想了一下，「很久沒見到十九叔了，不過，去七爺那邊的時候聽他老人家提過兩句。」

葉昊口中的「七爺」就是唐雪的父親，葉昊的岳父。當年初來楚華市的葉昊就是跟著唐七爺混的，能夠有今天，雖然唐七爺幫了忙，但大多數都是靠葉昊自己，不然唐雪也不會看上葉昊。雖然現在大家是女婿與岳父的關係，但葉昊還是習慣叫七爺。

至於那位「十九叔」，也是與唐七爺同時代的人物，現在隱退狀態，但影響力還是有的，跟唐七爺關係不算好也不算壞，不過，當初那個時代的人，到今天也不剩多少了，兩個老傢伙有時候也會談談心。

葉昊上星期去看七爺的時候，聽七爺提過一些，也沒往深處想。在葉昊的心裡，所謂的「大貓」就只是稍微大點的寵物貓而已，就像寵物貓中體型比較大的森林貓之類，大也大不到哪裡去，國內的這種大都市，誰會去養那種大型貓科動物。可現在看來，似乎不是那麼簡單吶！

「十九叔讓他一個國外的朋友幫忙弄了一隻超級貓的後代，而所謂的超級貓，就是家貓和體型更大的非洲或南美野貓以及山貓等等的混種，只是第一代優秀的超級貓不容易得到，那邊也管得比較嚴，人家也不會給。」

「十九叔的朋友弄到的是第一代超級貓的後代，聽說第二代超級貓雖然體型可能比不上第一代，但相比起一般的寵物貓還是大出很多。現在十九叔那隻大貓已經十幾公斤快十五公斤了，很健壯，而且還會繼續長。看著比這隻小一點，只是……十九叔那隻是短毛，你這隻是長毛。」

鄭歎聽著唐雪的講述，又看看蹲椅子上一本正經樣的花生糖牠爹——超級貓？

葉昊皺眉，他的重點並不在唐雪所說的長毛短毛以及體型上，「十九叔那隻，平時殺……其他小動物嗎？」

本來葉昊想問那隻貓殺不殺人的，最後還是改口了。

「怎麼不殺？聽說周圍有幾隻寵物貓被咬死了，還有一隻小型犬也遭殃，而且那隻貓每次被十九叔帶過去都盯著爸的那兩隻灰鸚鵡，爸說那兩隻因為壓力太大，又開始拔自己羽毛了。」

鄭歎：「……」看來當鳥也不容易啊！不是每隻都能像將軍那隻賤鳥一樣沒事就為自己找樂子的。

在他們說話的時候，那隻大貓已經將盆裡的東西吃完了，正舔著爪子。

鄭歎一直覺得，貓吃飯的時候可能會有些漫不經心，但舔毛舔爪子的時候卻異常認真，就連舔蛋蛋也比吃飯要認真得多。

「葉恒！退開！」葉昊叫道。

唐雪在講解的時候，沒注意兒子已經往那邊靠過去了，直到葉昊喊出聲時才發覺兒子已經離開自己好幾公尺。

貓對於陌生人一向都很警覺，甚至會表現出攻擊狀態，這點唐雪清楚，只是平時過來這邊的時候都是任由兒子自己玩的，所以才忽略了那隻大貓。

葉昊叫出聲的時候，葉恒離那隻大貓也就幾步遠，而且在聽到葉昊的叫聲之後，他並沒有止住腳步，反而加快速度往那邊靠近。

不僅是葉昊，就連衛稜臉色都有些泛白，心想：大意了啊，真後悔沒有將那隻大貓關進籠子裡，或者用鏈子拴上也行，不至於像現在這樣提心吊膽。

葉昊不敢亂動，放在桌子下的手裡拿著一把餐刀，眼神示意衛稜，一旦那隻大貓表現出攻擊性，就立刻動手。

葉昊和衛稜與那隻大貓中間隔著一張大餐桌，現在想阻止葉恒也晚了。

對於葉昊和衛稜的反應，唐雪也意識到不對勁。

葉恒沒顧他爸媽的提醒，來到那隻大貓旁邊之後，就看著牠。

那隻原本在認真舔著爪子的大貓察覺到有人靠近，也沒什麼特別的反應，抬頭看了看葉恒，然後眼一瞇、頭一歪，往小孩身上蹭了蹭。

先不說所謂的超級貓的基因和體型，葉昊見過這隻貓殺人之後，絕不願意看到這樣一隻貓在自己兒子附近活動。太危險了！就算是葉昊自己，獨自面對這隻貓的話，也沒有絕對的勝算。牠的爪大，身體強壯，反應能力和現在還沒摸清的智商，都讓葉昊忌憚。被撓上一爪子可不是鬧著玩的！

鄭歎離那隻大貓比較近，他沒察覺到那隻大貓的惡意，不像昨晚殺人之前那種不寒而慄的感覺，現在這隻大貓，真的就像那些愛撒嬌的寵物貓那樣，帶著些吃飽喝足後的慵懶和散漫。

而衛稜就是看到鄭歎比較淡定的表現，才沒有立刻出手。現在對這隻大貓的性格脾氣並不瞭解，突然出手可能會惹怒牠，所以在沒有百分之百確定安全的情況下，衛稜還是選擇保守點，看看情況再說。

一隻貓如果奮力去撒嬌的話，「殺傷力」還是很大的，不討厭貓的人基本抵抗不了。葉昊他兒子就是。

見大貓往自己身上蹭了蹭，葉恒伸出手摸了摸大貓的頭，手指滑過那隻大大的、尖尖的耳朵，然後到大貓的下顎脖頸，撓了撓。他聽十九叔說過，貓喜歡這麼撓。

大貓抬起下巴，看上去被撓得挺舒服，瞇著眼睛。

不過，沒持續多久，葉恒就被他爹拎著後衣領拖遠了。

剛對著貓還露出點笑意的葉恒立刻繼續板著一張跟葉昊極為相似的臉，父子倆對著瞪。

「行了、行了。」衛稜過去拉了拉葉昊，現在還是先解決這裡的那隻大貓再說。

正在這時，豹子回來了。

葉昊昨晚讓他去查了這種大貓的資料，而豹子的運氣也不錯，他記得幾年前楚華大學周圍的滅貓事件，當初他還年輕，好奇心也重，剛好在楚華大學周圍跟人喝酒，所以才知道這事，碰運氣似的從這方面著手查了查，還真查出點東西來。

葉昊示意唐雪將葉恒帶到樓上房間去，然後接過豹子手上那份整理出來的資料。

「ＣＦＨ事件？」葉昊皺眉，低聲唸著上面的一句話：「The cat from hell.」

鄭歎覺得「ＣＦＨ」這三個字母聽著有點耳熟，回想了一下才記起來，焦爸提過這個。見葉昊坐到沙發那邊看資料，鄭歎也跑過去，跳上沙發，站在沙發靠背上看了看那份資料。

葉昊只是掃了鄭歎一眼，也沒有要將他趕走的意思，他不認為一隻貓能夠看懂這些，估計只是好奇而已。

這份資料並不詳細，一個是時間太短，沒查出多少來，另一個就是當年的事件被上面壓下了，很難查出具體的東西來。只知道這種有著CFH代號的貓都很凶悍，牠們身上可能有多種血統，如比較小的野生的狸花貓、森林貓，大一些的藪貓以及獰貓等等。

每個CFH試驗品種之間的差異都比較大，有長毛、短毛，以及有尾、無尾等區別，身上的花紋也不一樣，耐寒、耐饑性極強，而可惜的是，那些貓一個是性情不穩定，還有一個就是先天疾病多或者早衰。原本那些研究人員想看看第二代CFH會如何，結果意外突發，不僅折了人，上面將事情壓下的時候將所有的CFH試驗品全部處理掉了，不過還是有一些實驗室的貓趁亂逃了出來。

後來兩年一直有人在尋找逃脫的貓，就怕有第二代的CFH出現。最後，除了尋找到幾隻因疾病而死的屍體之外，再沒有其他的了，上面也就撤回了清理行動。

而眼前這隻大貓，可能就是逃出來的一隻普通貓生下來的第二代CFH。當然，也可能是唐雪所說的那種新寵物「超級貓」。不過，鄭歎和葉昊他們都比較偏向於前者，畢竟能夠這樣輕易殺死一個成年人的貓，稱得起CFH這個代號。

「你說那些人沒事研究這個幹嘛？」衛稜挺想不明白。

「誰知道呢！」葉昊將資料往茶几上一扔，說道。

「聽說M國的一些科學家還造出了留著人血的豬，有著人的腦細胞的鼠等等，所以……」豹子聳聳肩，意思是，這些奇葩都有，那眼前這隻的存在也就不稀奇了。

鄭歎打了個激靈，突然萬般感謝焦爸不是那種怪癖科學家。

「按照事情發生的時間，離現在已經快十年了……」葉昊感慨。

「所以你可以直接將這隻貓帶出去，就說是超級貓唄！」衛稜開玩笑道，「反正這麼久，也沒多少人記得，只要不看到牠殺人，誰能確定牠不是新寵物超級貓？」

葉昊搖搖頭，「我不是在意這個，已經快十年了，但是這隻大貓殺人的時候卻依然跳躍得很快，反應很敏捷，看上去也很強壯，完全不像是年邁的樣子，沒有早衰、沒有什麼疾病，誰也不知道牠究竟能夠活多久。」

鄭歎看了看那隻正打哈欠露出尖牙的大貓，又看看在舔毛的花生糖，這麼說來，花生糖其實也算第三代CFH了？

可花生糖嘴邊的那顆「痣」實在是破壞了這個霸氣的名字。

再往後，CFH的血脈經過自然繁殖的稀釋，不知道會有多少跟花生糖相似的貓出現在這個世界上，與人們生活在一起，只不過牠們的外表已經和普通貓沒有什麼區別，在串串貓、串串狗滿地的大都市，誰能聯想到當年的CFH事件？

就算是看到一隻很凶悍的貓，估計誰都不會多想。

來自「地獄」的貓，生活在人間，並將一直生活下去。

吃過早餐後，衛稜將鄭歎和花生糖送回去，至於那隻大貓，這傢伙賴在沙發上就是不挪屁股。葉昊甚至恐嚇過牠，可惜這傢伙打了個哈欠就不理人了，除了不讓套項圈之外，表現得還挺老實。

本來葉昊打定主意將這隻大貓送走，可是兒子開口了。這麼久，葉昊第一次聽兒子提要求。雖然父子倆總板著臉對著瞪眼，但葉昊對兒子其實還是很寵的，難得兒子開口，葉昊才勉強同意了。當然，只是暫時的，還得觀察一段時間。

而且，在這段觀察期間，葉昊對兒子立下規矩，不能與這隻大貓單獨相處，接觸這隻大貓的話，必須要有三個以上的人在場，也不能離得太近，不能……

總之一連串的「不能」，說得葉恒很不耐煩，向他媽唐雪求助，可這次唐雪沒幫他，而是站在葉昊那邊。自打知道這隻大貓殺人之後，唐雪其實也很反對收留這隻大貓，在葉恒的強烈要求才暫時同意的，並且決定在周圍多派點人手看著，不能出任何意外。

貓都是賴皮嗎？

不管怎麼說，經歷這次事件，在葉昊心中就留下了這麼個印象：喜怒無常，神經質，我行我素，還賴皮。

大貓留在葉昊這棟別墅裡，這讓平時都跟七爺住一起的葉恒來的頻率也多了很多，就連七爺在知道這件事情之後，也興沖沖過來看過。

七爺對大貓的評價還挺高，知道這貓能殺人，七爺大手往桌子上一拍，「好！」

這讓葉昊很是無語。

七爺想著等大貓熟悉環境和周圍的人了，讓牠跟十九那個傢伙手頭的超級貓比比看，最好能狠狠挫一下那隻貓的銳氣，誰讓牠將自己兩隻灰鸚鵡逼得自拔羽毛。

大貓順利賴在葉昊這棟別墅裡，以至於當龍奇出院來到這邊的時候，一進客廳看到沙發上躺著的那隻，整個人都不好了。他乍一看還以為葉昊養了條狗呢，結果是隻大貓，還是一隻比較特殊的貓。

不管大貓那邊是怎麼個情形，鄭歎這幾天都待在家裡。

連續的晴熱天氣讓人有些受不了，焦爸焦媽也都待在家裡，沒怎麼出去，外面就跟蒸籠似的，瀝青路面上打顆雞蛋都能熟，連焦遠這幾天都有些疲乏了，蔫蔫的在家裡看電視。

小柚子在做每天規劃的暑假作業，焦遠和焦媽坐在客廳沙發上看電視，鄭歎趴在沙發一頭，對電視劇沒什麼興趣，打了個哈欠，翻個身，蹬腿的時候蹬到一份報紙。閒著沒事，鄭歎以滾的方式掉了個頭，躺著看報紙上的新聞。

《楚城新聞》這份報紙在楚華市很多家庭都訂閱，過期的報紙就放飯桌上擱湯碗或者扔地上墊桌腳，其他的留著丟回收。

焦遠和焦媽看電視看得正入神，也沒注意鄭歎的動作。鄭歎看了看娛樂新聞之後，抬爪子翻了一頁，上面有一整頁報導是關於楚華市某副市長被捕的消息，看看被捕的時間，剛好是他從葉昊別墅回來的那天。

這和葉昊他們有關係嗎？

管他呢！

打了個滾，重新換個方向躺著，鄭歎將占地方的報紙踹下沙發，報紙的油墨氣味太刺鼻，聞著難受。

睡得迷迷糊糊的時候，聽到有人敲門。鄭歎懶得睜眼，繼續在沙發上躺著，然後他就被焦遠拋起來了。

——天殺的！

鄭歎嚇得清醒了，從空中落下來的時候，沒管焦遠準備接住他的手，逕自踩著焦遠的手臂跳下地，跑進小柚子房裡去了。小屁孩果然不可靠。

在小柚子房裡趴了一會兒，鄭歎才終於弄明白為什麼焦遠這麼興奮了。

來的人是撒哈拉牠主人阮英，阮英得到了一些游泳券，而且還是剛建設完工不久的一處新打造的沙灘泳池。楚華市地處內陸，新打造的這處沙灘泳池確實吸引了不少人，只是現在泳池還沒有完全對外開放，入場券只透過一些途徑分給了一部分人，五天後才正式開放。

正式開放的話，肯定會有很多人，到時候人多又雜，估計不會有太多的活動範圍。即便這樣，透過廣告，很多人還是很期待。

原本焦爸準備等正式開放後帶孩子們去玩玩的，沒想到阮英會直接送票過來。

阮英將手上的票分給了社區一些帶孩子的家庭，除了焦家之外，還有蘭天竹和蘇安、石蕊等幾家；至於熊雄，現在他被他媽帶走了，沒在社區。

焦遠高興完之後，正準備跑去房裡打電話給熊雄，結果熊雄就直接一通電話過來了。阮英在過來之前就已經去過蘇安他家，剛才蘇安打電話給熊雄，熊雄知道社區這邊明天的安排後跟他媽爭論一番，才讓他媽同意明天也去那邊。熊雄他媽能夠自己弄到入場券，也就沒找阮英。幾個孩子也約好了明天去沙灘泳池那邊會合。

按照阮英的意思，明天趁太陽沒出來，早點出發，沙灘泳池那邊有餐廳，午飯可以在那邊吃，晚上大家再找個地方吃一頓。

不過，沒多久，焦爸就接了通電話，是熊雄他媽打來的。

要說熊雄他媽，人不錯，就是有些強勢，可能事業型女人都是這個樣子。教育局的，具體是什麼職位大家不太清楚，但應該不低，平時總忙，熊雄他爸平時也沒多少精力照顧孩子，兩口子都沒時間，要不然也不會經常將熊雄甩給住在社區的爺爺奶奶。

依照熊雄他媽的說法，熊雄在社區裡面都是大家幫忙在照顧，所以明天晚上他們兩口子請大家吃頓飯表示謝意。

焦爸沒法拒絕，熊雄他媽都已經定下來了，連餐廳都訂好位了，也通知了其他幾家，所以事情就這樣決定了。

忽略掉熊雄他媽那種強勢的不容拒絕的語氣，明天的安排都還不錯。焦爸也不能讓孩子們掃興，當天吃完晚飯就去袁之儀那邊借了車，加完油開回社區停著等明天用。

晚上焦遠太過興奮，很晚才睡。

而小柚子那邊其實也差不多，畢竟是小孩子，有玩的自然會高興。

鄭歎倒是無所謂，他不怕水，就算去游兩下也無所謂，只要焦遠他們別往水裡面撒尿就好。

第二天一大早，兩個孩子不用鬧鈴就起來了，吃了早餐，七點多的時候到樓下集合。

每家都開著一輛車，阮英那輛車就他自己和撒哈拉。撒哈拉那傢伙正將下巴擱在車窗處朝外看著，時不時叫兩聲。

「咦，你們還帶貓去啊？不用套上繩嗎？」阮英見焦家帶著一隻貓，問道。

「不用，我家貓聽話。」焦媽笑著道。

阮英看了看那邊跟著焦家兩個孩子上車的黑貓，再看看待車上還得用繩子拴住的撒哈拉，搖搖頭，這就是差距啊！

游泳圈不用帶，昨天阮英就跟他們說過那邊有游泳圈，還有一些其他工具，這邊只要帶人過去就行，真要帶的話，可以買點零食去解饞，不過大夏天的，大家其實就只想吃點西瓜、喝點冷飲，這些那邊都有。鄭歎看了看，好像沒看到誰家大包小包的。

準備出發，正朝著鄭歎這邊吼的撒哈拉被阮英揪著耳朵拖進車。

焦爸關上車窗，車內得開空調了，不然待會兒得熱得脫水。

去沙灘泳池還得開上一段路程，所以晚上睡得比較晚的焦遠和小柚子在車上又睡了會兒。鄭歎趴在車後座椅背上，從車後窗看著倒退的景物。

早上出門活動的人很多，路上的幾個十字路口堵了會兒，等綠燈的時候，鄭歎看著斜後方一個騎摩托車的哥們兒，赤著上身，頭上搭著濕布，車上掛著兩顆西瓜，一邊等綠燈，一邊用頭上的濕布擦汗，黃燈的時候那哥們兒又將頭上的濕布甩到肩上。

夏天外出的人傷不起啊！

阮英所說的那個沙灘泳池是靠江打造的一款水上娛樂設施，大量泥沙受江水衝擊沉積在那裡形成灘地，在離岸一百多公尺的水域利用江水形成天然泳池。泳池設計了深水區、淺水區、兒童遊樂場和觀景亭等娛樂設施。除此之外，還有停車場、文化娛樂茶座、更衣室等設施組成的配套服務區和親水小平臺、綠化景觀廣場等設施的休閒區。

鄭歎他們到達的時候，泳池的停車場那裡已經有人等著了，而周圍一些停車位上也停著很多車，看來比他們來得早的人不少。

等候在此的人跟阮英很熟，那人向大家介紹了一下泳池的布局和一些重要的區域，幾個小孩要不是大人拉著，早往外跑了。雖然說泳池周圍有人看著防止意外事件發生，但大人們還是不放心，總得自己盯梢著才行；再說，一般下水游泳的時候都是下午四點以後或者晚上七點以後，頂著大太陽皮都能曬掉一層。沒正式開放就沒多少人過來搶位子，不著急。

現在大家也就先熟悉一下這裡，省得到時候要找廁所、找更衣室、找休息間都找不到。

熊雄他們一家三口已經在茶座那邊等著了，他媽還帶了一些好茶葉過來。不過，在見到焦媽拎著的包裡面的鄭歎時，熊雄他媽的臉色不怎麼好，估計是覺得這種地方帶一隻貓進來有點丟臉，而且還是一隻沒什麼特色的土貓。

察覺到這個，焦媽帶著小柚子和鄭歎坐在離得稍遠的另一桌上，反正一張桌子就只能坐四個人，周圍都是社區的人，也不怕誰走丟。

茶座內開著空調，大家都是全家過來的，所以看上去就像一窩一窩的坐在那裡，涇渭分明，這要是等泳池正式開放了，肯定不會出現這樣的情況，估計連坐的位子都得排隊等。

焦遠等幾個男孩子坐了一會兒就去娛樂場區玩球去了，有阮英他們帶著。

阮英跟這幾個孩子出去的原因，一是不想待在這裡聽這些家長們談時政、談教育、談怎麼教孩子，再來是撒哈拉那傢伙也不會安分的待在這裡，便牽著撒哈拉帶幾個孩子過去那邊玩撞球。

小柚子和石蕊坐在這裡也無聊，焦遠他們離開後，家長們的目標就轉向她們了，於是小柚子帶著鄭歎，和石蕊一起也往娛樂場區那邊過去。

出了茶座，鄭歎就從包裡跳下來了，以他現在的體重，小柚子提著還是比較費勁的。周圍也有一些人帶狗過來，不過都用狗繩拴著，看到鄭歎後，有幾隻狗還衝著這邊叫喚。

鄭歎沒理會牠們，一邊往娛樂區那邊走，一邊看著周圍的布局。一些人看這裡居然還有人帶著貓，都很好奇，一般來說，貓不怎麼好管教，而且這隻黑貓還沒拴貓繩。

娛樂區的撞球室，阮英正在教孩子們打撞球，撒哈拉被拴在一旁，趴地上無聊地啃爪子，見到鄭歎過來立刻站起來朝鄭歎叫，鄭歎也不知道牠到底要表達什麼，就由著牠叫喚。

那邊的阮英實在被吵得受不了，他的話都被狗叫聲淹沒了，旁邊的幾個孩子也聽不清他在講什麼。

放下球桿，阮英走到一旁的角落裡，將一個兒童玩的那種塑膠鴨子扔給牠。撒哈拉嗅了兩下，不理，繼續叫。

「吃飽飯拉完尿你還想幹什麼？還沒到拉屎的時間呢！再叫就把你扔出去！你看你還比不上一隻貓！」阮英指著撒哈拉訓斥道。

鄭歎：「……」

被呵斥之後，撒哈拉不叫了，取而代之的是蹲在那裡，跟吹哨似的在那兒哼哼。

鄭歎見到牠這樣子，琢磨著這傢伙估計是閒得發慌，又不想玩那個塑膠鴨。他看了看周圍，靠門的地方有一個那種水上玩的充氣的球，抬手將球往撒哈拉那邊撥過去。

撒哈拉立刻甩著大尾巴，精神抖擻。

果然還是無聊了。

鄭歎跟撒哈拉完了一會兒球，中午隨便吃了點東西，睡個午覺，下午四點多的時候，幾個孩子大叫著衝向泳池。

由於幾個孩子還小，被勒令只准在淺水區玩，本來按照幾個家長的意思，在兒童區最好，可焦遠他們幾個覺得到那邊游泳很沒面子，雙方折中，就到淺水區吧。

小柚子和石蕊倒是乖乖待在淺水區旁邊的兒童區，那邊男孩子太多，太鬧騰，這邊基本都是比小柚子還小的孩童以及跟石蕊一樣的女孩子。

焦媽跟著小柚子她們，而焦爸則在隔壁盯著焦遠，男孩子鬧起來沒個分寸，得時刻盯著。

鄭歎也待在兒童區這邊，反正以他現在的體型，兒童區的水深已經足夠了。

「咦？有貓！」

那邊幾個孩子注意到鄭歎，估計沒看過貓游泳，都湊過來，整得鄭歎煩死了。

小柚子見狀，帶著鄭歎上岸，找了個遮陰的地方坐下，焦媽也跟了上來。

「水溫這時候還是有些高，待會兒再去會好一些。」說著，焦媽去拿了點果汁過來。

鄭歎抓了抓地上的沙子，觸感跟海邊的不同，人工修飾的痕跡比較濃，不過能夠建成這樣的程度和規模也算好的了，大家玩得開心就行。

阮英牽著撒哈拉在周圍走了一圈，提著半個西瓜過來，放在小方桌上。

「阮英，怎麼沒下水玩？」焦媽問。

「下過，剛上岸不久，現在牽著撒哈拉出來散散步，這傢伙一直叫，我以為牠今天吃多了要拉屎，結果到現在就只是到處嗅，還想下水，我沒讓牠過去，待會兒再看看。」

正說著，鄭歎就看到撒哈拉圍著這裡嗅了嗅，在原地轉了兩圈，然後蹲身，拉。

眾人：「……」

剛準備啃西瓜的小柚子將西瓜放下，還是待會兒再吃吧，這時候實在有點反胃。

阮英現在恨不得兩腳踹過去，可是現在最重要的是消滅證據，在撒哈拉出恭完畢的時候就立刻抬腳將沙子往那邊撥，把狗屎遮住，然後找了個小鏟、一個塑膠袋，將狗屎和狗屎周圍的一圈沙都鏟進袋子裡。

拉完屎的撒哈拉估計覺得渾身順暢了，骨頭都輕了很多，腳掌往後撥著沙子，一邊撥，還一邊叫兩聲，估計在抒發此刻的暢快情感。

阮英不好意思待在這裡，牽著撒哈拉，另一隻手上還提著裝了狗屎的黑色塑膠袋，往遠離泳池的休息區那邊走過去。

往那邊走的時候，沿途還有認識阮英的人打招呼：「阮英，你手裡拎著什麼好吃的？提過來給我們解解饞。」

阮英一臉的神祕狀說：「好東西！」

「嘿，給我看看！」那人說著要去翻塑膠袋。

阮英現在的表情從神祕變成便祕了，悄聲跟那人說了什麼，那人噌地跳開，剛才碰過塑膠袋的手往身上擦了擦，覺得不對，立刻往水池那邊衝過去，在那邊洗手。

由於天太熱，撒哈拉伸著舌頭喘氣，大尾巴則因為心情不錯，一直搖晃著。

阮英看了看自家狗，低喝道：「再到處拉，揍死你這傢伙！」

撒哈拉也不知道聽懂了沒有，依然甩動著大尾巴。

「媽媽看，有大灰狼！」

有個看著還只是上幼稚園的小丫頭指著撒哈拉說道。

因為是夏天，阮英直接將撒哈拉剪了毛，除了頭上不太好剪還留著一點半長的毛之外，身上都剪成「毛寸」，帶著點灰色的樣子，顏色也不像純種哈士奇那麼深，就是看著更加滑稽。

焦媽看著走遠的一人一狗，帶著小柚子轉移陣地，只要想著剛才旁邊有一坨狗屎她就坐不住，還是換地方的好。

「黑碳吶，你不會到處拉便便吧？」換了個地方之後，焦媽問道。

鄭歎扯扯耳朵：怎麼可能？！那是撒哈拉和阿黃的風格！

趴在墊子上，鄭歎看了看周圍，剛才他們待過的地方有人過去了，而且還有一個小孩子在那裡玩沙，手抓沙的地方就是剛才撒哈拉拉過屎的位置。雖然阮英已經將周圍的沙鏟走了些，但鄭歎心裡還是噁心得很。

扭頭轉移注意力，看看其他地方的景色。

熊雄他媽穿著那身套裝、戴著墨鏡站在不遠處的涼亭那邊跟人說著話，看那架式就知道她沒準備下水。

好不容易大家一起過來玩玩，還弄得這麼格格不入的樣子，鄭歎對於熊雄他媽沒什麼太好的印象，也說不上壞，真是難為熊雄了。

快七點的時候，焦媽帶著小柚子又下了一次水，這時候的水溫涼了很多，在裡面泡著很舒服。鄭歎跟著在那裡游了兩圈，碰到個小屁孩拿著游泳圈不停地拍水面，還追著鄭歎拍，被小柚子攔下之後，那小屁孩就用游泳圈拍小柚子。

在大人看來，這只是小孩子之間鬧著玩而已，但鄭歎不幹，趁別人不注意的時候伸出爪子戳了那小屁孩的游泳圈。游泳圈破了，那小屁孩嚇得哇一聲哭出來。

其他人不知道，但小柚子將剛才的一幕看在眼裡，被人拿著游泳圈拍的鬱悶頓時沒了，帶著鄭歎往邊上游。

天色漸晚，焦遠他們幾個被叫上岸的時候還有些不捨。不過，他們玩了半天，肚子也餓了，上岸去淋浴室那邊沖了沖，換上乾淨衣服跟著家長走。

熊雄他爸媽已經等在那裡了，招呼眾人之後，開著車帶著大家離開。

車內沒開空調，車窗開著，夜晚的涼風吹進來，很舒爽。

夏天毛乾得快，鄭歎也在淋浴室那邊沖過澡，現在身上的毛都乾得差不多了。從車窗往外看，橫跨江面的大橋在燈光的照耀下別有一番美感，不過，這番美感被撒哈拉的嚎叫聲打破了。

為了防止撒哈拉將頭伸出窗外，阮英只將車窗降下了一小半，撒哈拉就從這點空隙往外看，伸爪子刨兩下也沒用，就開始叫了，被阮英吼了兩句之後才停息。

「還是我們家的貓好啊！」焦媽感慨道。

小柚子想起今天鄭歎戳那孩子游泳圈的場景，咧著嘴笑出聲，被焦遠不停詢問才說了出來。

「幹得好！」焦遠拍拍鄭歎道。

焦媽只是瞪了焦遠一眼，也不吱聲多說。

一行幾輛車排隊跟著，最前面的就是熊雄家的那輛。

過了橋，駛出一個十字路口之後，鄭歎總覺得這周圍的建築挺熟悉的。等車子減速準備開進停車場的時候，鄭歎抬頭往窗外一看：臥槽，這不是方三叔的韶光飯店嗎？

焦爸臉上也有點怪異，「我錢包裡那張卡還沒用過呢。」

知道焦爸說的是方三叔留下的那張白金會員卡，焦媽嗯了一聲，淡定的說道：「又不是你請，急什麼。」

「沒急，就是感慨一下，我們平時也用不上這個啊！」

「……總有用上的時候。」

阮英沒將撒哈拉帶進飯店裡面，飯店有專門幫忙照看的地方。撒哈拉待在那裡，哼哼唧唧個不停，在阮英放了一盆狗糧之後，不哼了。鄭歎極度鄙視之。

——骨氣啊，撒哈拉，骨氣！

原本焦家人也有些拿不定主意是否要將自家貓與撒哈拉一樣放在外面，但阮英說，如果貓聽話的話，偷偷帶進去沒事。

除了熊雄他爸媽之外，其他幾人都表示對這事無所謂。焦家的貓聽話，他們都知道，經常見到焦家的貓去接孩子放學。而且還聽說佛爺挺喜歡這隻貓的，帶著散過步，她老人家都不說什麼，自己等人睜一隻眼、閉一隻眼也可以。

進飯店大廳的時候，熊雄他媽見到焦家又帶著裝貓的大包進來，眉頭皺得更深了，正準備說什麼，被熊雄他爸碰了下手肘，示意不要出聲。

都是社區的熟人，大家都知道焦家的人將貓帶進來也不說什麼，可見大家其實都沒什麼其他想法。今天在沙灘泳池那邊的時候，熊雄他爸就發現了，焦家的人跟社區的人相處得都很不錯。

雖然焦家夫婦一個只是副教授，另一個只是國中老師，說直白點，今天一起過來的社區的人，誰家不比他們層級高？但大家相處都很和諧，沒有說頭銜或者職務高一階就怎麼樣，這證明大家不介意，而且關係好。

這時候真要將事情點出來，肯定會惹人反感。

飯店的中餐廳貴賓房很難訂到，這裡的消費也很高，熊雄他媽請這頓確實用了不少心思。

不過，對於焦遠他們來說，大人們之間的話題總是複雜的，玩到現在，肚子餓得不行，菜一上就忙著吃了，誰還管你說什麼。

鄭歎待在小柚子和焦媽中間，焦爸找了張小凳子放在那兒，鄭歎的飯碗就放在小凳子上，畢竟他不可能上桌。上了什麼菜鄭歎看不到，反正他現在碗裡一直都不缺東西，焦媽幫小柚子夾菜的同時也夾給鄭歎，還將紙杯剪了之後幫他盛點湯。

焦家四口坐的地方不靠門，也不對著門，外面進來的人不走過去的話，壓根看不到這裡還蹲著一隻貓。

可能雄他媽自打進飯店之後就對焦家的貓相當反感，好幾次都想開口，最後還是硬忍住了。正好這時，熊雄他媽電話響了。

「抱歉，出去接個電話。」說完，熊雄他媽提著皮包出去。

焦遠他們進來沒多久就灌了幾杯果汁，去了趟廁所，中途或許是真的喝多了，沒隔幾分鐘，又要再去，弄得鄭歎也想出去放一下水。

在焦遠起身的時候，鄭歎跳過去抬爪子勾住焦遠的褲子。沒注意的焦遠被鄭歎這麼一抓差點直接被扒了。

「黑碳你居然扒我褲子，太流氓了！」

鄭歎：「……」流氓你一臉！

「快點把爪子收回去，我要去廁所了！」

鄭歎依然不鬆手：尼瑪，要的就是上廁所！

「黑碳是想去廁所吧？」旁邊小柚子說道。

鄭歎心裡感動：果然是貼心的小棉襖啊，真是善解貓意。

「嘿，你家這貓還挺懂事。」桌上有人笑道。

「比我家撒哈拉好多了……」

阮英也誇了幾句，畢竟是年輕人，有時候放得比較開，沒那麼多忌諱，說兩句之後被旁邊蘭天竹他爸敲了一下，才反應過來飯桌上不宜聊那些不雅的話題。

阮英對此有些懊惱，心想：都是撒哈拉那傢伙的錯！

蹲在外面的撒哈拉表示很無辜。

焦爸聽到他們的話也只是笑笑，不多說，放下筷子，對焦遠道：「你先去吧，我稍後帶黑碳過去。」

聽到這話，鄭歎收回爪子，等著焦爸帶他出去放水。

「這幾個小子不可靠，我帶黑碳出去。」焦爸低聲跟焦媽說了說。

「不用，還是我來吧，你一個大男人上廁所還帶個大包，看著成什麼樣子。」止住焦爸的動作，焦媽將那個大包拿過來，讓鄭歎跳進去。畢竟是飯店裡面，也不確定到底能不能帶貓進來，還是注意點好。

焦媽提著包，帶鄭歎去廁所。

直到來到廁所門口，鄭歎才反應過來事情囧了。

焦媽直接將鄭歎帶進了女廁所。

——尼瑪，女廁所吶！

雖然以前鄭歎是猥瑣、是沒節操，但也從來沒進過女廁所啊！

窩在大包裡面的鄭歎已經一副被雷劈過似的，可焦媽只注意周圍有沒有其他人了，沒察覺到鄭歎的異樣。

好的是這時候沒人，焦媽趕緊帶著鄭歎走進其中一間，關上門，拉開大包。

「出來吧。」

鄭歎：「……」真是……太難為情了……

待在大包裡面猶豫了會兒，鄭歎才有些僵硬地跳出大包。

不管是男廁所還是女廁所，隔間裡面，坐便器還是一樣的。

站在馬桶邊沿，鄭歎還是覺得彆扭，而且焦媽還在旁邊看著，這種情況下他尿不出啊！何等臥槽！

鄭歎在馬桶邊沿挪了挪，看向焦媽。

焦媽還很淡定的道：「拉吧，沒事。」

鄭歎：「……」

醞釀了兩分鐘的情緒，還維持著剛才的動作，沒有要拉的意思。

焦媽有些疑惑了，「不習慣嗎？」

雖然家裡的馬桶並不是這種坐式的，但焦媽也聽人說過，自家貓會用馬桶。難道是因為這個地方太陌生，緊張了？

見焦媽疑惑，鄭歎也不好意思這樣一直僵持著，開始做心理建設。

——現在是一隻貓，不是人，就像那些讀幼稚園的小男娃在媽媽陪同下在女廁所解決排便一樣，即便被人看到，也沒有人會說什麼。可是……

鄭歎想是這麼想，心裡還是彆扭。

——也不知道會不會被焦媽看到小ＪＪ。

——嘖，真他媽矯情！

——就算是看到，權當小孩子被媽媽看小ＪＪ唄，焦遠就被焦媽看過！

鄭歎使勁甩了兩下尾巴，然後調整了一下姿勢，垂頭，只盯著底板磚，也不看焦媽，醞釀了一下情緒之後，終於尿了出來。

剛尿完，旁邊的隔間有人進去。

還好已經尿完了，不然隔壁進人的話，鄭歎會更緊張。

焦媽拿出濕紙巾幫鄭歎擦了擦爪子，然後讓鄭歎進到大包裡，出門來到洗手池旁邊洗手。正洗著，女廁所外面進來一個人。焦媽也沒注意，鄭歎也正對生平第一次進女廁所表示無奈，沒注意來人。

「咦，顧老師？！」

焦媽看向鏡子，發現剛從外面進來的人是趙樂。

「是妳啊，趙小姐。」

「都說多少次，叫我樂樂就行了。顧老師這是帶黑碳進來幹什麼？尿尿嗎？」趙樂還笑著伸出手指點了點鄭歎露出來的頭。

鄭歎更囧了。

陪兩位女士在女廁所談話，這種心情實在彆扭。

「是啊，帶牠進來被人看到也不方便，就拎著包了。」

「對了，顧老師，焦老師和兩個孩子都來了嗎？」

「來了，今天社區的幾家人一起出去玩，現在有個家長請客，就來這裡了。說起來，這還是我第一次來『韶光』呢。」焦媽笑道。

「方三叔不是給過你們一張卡嗎？反正這裡是三叔的地頭，有優惠的，有時間你們可以過來這裡吃吃，菜還是不錯的。對了，方三叔說過段時間會來楚華市，這邊好像有新的企劃案，到時候會過去看看你們，還帶了個貓跳臺要給黑碳，聽說是專門找人做的，不怎麼占地方。」

談了幾句之後，焦媽就帶著鄭歎離開了。

趙樂是因為有同學在這一樓請吃飯，所以才出現在這裡，待會兒得上樓去，趙董在上面跟人談事情。

等焦媽和趙樂都離開之後，鄭歎待過的那間廁所旁邊的門打開，熊雄他媽從裡面出來，表情變幻不定。

趙樂這個名字她知道，剛才打電話給她的人今晚就在這裡吃飯，還提到了長未集團的趙董，能不能對上人只要打通電話確定一下就行了，至於趙樂口中的「方三叔」……是那位嗎？

由於晚上要開車回家，大家都沒喝酒，也沒吃太長時間，吃完聊了聊就收拾東西回家。

外面撒哈拉正跟幫忙負責寵物照顧的年輕女服務生玩飛盤，精神得很，一點都沒有被拋下的沮喪，就連離開的時候還是被阮英硬拉走的，走之前還依依不捨地朝那個女服務生叫了兩聲。

幾輛車再次排著隊形往楚華大學那邊開。

車內，吃飽喝足又玩累的兩個孩子都有些昏昏欲睡，焦媽有些心不在焉。

憋了會兒之後，焦媽才終於出聲道：「我怎麼覺得，今天晚上熊雄他媽有點不對勁啊？」

「嗯。」正開車的焦爸回了個字，意思是他知道了。

「她好像出去打了通電話之後，回來態度就有些不對了，剛才離開之前還對黑碳笑了呢！」

「嗯。」

「你說，她到底是個什麼意思？」

「想那麼多幹嘛，不管她對黑碳是個什麼態度，人還是可以的，妳調到附中的那事她還幫過忙呢。」

「我不是說她這人不行，就是覺得這態度轉變得有些怪。算了，他們那樣的人，想什麼也不是我能猜到的。」

焦媽拿出薄外套幫車座上的兩個孩子蓋上，看了看正趴在車座上睡覺的鄭歎，「我還是覺得我們家黑碳最好，你看阮英的那狗，都能叛變了。」

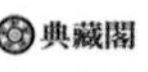

回到過去
變成貓
陳詞懶調×PieroRabu

焦爸笑了笑，「我們家黑碳是招財貓。」

「招財貓有黑的嗎？」

「……誰規定不能有純黑的招財貓？」

晚上剛到家，鑰匙還沒抽出來，就聽到臥室的電話在響。

焦爸趕緊進去接電話。

「喂……爸？您怎麼這時候打電話過來……沒啊，沒停機也沒關機。」焦爸將自己的手機掏出來看了看，確定的說道。

「您手機號碼記錯了吧？」焦爸問。

那邊重新說了遍手機號碼。

「……您少撥了個零……哎，哪有老年痴呆，這麼長的電話號碼都記下了，老年痴呆要真這樣，不知道多少人想得這病呢！您先說，打電話來到底什麼事情？」

焦媽為孩子們放了洗澡水，出來的時候正看到焦爸掛電話。

「爸打電話來啥事？」焦媽問。

「一個老鄉過幾天會來，他家孩子考上楚華大學了。」

「那不錯啊，我們那小地方，能考一個楚華大學，怎麼說都是班裡前三，甚至全校都能排前二十了吧？」

焦爸搖搖頭，「不是市中心的明星高中，是鎮上的一所普通高中。」

這倒讓焦媽驚訝了，想了想之後，道：「這樣的話，鎮上那所高中估計得敲鑼打鼓大肆宣傳了，紅榜單都得貼幾年。不管怎麼說，能在那樣的學校出頭的，應該是個挺不錯的孩子。」

第六章 爵爺登場

八月中的時候下了場雨，氣溫降了很多，不過只要天氣一晴，氣溫將會以極快的速度飆升。所以很多人趁著天氣還涼爽，外出玩一玩。

吃完晚飯的時候，鄭歎又被衛稜接過去夜樓那邊。基本上不是過去談事情，只是去玩樂的話，衛稜都會開著車過來接鄭歎一起過去，不然他自己一個人無聊，夜樓那地方比較敏感，也不好叫戰友們過去。

這次衛稜過來，鄭歎倒是從他嘴裡瞭解到一些事情。

聽衛稜講，那隻大貓被葉昊他兒子取名為「爵爺」，雖然葉昊對這個名字持反對態度，但他兒子喜歡，而且他岳父也喜歡，於是名字就這麼定下來了，而且每次喊「爵爺」的時候，那隻大貓還應得很積極。

對此，鄭歎表示相當的羨慕嫉妒恨。

——為毛周圍有「將軍」、有「王子」、有「李元霸」，現在還有「爵爺」，偏偏老子要叫個「黑碳」呢？

——真是無比之操蛋！

在前往夜樓的路上，衛稜講了一下關於那隻大貓的事情，聽說爵爺在別墅那邊待了一段時間之後，被唐七爺要過去用用，因為次日那位十九叔要帶著他家的超級貓過去拜訪。

那隻大貓能夠定下爵爺之名也是次日那一戰，具體細節衛稜不太清楚，他那時候在公司，所以只知道最後爵爺凱旋了，而且整個過程連一分鐘都不到，可謂是壓倒性勝利。

唐七爺那段時間笑得都合不攏嘴，他老人家餵養的那兩隻灰鸚鵡也不再自拔羽毛了，和爵爺相處一段時間之後關係還挺不錯，有時候唐七爺將那兩隻灰鸚鵡放出來也沒事，就待在爵爺旁邊蹦踏，爵爺也不咬，任由牠們在身旁玩。

唐七爺打電話給葉昊的時候這麼說：「這貓好！留下！」

葉昊很無奈，周圍都是「爺」啊！

都不用葉昊去處理，唐七爺將一些「證件」都辦好了，要是有人問的話，還能掏出來一張國外引進的「超級貓」的證明，連出生都介紹得清清楚楚。

不管怎麼說，那隻大貓現在是找到落腳的地方了，而且是真正活在陽光下，可以肆無忌憚地感受陽光，不用躲避人、不用擔心被抓，不枉牠救下葉昊。又或許，從那時候開始，那傢伙就開始打主意了。

李元霸在流浪之後能夠找到一個合適的落腳地，這位爵爺也聰明。有時間的時候，葉昊他兒子還帶著大貓去看牠老婆呢，都不用偷偷摸摸的了。

來到夜樓的時候，鄭歎還是先去看了看阿金他們。

今天阿金他們休息，衛稜帶著鄭歎去阿金他們的租屋處，在那裡，鄭歎又見到了那隻瘸腿的狗。和上次見到的時候相比，牠健康了很多，毛也帶上了些光澤，聽見有人來，「汪汪」地叫了兩聲，待看清是鄭歎和衛稜之後，甩甩尾巴，走到阿金身邊趴下。

現在阿金他們也學到了很多以前不曾接觸到的事情，懂得怎樣才能在這裡更好的生活。任何地方、任何場所都有其生存規則，只要把握住，就能更順利。

經過這些時間端盤子的經驗和旁觀那些駐唱歌手樂團之後，他們在九月的時候，會被安排北區的場，時間不長，但這也是個好的開始，五個人都很珍惜，一有時間就排練。

阿金為他們這個樂團取名為「new boy」。

鄭歎覺得這名字真是屌爆了，縮寫就是「NB」啊！（注：「牛逼」的諧音，很厲害的意思。）

不僅如此，阿金還設計了一個團徽，是一隻黑貓的圖案。阿金覺得他們能堅持到今天，挺過那道檻，全都是靠這隻貓，所以這個團徽得到了團裡五個人一致贊同。

看過阿金他們，接著來到夜樓衛稜的專用包廂。衛稜也請了阿金他們五個人一起過來，這次鄭歎沒有嚎歌，而是看了一下現場的音樂會。

今天來夜樓東宮的是一個國外有名的樂團。其實很多時候，都能夠在這種夜場發現真正的好音樂，就算鄭歎對這方面不怎麼懂，但那演奏技巧確實令人驚嘆。

也只有衛稜帶鄭歎過來的時候，阿金他們才有可能被順帶叫過來聽演奏。

而每次衛稜帶鄭歎來時，龍奇基本上見不著人影。那傢伙現在對於貓都有一種避之不及的意思，自從遇到鄭歎和爵爺之後，龍奇感覺全世界的貓都有些不正常了。為此，龍奇經常被豹子他們笑話，說他神經質。

東宮的夜場會持續到零點以後，具體時間視情況而定。鄭歎今晚也不回去了，趴沙發上睡了一夜，衛稜想睡沙發來著，卻被鄭歎踹了下去，鄭歎從來都是自己霸占整個沙發。

次日，吃完早餐，衛稜將鄭歎送回東教職員社區。和前幾次一樣，衛稜也沒上樓，去了會挨那兩個孩子的白眼，還是不去的好，所以他還是將車開到社區，打開車窗讓鄭歎跳出去，然後再駕車離開。

回到家，鄭歎發現家裡門開著，有客人。

往客廳看了看，沙發上坐著兩個陌生人：一個中年人，一個還比較年輕，穿著都比較樸素。那個中年人正跟焦爸說著話，坐在旁邊的那個年輕人比較沉默，垂著頭，只是偶爾對焦爸的問題做出點回答。焦爸跟他們說話的時候帶著點口音，這也是照顧他們，用方言說話，更加親切一些。

焦媽將洗好的葡萄放在茶几上，然後去焦遠房裡督促焦遠寫英文單字。很多小學升國中的孩子會在這個暑假上英語補習班，不過焦家有焦媽在、有小柚子在，焦遠根本不用去上什麼補習班。暑假前段時間玩狠了，現在焦遠被關家裡天天看英文，有時候會跟小柚子說點簡單的對話。

焦威原本盯著手指甲想事情，眼前放上葡萄後，準備拿兩顆葡萄吃，結果一抬頭，就看到玄關那裡伸脖子看著這邊的黑貓，拿葡萄的動作頓住。

焦爸發現焦威的異常，順著他的視線看向門口。

「黑碳，回來了。」焦爸道。

鄭歎慢悠悠甩了甩尾巴，直接走向小柚子房間，既然這裡放了葡萄，小柚子那裡肯定也放了。

「我家的貓，叫黑碳，昨晚被人帶出去玩了，剛回來。」焦爸向他們介紹道。

鄭歎在小柚子房裡，一邊啃著葡萄，一邊聽著外面客廳裡的對話，雖然因為方言原因，聽著有些困難，但也大致能夠知道一些內容。

那兩位是焦爸的老鄉，雖然都姓焦，但和焦爸沒有直接的血緣關係，他們老家那裡附近住的大部分人都同一個姓。那個中年人跟焦爸小時候關係不錯，比焦爸大不了幾歲，讀完國中之後就沒唸了，結婚比焦爸早，所以孩子也比焦遠大個五、六歲。

要不是聽他們說話，鄭歎完全不會想到那個中年人跟焦爸差不了幾歲，看著像是四十多快五十的樣子，白髮都有很多了，沒想到才剛四十。

那個年輕的，叫焦威的人，就是前陣子焦爸和焦媽說起過那個從鎮上的普通高中考上楚華大學，聽說鎮上的學校還頒了一大筆獎金來支付他的大學學費，這樣也不用助學貸款了。

不過，現在聽外面的討論，不像只是談論孩子事情的樣子。

那個中年人打算在楚華大學附近開間家常菜的小餐館，在老家那邊的時候，他們從孩子高中起就沒種地了，夫妻倆到鎮上開了間餐館，同時也照顧孩子。現在孩子上大學，離家遠了，夫妻倆就這麼一個孩子，捨不得，便琢磨著將所有的積蓄帶來這邊盤個店面。不過他們在來的時候就看了，凡是學校周圍的店家似乎生意都還不錯，沒什麼人想轉讓，現在也只是問問焦爸，畢竟焦爸對這裡熟悉一些。

焦爸將這事應下了，決定先打聽一下周圍的情況，再跟他們說。

中午父子倆吃了飯之後就離開了，他們在側門那邊的私人租房區租了房，就是鄭歎所知道的治安不太好的那地方，不過，只要晚上不出來也還行，畢竟房租低。父子倆租了個單人房，付了一個月的房租。

這時候還沒多少人過來租房，要是再過一週，那人就多了，快開學的時候，都是陪著孩子來大學的家長們，各種賓館、旅社、小套房全都爆滿，租金也統一往上升。

那父子倆離開後，焦爸還感慨了好久，歲月催人老啊！

「我看焦威那孩子都有白頭髮了，雖說高三的學業緊張，但也不至於這樣吧？」焦媽嘆道。

「他說遺傳的，不知道事實怎樣。以前那孩子不懂事，高二的時候才開始發力，不知道經歷過什麼，變得沉默了些，但也懂事了，學習上用功，平時還幫店裡炒炒菜。他媽說不讓他進廚房，老一輩的人還是覺得君子遠庖廚，他爸那是逼不得已。但那孩子死倔，有時候晚自習結束還去店裡幫忙賣炒麵，平時好不容易有個假期也幫他爸去買菜，說是可以放鬆一下大腦。」焦爸說道。

「孩子嘛，就這樣，轉不過彎來的時候能氣死人，轉過彎了，又讓人心疼。不過，這年輕人吶，是得磨一磨。」

正坐在房間裡寫單字的焦遠背脊一涼，寫錯了一個字母。

「妳捨得嗎？」焦爸笑道。

「有啥捨不得的。」

說是這麼說，但夫妻兩人都知道自己估計狠不下心。其實，焦威他爸媽誰又能狠下心？但對上焦威那倔脾氣也使不上勁。

「能幫還是幫一下吧。」

接下來幾天，焦爸都在打聽外面的店面和生意情況，平時沒注意過這個，這時候就得多問問。

焦威他爸跟焦爸小時候關係不錯，而且他們家老人也跟焦爸他家老人住一起，平時都是街坊鄰居相互照應著，感情好，不然焦家老爺子也不會親自打電話過來讓焦爸幫襯。

其實，除此之外，焦爸還有另外的考慮。明年他得出國，如果有焦威他家的人在，家裡這邊也有人幫忙照看點。

在他出國之前，焦遠馬上就要上國中了，焦媽也在國中那邊，從楚華大學到那所國中雖然不遠，但現在外面到處都在修路，焦爸不希望他們母子兩個每天騎車跑來跑去，中午就讓他們在學校吃，下午再回家一起吃晚飯，反正那學校規定國一、國二可以不上晚自習，都是自願原則，社區的幾位家長都統一了意見，晚上就回家算了。

至於這邊，焦爸和小柚子中午可以去吃食堂，反正又不是第一次吃了。焦爸辦公室還有個午休用的折疊床，小柚子可以在那裡睡午覺。至於鄭歎，跟著一起吃食堂吧。

幾天的調查後，焦爸瞧中了一家店面，不過那家店以前並不是做餐飲的，現在店面想轉了，剛將轉讓的牌子掛上，焦爸就找上門。

讓焦威父子兩個去談了談，雖然地方離校門並不是很近，但也沒辦法了，離得近的人家生意現在都很好，想轉讓的早轉了被人接手。

不過，焦威父子對這間店面還算滿意，也不是拖拖拉拉的人，談好價錢之後就要簽協議。為了保險起見，焦爸找了社區裡一個法學院的年輕教授過來幫忙。對門的屈向陽聽說有焦家的熟人要開餐館，也踩著人字拖過來助陣，還特殷勤地詢問以後餐館送不送外賣。

那店主看著眼前一個教授、一個副教授，還有一個話特多的年輕人，臉上抽了好幾下，原以為過來的只是個炒菜的鄉巴佬，結果現在這陣容真他媽怪！竟然還有專業人士在場，殺雞焉用牛刀啊！

有幾位高知識分子助陣，焦威父子倆也放下心，出門在外就怕上當受騙，這店盤下來花不少錢，心裡忐忑，不過現在心裡也踏實了，要請幾位吃飯，那位年輕教授和屈向陽都拒絕了，說等以後開店了再過來，現在就不麻煩了。

屈向陽還自告奮勇做了張餐館室內裝潢設計圖出來，焦威父子挺感激的，屈向陽那傢伙一擺手，「如果你們家飯菜合我胃口的話，以後我就靠你們家養活了！」

不知道屈向陽他爸媽聽到這句話會是個什麼想法。

簽了合約，還有一些工具要買，尤其是桌椅。可還沒等他們找地方去買，衛稜過來接鄭歎出去玩的時候知道了這事，直接一通電話去問了葉昊，從葉昊那邊拿了一些淘汰下來的桌椅和雜物，雖然看著不太適合這種小餐廳，但改改就行了嘛，勝在品質好。

這些東西原本沒打算要錢，葉昊和衛稜都不缺這點錢，但焦威父子不答應，硬是塞了幾張鈔票給衛稜，衛稜從裡面抽了兩張出來，剩下的全放回桌子上了。

要說衛稜這麼殷勤的原因，主要還是每次過來的時候他不好意思直接去焦家蹭飯，在外面吃又不怎麼樂意，一個人吃著沒意思。現在知道有焦家的熟人開小餐館，平時過來這邊的時候還能蹭點飯、說說話，玩太晚的話還能幫公司那邊的那群戰友帶點宵夜，那幫兄弟們吃不慣太精細的菜，焦威家的家鄉菜風格應該還不錯。

焦威他媽過來之後，兩口子就不讓焦威跟著遭罪了，剩下只要盯著店面的整修，也沒什麼要買的；就算要買什麼，楚華大學周圍各種店家都有，中心廣場那邊還有幾個大型超市，都不用太操心。

兩口子讓焦威多熟悉一下學校，焦爸原本是想讓焦遠帶著他去校園裡走走的，焦威不讓，外面那麼熱，讓孩子跟著不好，而且他手上已經有了一份校園地圖，走不丟。

焦爸想了想，對正在小柚子房裡啃葡萄的鄭歎喊道：「黑碳吶，你幫個忙帶威威去熟悉一下學校！」

焦威：「……」

在老家的時候，很多人都養貓，農村人養貓就是為了逮耗子，沒什麼寵物貓之說。到鎮上上學之後，鎮上有一些家庭條件比較好的人養寵物狗、寵物貓之類的，焦威一直覺得純屬浪費錢。或許因為個人情況的原因，他挺不理解那些人的。

而來到這裡後，焦威見到父母口中很有能力的明生叔家竟然也養了一隻貓，並且對這貓還挺寵的。焦威雖然臉上沒顯出什麼來，但心裡其實有些想法。不僅是明生叔家，連對門幫他們畫裝潢設計圖的屈向陽，還有那位幫忙運桌椅設備的衛稜，對那隻黑貓都很好，焦威一直認為是看在明生叔的面子上，但總有些古怪。

真的是一人得道雞犬升天嗎？

可是，他們曾經一直認為高高在上的大學教師，還有那些副教授、教授們，這裡的人提起來的時候並沒有太多的敬畏感，頂多就像他們那裡提起大學生的樣子，有些羨慕，卻不是那種遙不可及的存在。

焦威想到在來之前，他的班導師對他說的那樣，在楚華市這種大都市裡，大學生可能並不值錢，甚至研究生、博士生之類，在今後幾年也會氾濫、貶值。繁華背後的殘酷沒誰能說得清，得靠自己去看、去適應。適應不了的人，可能連一隻貓都比不上。

在焦威的思維又開始發散的時候，鄭歎嚼著嘴裡的葡萄慢悠悠晃出來，看了看坐在沙發上拿著校園地圖發呆的人，跳起來拍了一下他的頭。

焦威從沉思中回過神來，原以為是明生叔敲了自己一下，結果在抬眼的時候看到黑色的影子一晃。

眼前只有一隻黑貓，焦明生焦副教授正在焦遠房間裡說著話，小柚子也沒出來，誰拍的顯而易見。

跟焦遠說了兩句的焦爸出房門之後，對焦威道：「我家這貓平時就喜歡在外面跑，對學校裡也很熟悉，你要是想找哪棟樓又不知道地方的話，直接跟牠說，牠聽得懂的。最好跟牠說國語，方言牠估計難懂。」

「嗯，好。」

焦威其實並不怎麼相信焦爸這話，不過出於禮貌，還是應了。

看著一人一貓下樓，焦爸拿著今天的報紙，攤開，坐在沙發上開始看。年輕人的思想總是開放一些，容易接受一些新的、奇異的事物，而且以後大家相處的時間長，讓焦威與自家貓先接觸接觸也是件好事，省得到時候受到的驚嚇太大。

焦威跟著貓下樓，才發現沒有電子感應卡，剛準備上樓去問問，就看到眼前的黑貓跳起來往刷卡的地方蹭了蹭，「喀」的一下，門開了。

焦威：「……」

鄭歎沒理會焦威的驚訝，直接往外走。

現在大概下午三點鐘，太陽還大著，但學校裡路旁都栽著樹，只要往有樹蔭的地方走就比較涼快。

巨大的梧桐樹將照射向行人道的太陽都遮住，只有一些零碎的光點透下。陣陣風吹過，路面的光點也隨著枝葉的擺動而閃爍。

焦威看著前面不知道還有多遠的路，深呼吸，僅僅是這條路，就不知道比他們學校長多少倍。

——能飛多高，只有先飛去看看才知道。

——果然如此！

鄭歎可沒心思去觀察後面那人到底在想什麼，他現在正琢磨著往哪條路上帶不會被曬，聽說黑色的吸熱！

人行道上，貓在前面走，人在後面跟，都沒有決定目的地。

鄭歎就看著哪條路有陰影就往哪條路走，走到沒陰影的時候，突然發現到學生宿舍這邊了。

學生宿舍分幾個區，大學生和研究生分開。後面也新建一個區，估計是給大一新生住的，就是靠近偏僻的小樹林那邊那塊地，宿舍已經完工，應該九月份會使用。

而現在鄭歎所在的地方就是處在研究生宿舍區。動動耳朵，鄭歎突然聽到個熟悉的聲音。沒管焦威，鄭歎爬上旁邊的一棵大梧桐樹，尋找聲音傳來的宿舍。

爬到接近三樓的時候，鄭歎找到出聲點了，那是三樓靠邊上的一間宿舍，夏天窗戶都打開著，不過因為房間朝向的關係，這時候沒有陽光照進去。

楚華大學內，除了留學生宿舍之外，其他學生宿舍是沒有安裝空調的。聽說今年年底會為博士生宿舍裝上，至於什麼時候能輪到研究生和大學生，那就不得而知了。

最操蛋的是，還他媽限電！大功率的電器用不了，冬天不能用暖爐，夏天不能私租空調，在學生們抗議之後，估計兩年內校方會取消研究生宿舍限電的規定。至於大學生那邊，呵呵，繼續熬著吧。

楚華市的天氣一熱起來就恨不得熱死人，白天待在宿舍光靠電風扇根本解決不了多少問題。

本校的研究生宿舍不像大學生那樣分四人間、六人間、八人間等等很多種，全部都是帶獨立衛浴的四人間，下面是書桌和櫃子、上面是床鋪的那種。而此刻，鄭歎就看到那間宿舍裡面的四個男生，挪了衣櫃方向空出地，每人都待在一個裝著水的充氣浴缸裡面。

四個充氣浴缸中間擱著一張小凳，凳子上面放著棋盤，四人正在玩飛行棋。

而明顯規格要大一些的充氣浴缸裡，蘇趣那個大塊頭正待在裡面，頭上搭著毛巾，一手拿著一塊西瓜，一手擲骰子。

「哈哈！爺最後一架飛機也進終點了！輸了的趕緊拿西瓜過來！一塊也不能少，沒了的速速去切瓜！」一邊說著，蘇趣還一邊將充氣浴缸裡面漂著的那種孩童洗澡玩具小黃鴨拿起來捏兩下，發出嘀嘀的聲音，笑得跟個傻子似的。

鄭歎：「……」真尼瑪丟人！

鄭歎從樹上下來的時候，焦威看他的眼神有點怪，估計很不理解為什麼他會突然爬上樹，然後往人家宿舍裡面看。

甩甩尾巴，鄭歎壓根不在乎焦威到底怎麼想，看了他一眼之後，在旁邊趴下，打哈欠。

再往前走就沒有什麼陰涼的地方了，很多學生宿舍都是後來才擴建的，周圍的綠化沒有那些老宿舍區好，樹也多半是不多大的樟樹，梧桐樹也沒多高，就算高也不夠繁茂，遮擋不了太陽。

而且，焦爸只是讓鄭歎帶帶路，至於到底要去哪裡，選擇權還是在焦威身上，結果那傢伙半天放不出個屁，鄭歎就隨意了一點。走了這麼半天，休息一下。

焦威見帶路的貓不走了，擦了擦額頭的汗，歇一下也無妨。

前面那棟宿舍樓下有一間校內小超市，走了這麼長時間，有點渴了。焦威將手上的校園地圖折起來，往超市那邊走，走了兩步又停住，往回看，正猶豫是不是該和那隻貓說些什麼，讓貓待在原處別亂跑。可還沒等他開口，就見到貓已經往超市那邊跑過去了。

鄭歎一見焦威往那邊走就知道他要幹嘛，所以趕緊衝過去，他也有點渴，再說這帶路也不是白帶的，總得要點好處吧？

貓都往那邊跑了，焦威也無奈的跟上去。

這個時候超市內沒什麼學生，只有幾個服務生在那裡聊天，賣奶茶的地方坐著幾對學生情侶，在這裡蹭空調。

超市門口也沒貼不准帶寵物的標示，焦威不知道帶著貓進去會不會被罵，只是事情根本不是他能夠決定的，因為貓已經進去了。

正在門口切西瓜的一位女服務生見到這一人一貓的組合，準備說什麼，但最後還是沒開口。有時候一些學生也會帶上他們的寵物狗進來，只要不造成什麼惡劣的影響，一般也沒誰會說，至於貓，她們還是第一次見到有人帶進來。

見到貓脖子上還掛著貓牌，挺正規的樣子，超市裡的服務生看了下之後就繼續忙自己的，有幾個閒著無聊倒是一直看著，這讓焦威壓力很大。

進去裡面從冰箱裡拿了一瓶礦泉水，焦威也沒什麼要買的了，他一向比較節省，看看旁邊的貓，這貓確實挺懂事的樣子，不用套繩，也不到處跑，沒有去貨架上亂竄，沒有亂叼東西。

鄭歎見焦威拿了礦泉水之後，就看向旁邊的冰櫃，跳上去，看向焦威。

「牠是想吃雪糕嗎？」一個服務生走過來，並沒有拉開冰櫃，她對一隻貓還是有些顧忌的，要是貓跳進冰櫃裡面去，被人看見的話，這些雪糕就別想賣出去了。

鄭歎隔著透明的推拉門看裡面，然後拍了拍放霜淇淋的那裡。

服務生看看焦威，見焦威點頭，才拉開拉門，將一個盒裝的雙色霜淇淋拿出來。

鄭歎對這些霜淇淋的價格有概念，焦遠他們經常用自己零用錢買著吃，也會對於各種霜淇淋和雪糕的價錢進行探討，所以哪個牌子的比較貴、哪種雪糕價錢高，鄭歎都有耳聞。

得到自己想要的，鄭歎從冰櫃上跳下來，往出口那邊走過去。

「你家這貓真聰明。」幫忙拿霜淇淋的那位服務生說道。

焦威扯了扯嘴角，這時候才反應過來不對勁，他買最便宜的礦泉水給自己，卻買較貴的霜淇淋給貓！真沒想到自己也會做這種蠢事！

出了小超市，找了個有樹蔭、有石凳的地方坐下，焦威將霜淇淋放在石桌上，也沒幫著打開蓋子，就想看看這隻貓準備怎麼辦。

鄭歎倒不在意，抱著霜淇淋盒子，然後將上面封著的蓋子咬住往後拉，拉開之後也沒用湯匙，直接用舌頭舔。貓的舌頭帶柔刺，往上面一舔就能刮下來一些。

焦威噎了下，不愧是副教授家的貓，這智商果然與眾不同。不過……貓吃霜淇淋會不會拉肚子？回去的時候還是跟明生叔他們說一下吧。

攤開校園地圖，焦威能夠找到大學生的宿舍區域，離這裡也不遠，每棟宿舍樓都標著樓號，不難找，到時候開學報到看分去哪棟就行了。

楚華大學內部果然很大，遠不是焦威當初能夠想像的。以前也只是聽別人說過一些大學的情況，但只有自己親自經歷之後，這種感覺才真實，也更強烈。

休息一會兒之後，焦威試探著對鄭歎說了兩句話，帶著點彆扭的口音。鄭歎也按照焦威的意思，帶著他去看了他要看的建築物和教學樓區域。

往回走的時候，鄭歎帶著焦威往一些小路上走，路過蘭老頭的小花圃，見花圃的那扇大鐵門開著，鄭歎伸頭往裡面看了下，蘭老頭正戴著頂草帽忙活著。

蘭老頭原本準備起身喝點水，一抬頭就看到門口探頭探腦的鄭歎，那一身黑毛太顯眼了。

「看什麼看，小王八蛋！」

鄭歎扯扯耳朵，還教授呢，開口閉口的「小混蛋」、「小王八蛋」！

他扭頭看了看身後的焦威，果然一副很尷尬的樣子。

其實，蘭老頭也只對一些熟人放得開一些，對著一些學生和不太熟的人的時候，還是比較正式化的。

鄭歎往裡走了兩步，見焦威還站在門外，就看向他，甩甩尾巴，示意跟上。

本以為鄭歎又是自己一個跑出來閒晃，見到這情形，蘭老頭便道：「外面還有誰？」

焦威硬著頭皮走進去，順著聲音傳來的方向看，「您好，打擾了。」

蘭老頭皺了皺眉，「你是誰？」

焦威走過去，解釋了一下自己的來歷，以及和焦爸的關係。這幾天他們去焦家的時候，焦威並沒有碰到住三樓的蘭老頭，所以這是第一次見面。

「哦，焦明生家的客人啊，來得挺早啊，這時候還沒到報到時間呢。」蘭老頭說道，將一個草編的果盤拿出來，「剛洗的馬奶子葡萄。」

「不用了，我帶水……」

「讓你吃就吃！」蘭老頭瞪眼，然後摘了幾顆下來，遞給鄭歎。

焦威：「……」為什麼貓的待遇比人還好？

在旁邊的小矮凳上坐下，焦威吃了兩顆就沒吃了，有些拘束。但隨後，在蘭老頭一個個問題中，他也漸漸放開了一些。

他之前不怎麼與人交流，一個是因為完全陌生環境下的緊張感，另一個就是方言原因。

不管原來離開那個小鎮的時候懷揣著多大的雄心壯志，生平第一次出遠門，第一次來到這種大都市，第一次環繞在周圍的人說的並不是家鄉話，沒有親切感，從火車上下來的時候，還是帶著點自卑感，而且在問路的時候，那些人聽到他們帶著外地口音，眼神裡也帶著點別的意思。

不過，眼前這老頭說話也是一串串帶著方言腔調的話往外甩，雖然大家的方言不同，但也讓焦威的緊張感降低了許多。

曾經教了那麼多年書，帶過無數學生，蘭老頭對這些新生的各種心理也瞭解，「多說話，說說就習慣了，跟你一樣的學生多的是，誰能看不起誰啊？」

在大學環境中，很多老教授的口音都很嚴重，但沒誰敢笑他們，依然敬重。同樣是說方言，一個是普通學生，一個是老教授，待遇是截然不同的。

鄭歎趴在旁邊，一邊聽蘭老頭半真半假地對焦威訓話，一邊吃果盤裡面的東西，等蘭老頭說完話的時候才發現，果盤裡的馬奶子已經減了一半。

「吃貨！」蘭老頭捲起手邊的報紙敲了下鄭歎的頭，然後對焦威道：「小夥子夠健壯，來，幫個忙，搬一下花盆……哎，小心點啊，你可以自己受傷，別把我的花給摔了……」

快五點的時候，蘭老頭跟著鄭歎和焦威一起往東教職員社區那邊走。

老頭一邊晃著手上的小鏟子，一邊跟旁邊的焦威說話。焦威抱著一盆花，並不重，抱著也輕鬆，跟老頭聊著也沒之前那麼沉悶了。

鄭歎沒興趣聽他們聊天，原本想快點兒回去算了，但又覺得不太好，只能走走停停，同時也嫌棄那兩人走得太慢。

一路上遇到一些從社區出來前往校內游泳池的熟人，他們向鄭歎打招呼、向蘭老頭打招呼，還順帶問了問焦威，蘭老頭只說是臨時抓來的壯丁。

焦威此刻心裡也挺驚訝的，剛開始見到這老頭的時候還以為只是個花農呢，看那穿著挺樸素的，跟自家經常穿的那種白背心差不多，現在才知道原來旁邊這老人也是個大人物。而最讓他納悶的還是關於那隻貓，來往的人向蘭教授打招呼就罷了，為什麼還順帶著叫一下貓？

「大家都認識黑碳嗎？」焦威還是將心中的疑惑問出來。

「牠？」蘭老頭笑了笑，「東區一霸啊，咱們社區的人誰不認識！聽說前陣子還帶著社區的貓跟西區的貓打了場架，現在西區的貓都不敢到咱們東區來……」

這其實冤枉鄭歎了，當時是西區那邊的貓先挑起來的。他那天傍晚正和大胖、阿黃牠們在社區裡玩，西區那邊的幾隻貓過來後還挺凶，還有一隻翻過陽臺去偷大胖的口糧，這不是找死嗎？

雖然早就知道兩邊的貓會打一架，但沒想到對方竟然這麼大膽，都找上門來了，就算是去勢了的阿黃也不爽了。那天他們直接將西區過來的幾隻貓揍了一頓，之後又將牠們一路驅趕回西區老巢。

其實西區的那幾隻貓應該慶幸，那天社區的幾隻狗都被牽出去散步了，將軍也不在家，不然牠們的下場更慘。

不過，貓之間的事情，還是由貓自己解決比較好。

「不管是貓還是人，能夠被大家接受，靠的還是自己的能力。」蘭老頭如是說。

八月底九月初，校園裡熱鬧很多，到處都是送孩子過來的新生家長，拿著相機在楚華大學很多標誌性建築物的地方留影拍照。

鄭歎出去閒晃的時候，看到一些家長前一刻笑容滿面在學生宿舍門口跟孩子分別，準備離開這裡趕火車回家，可沒走多遠就開始哭，一些大嬸哭得妝都花了。

焦爸說有很多家長沒送孩子過來，就是怕捨不得。那些家長雖然沒來，但在老家那邊送孩子上火車之後，也會對著火車哭老久。

對此，鄭歎很不理解，至少他自己沒經歷過。

以前上大學的時候，他是跟幾個狐朋狗友一起去學校，學校離住的地方不算很遠，再加上自己跟父母雙方關係冷淡，根本感受不到那種心情；他也不曾為人父，不懂那種孩子長大即將遠行的不捨。

那真是奇怪的感情。

焦家這邊，焦遠被焦媽帶著，和社區裡幾個家長孩子一起去國中那邊，他們不用跟其他學生一樣擠著看分班名單，因為早就知道了自己所在的班級和班導師。

在幾位特殊家長的出面下，社區幾個孩子都分在同一個班級，就是怕在那邊被人欺負。國中的孩子們性格並不成熟，容易衝動，誰也不知道會不會發生什麼打架事件，所以還是團結在一起比較好，而且有什麼事情家長們也能提早知道，騎車回家的話都有個伴。

對此，焦遠他們很高興，中午他們都留在學校吃飯。焦媽開學比較忙，現在還有個焦遠跟著要照顧，中午不回家，帶著其他幾個孩子吃教職員食堂，相比起學生食堂，教職員食堂的飯菜要稍微好一些。

而小柚子因為跳級的原因，開學就是四年級，同班的有認識的人，就是住西教職員社區的岳麗莎和謝欣，一個副班長、一個學習股長，在班裡屬於大姐頭之流的人物。她們和小柚子也熟，所以焦爸也不怕小柚子在班裡因為年紀小而被欺負了。

中午，附小的下課音樂響起。

焦威站在附小門口看著從裡面跑出來的孩子們，從中尋找小柚子的身影。

每天中午他都會過來這邊等小柚子一起去自家餐館那裡吃飯。他們家小餐館剛開不久，雖然地理位置比不上其他店家，但開學的時候人多，回頭客也多，這段時間生意還不錯，請了個老鄉過來幫忙，有空的時候焦威也過去幫一把，不過總被他媽推出來，不讓他沾油煙。

原本焦爸和小柚子準備吃食堂，但焦威他爸媽讓他們來餐館吃，中午下課的那個時間點人多，食堂擁擠，再說家常菜總是能夠讓人吃得舒心一些。焦爸要給錢，焦威他爸媽不收，最後在焦爸的勸說下，才象徵性地收了點，而且每次焦爸和小柚子去的時候，那飯菜的分量都很足，用的油也是好油。

焦爸這段時間也忙，時間不定，所以接小柚子過去的任務就落在焦威身上。

小柚子原本表示可以自己過去，她認識路，都四年級的人了，用不著大人跟著。可焦爸不放心，尤其是現在開學人多人雜，偷錢包偷手機偷自行車等等都有，誰能確定沒有拐賣小孩的？

現在的焦威沒之前那麼沉悶，放開了一些，國語也練習得標準自然了點，周圍的南腔北調都讓他放鬆很多，校園總比社會要單純一些。有時候一些認識小柚子的人還跟他說話，焦威也笑著應答。

正等著，焦威察覺到旁邊圍牆上有動靜，不用看他也知道是焦家很寶貝的那隻黑貓。

第一天焦威過來接小柚子的時候，鄭歎在外面玩過頭了，來得比較晚。焦威在接到小柚子之後就準備帶著她去自家店，可小柚子不走，用腳尖踢地面上的石子，等在校門口，時不時看一下周圍。問了之後焦威才知道小柚子在等她家的黑貓，等不到就不離開。

焦威抬頭看了看站在圍牆上的黑貓，這段時間下來，他也漸漸習慣了這貓的一些行為，也有些明白為什麼焦家那麼寶貝牠了。焦遠跟他講過這貓的其他光榮事蹟，很難想像做出那些事情的只是一隻貓。而焦家似乎將牠看成是另一個孩子似的，這點焦威還是不怎麼能理解，就算再聰明、再善解人意，那不還是一隻貓嗎？

鄭歎一眼就能從孩子堆裡面找到小柚子，看到後便從圍牆上跳下來，等小柚子出來後去焦威家的餐館覓食。

焦威他家的小餐館樓上有個簡易的棚子，原店主蓋的，以前用來堆貨，現在焦威他父母整理出來一個小房間，沒客人的時候就在上面休息，小睡一覺。那裡還有個跟焦遠房裡一樣的折疊小方桌，焦爸和小柚子平時就在那裡吃飯，雖然有些熱，但好在九月的氣溫不像七、八月那麼磨人，牽條線插個電風扇吹一吹也還好。

焦威他家的人也都已經習慣焦爸他們對待鄭歎的方式，所以給貓食的時候也是跟人差不多的，焦媽專門買了個碗放在這裡，鄭歎專用碗。

今天焦爸中午沒時間，易辛他們已經幫忙帶了飯，所以就不過來吃了。

小柚子吃完飯，焦威就送她回家，中午他也會留在焦家那邊午休一下，然後下午上課順便送小柚子去學校。

回去的時候外帶了一份，那是屈向陽點的午餐。

剛進社區沒走幾步，一輛私家車開進來，焦威看了看，四個圈。有錢人吶！

可沒想到，下一刻這車就在他們旁邊停下，車窗打開，露出一張鄭歎熟悉的臉。

「柚子，黑碳！」

小柚子看向那人，咧嘴笑了笑。她對方邵康的印象很不錯，知道是這個人把黑碳帶回家的，所以每次見到方邵康的時候都難得地笑笑。

鄭歎依舊是那樣，看到也沒什麼反應。

「這位是誰？」方邵康看向焦威。

等焦威自我介紹之後，方邵康道：「那正好，待會兒幫忙搬一下東西。」

方邵康將車停好後，鄭歎湊上去看看到底方邵康帶的是什麼。

一下車，方邵康就將小柚子舉起來抱了抱，他自己也有個小女兒，平時就喜歡這樣。小柚子對此也不怎麼排斥。

抱完小柚子，方邵康又將準備跳進車內看個究竟的鄭歎舉起來，被鄭歎一腳踩在臉上。

方邵康也不介意，笑著將鄭歎放下來，「好像重了。」

站在旁邊的焦威臉上抽了抽。廢話，這貓就一吃貨能不重嗎？每餐都吃一大碗吶！

方邵康也不再說什麼，拉開車門。車後座上放著兩個大紙箱，看不出究竟是什麼。

「這些是……」焦威問道。

方邵康一臉得瑟地道：「貓跳臺！」

焦威：「……」

小柚子幫忙提著屈向陽的那份午飯，焦威和方邵康一人搬一個紙箱。

焦威實在不知道該說什麼了，貓跳臺，又是貓！兩個大紙箱裝著呢，還挺重。

將箱子搬上五樓，歇了會兒，屈向陽端著他那份午飯過來，一邊吃，一邊圍著紙箱，研究裡面的東西。

雖然小柚子很想看這個貓跳臺是怎麼裝的，但午睡時間，方邵康也不會動工，得等午休時間過了再處理。

閒逛到陽臺那裡，方邵康打開手機打電話給焦爸：「喂，焦老師，我方三兒啊。」

那邊焦爸接電話的時候比較匆忙，沒看到來電顯示，聽到「方三兒」一時沒反應過來，頓了幾秒才道：「哦，方先生，您好。」

「我現在就在你家，我弄了一套貓跳臺，下午準備裝起來，先跟你說說……」下午焦家沒人，方邵康在這裡裝貓跳臺，怎麼也得跟主人家說一聲。

焦爸倒是沒什麼可反對的，還挺期待方邵康的成果。

坐在客廳的焦威對於這位看上去很有錢的人有些無語，又是一個對貓比對人好的。再看看正趴在紙箱邊沿往裡面瞧的黑貓，嘖，怎麼就搞不懂這些人的想法呢？

午休時間結束後，焦威離開準備去上課，順便送小柚子去學校。走的時候小柚子還看了放在客廳中央的紙箱子好幾眼。

鄭歎留在家，看著方邵康組裝貓跳臺。

鄭歎在小郭那裡見過貓跳臺，所以有個大致的概念，但是看著方邵康拿出來的，和想像中的稍微有點不一樣啊！

雖然有些不明白的地方，但是也有一些相同的，比如裝在小柚子房間角落的那個架子，是由纏繞著麻繩的柱子，還有托板和一些板材組成的；而不同的是，除此之外還加了一些固定在牆面上的東西，鄭歎可以藉助這些由凸出牆面的小板子組成的臺階，走到靠近天花板的、剛安裝上去的「通道」，再從這條「通道」走到小柚子房間門上的窗戶那裡，窗戶開著的時候可以直接跳出去，沒開的時候可以看看客廳的情景。

架子獨立的，到時候要是覺得放這裡不合適，也可以搬到屋裡其他地方。架子上面的絨布都是能換洗的，不怕太髒了細菌滋生。除了靠近天花板的「走道」和牆壁上的那些「臺階」之外，其他連接支柱的大部分都易拆卸，屬於無釘設計，沒釘子卻能夠讓整個架子穩穩當當的，沒工具也能手動拆裝。

焦家空間太小，方邵康也弄不出理想中的效果，所以就只能「湊合」一下，大廳他也想裝一些來著，但畢竟不是自己家，而且這裡的空間實在是太迷你。考慮之後，方邵康還是放棄了，剩下的材料先留著，等以後焦家的人想裝的時候再裝上。

不管湊合不湊合，焦家的人對這貓跳臺還挺滿意的，小柚子也很喜歡，反正她房裡東西少，放個貓跳臺也沒什麼，而且組裝的時候合理利用了一下剩餘空間，看著和裝之前差不了多少。

不得不說，對於這個貓跳臺，方邵康確實花費了不少心思。

只不過，在貓跳臺組裝完成的那天晚上，鄭歎……依舊鑽進了小柚子的被窩。

貓跳臺哪有被窩來的舒服嘛！

方邵康也是個大忙人，在焦家將貓跳臺安裝好之後，鄭歎就沒再見到他的人了。

第二天方邵康倒是抽空打了通電話過來詢問使用情況，焦爸只說：「還挺好的，黑碳白天在家的時候經常待在上面。」

至於晚上，焦家人都知道，他們家的貓只睡被窩和沙發。

雖然晚上不怎麼去睡貓跳臺上面安裝的那個「貓窩」，但白天無聊的時候，鄭歎也會在貓跳臺上蹦躂兩下，老不動的話，總覺得不得勁。以前是因為家裡空間小，不方便，現在有了貓跳臺就使勁折騰，反正是方邵康出的錢，玩壞了也不心疼。

第七章

軍訓場邊的四賤客

這天，快到中午下課的時候，鄭歎往小柚子學校那邊走去，奇怪的是，今天他到達的時候沒見到焦威，前幾天都是鄭歎到達之前焦威就已經等在這裡了，今天這種情況還是第一次。出什麼事情了嗎？

不對。

真要算起來的話，附小中午下課的時間其實比大學生的下課時間還要提前那麼一點，剛開始鄭歎見焦威提早過來，認為焦威上午後兩節沒課，但是開學的這段時間好像一直都是這樣，除了今天。

鄭歎低頭沉思，似乎有什麼事情忽略了。

在附小的下課音樂聲響起的時候，急促的腳步聲靠近。

「呼，趕上了！」

鄭歎側頭看過去，焦威穿著一身軍訓服，雙手撐著腰站在那裡喘氣，剛才他是跑著過來的，臉上都是汗。

——軍訓！！

——原來是這事！

鄭歎都差點忘了。

楚華大學的大一新生開學比較晚，大二和大三都開始上課的時候，他們才開始報到，軍訓也會往後再延遲一段時間。之前不論是易辛還是蘇趣，在開學的時候都沒有軍訓過，鄭歎也就忘了這事，現在才想起來研究生新生沒有軍訓，但大學生是有的。（注：軍訓為中國大陸的大學新生必修課。）

軍訓都沒開始，那焦威上哪門子的課？

鄭歎當天晚上聽焦爸說起來的時候才知道，大一確實還沒開課，而焦威則一直在旁聽大二的課程。反正進去教室裡面一坐，老師也不是每個人都認識，不會去核對，同時，老師對於旁聽的學生並不會反感，有些老師還特別喜歡那些去旁聽的學生。

在焦威的想法中，楚華大學這麼好的學校，裡面上課的老師很多都是知名教授，不去旁聽一下是極大的損失。再說了，旁聽又不要錢，焦威還覺得自己占便宜了，所以一直很積極，沒課本就去圖書館借。目前新生有很多卡證都沒辦理完全，所以焦爸將圖書卡借給他，前段時間他拿著的那些書都是從圖書館借的。

中午過去焦威他家小餐館吃飯的時候，校門口一些小商店隨處可見一些穿著軍訓服的學生，現在大家一看到穿軍訓服的就知道是大一新生了。

焦威他爸媽一臉的心疼，但同時看到孩子穿軍訓服也特高興，說到時候找人借相機拍幾張照片留念。焦威他爸還問了下焦威他們軍訓的場地，到時候有空一定去看看。軍訓每天從早上一直到晚上都有，時間的話，估計得持續到十一（注：中國大陸的國慶連假。）放假前，這其中有的是時間。

——軍訓……

鄭歎看看頭頂的太陽，最近氣溫頗有回升啊！

於是當天中午，等小柚子睡完午覺之後，鄭歎、焦威先送小柚子去附小，然後焦威往軍訓場地趕過去，手上拎著裝滿了水的運動水壺。

焦威往訓練場跑的時候，沒注意到身後還有一隻貓跟著。只不過鄭歎在草叢裡跑，沒在人行道上，不仔細去瞧的話，也不容易注意到他。

軍訓場地是根據院系來劃分的，理、工、人文、社科、醫學院等等，都被分在不同的區域。反正楚華大學夠大，光運動場就有幾個。

而這其中也有個現象。

比如人文學院裡面的文學系、外國語文學系，社科院那邊的經管系等等，那邊妹子多，所以每次軍訓的時候，訓練場周圍都圍著一圈「狼」；而截然相反的是工學院這邊，七成以上的都是爺們，剩餘三成中，女漢子占主體。

——真尼瑪操蛋啊！

這是這群工學院男生心中共同的感慨。

焦威他們工學院的都分在其中一個運動場，這個運動場只算是學校裡的次運動場之一，周圍的設備比較簡單，他們就按院系分成一個個方陣，在足球場邊上的跑道上訓練。

足球場外圈的紅色塑膠跑道上全都是一窩一窩的迷彩，現在還沒正式開始訓練，那些學生們都圍在一起談論。

鄭歎看到焦威往其中一個人堆那邊走過去，然後跟那邊的人說起話來。

下午兩點多，太陽辣著，三十多度的高溫讓這些新生很快就有些蔫蔫的了。

跑道邊上是看臺，看臺的臺階後面有一些樹，雖然不高，但在臺階上的話，還有點陰影。鄭歎就蹲在其中一棵樹上，看著焦威他們被教官訓斥。

其實，很多大學軍訓的教官與這些新生的年紀都差不多大，甚至還可能會小一些，可畢竟人家是教官，人家叫你出列，你就得出列，讓你立正列隊，你就得乖乖立正列隊。

鄭歎在樹上看得很爽，他待在陰涼處，時不時還有風吹過來，挺舒服的。可那些軍訓的學生就不行了，還有人中暑，被扶到邊上休息。

不過，相較人文學院那邊而言，這裡的院系畢竟是男生居多，身體素質稍微高了那麼些，要是動不動就中暑什麼的，會被人說「娘們兒」、「嬌氣」等，所以都憋著一口氣，難受也得撐著，就算他們這邊的女生不多，但也還是有的啊，別還沒正式開學，就給人一個差印象。

焦威原本還沒發現鄭歎，是中途休息的時候，旁邊的人說了他才看到的。抬頭看向那邊，就見到不遠處的樹上正趴著一隻相當眼熟的黑貓。

大家也只是一時覺得有趣，隨後就沒放在心上了，貓誰沒見過啊，有什麼好驚訝的。可焦威不同，他總覺得那隻黑貓在打什麼鬼主意。

第二天，焦威的預感靈驗了。

四隻貓，並排蹲在最上面的一個臺階上，那裡陰涼，還能居高臨下俯視那些軍訓的學生。

焦威眼皮跳了跳，社區裡經常見到的四隻貓都齊了，果然是統一行動。

不過，由於旁邊有教官看著，焦威也不能一直盯著那邊，他們立正列隊的時候，目不能斜視，不然會被罰。

軍訓的初期基本上是立正列隊、齊步走之類，相對於後期來說還比較輕鬆，就是立正列隊難受了點，一站就是十五分鐘以上，汗滴下來也不能擦。

大胖似乎特別喜歡看這個，看著那些人訓練的時候也沒有像平時那樣懶兮兮的樣子；警長倒是無所謂，其他三隻貓幹啥牠就幹啥。

至於阿黃……牠看上一個水壺提繩上吊著的小娃娃掛飾了。

軍訓的學生，包括訓練他們的教官，都將水壺放在臺階上，整齊放好，有些還寫了自己的名字，怕別人拿錯。

四隻貓原本並排蹲得好好的，阿黃一直盯著那個水壺，然後終於忍不住，往前試探著走了兩步，見沒人過來阻止，又大著膽子往前湊，然後彎著爪子撥弄那個水壺提繩上的娃娃布偶吊飾。

好的是水壺裡面都裝著水，不至於被撥兩下水壺就倒。

阿黃一隻爪玩還不夠，兩隻前爪都開工，撥弄那個娃娃布偶吊飾。

警長見牠玩得起勁，也過去湊熱鬧。

貓有時候就是那樣，手癢，看到什麼都想玩玩，撥兩下，撥不動就上去蹭，將那些能動的都弄動了。

終於，那個掛著娃娃布偶吊飾的水壺倒了。

「膝蓋繃直，兩手自然下垂，緊貼褲縫處……」

那邊，小教官一邊看著那些正立正列隊的學生，一邊說著其中要注意的，同時也會隨機選擇一些學生，走到他們身後的時候踢一下膝蓋處，或者撥一下那個學生貼在褲縫的手臂，看看他們是按照要求來，還是只做了表面功夫。

「教……教官……」方陣中一個學生哭喪著臉道：「我的水壺……」

「立正列隊的時候不要隨便動，不要隨便說話，目不斜視！」教官嚴肅的道。

「教……教官……」另一個人小聲道。

「說話前要先喊報告！想動想說話都要先喊報告！」教官依舊一臉嚴肅。

「報告！教官你的水壺被推倒了！」

教官：「……」

往放水壺的那邊看去，小教官就看到自己的水壺正從臺階上往下滾，看臺臺階比一般臺階要高，所以水壺每滾下一個臺階就砸得「咚」一聲響。

至於罪魁禍首，那隻長得跟黑貓警長似的貓正抬著一隻前爪，歪著頭，看著滾遠的水壺。接著，牠的視線放到旁邊的另一個水壺上，那水壺的瓶口收縮，扭蓋尖尖的，看著挺特別。然後，牠伸爪子將那個尖尖的扭蓋一推。

「咚——咕嚕咕嚕咕嚕——」

又一個水壺滾下臺階。

方陣裡又多了一個臉色如便祕的人。

鄭歎扭頭：這不關我的事！

不管怎樣，四隻貓看那些學生上軍訓課看得挺高興。

鄭歎白天看他們曬太陽一個個曬得快虛脫的樣子，晚上看他們餵蚊子，立正列隊的時候被蚊子咬也不能撓的那種尿急一般的面部表情。

四隻貓也不是一直盯著一個方陣看，有時候上午看一個方陣，下午換一個方陣，晚上再換一個看著玩。弄得那些上軍訓課的學生一見到那四隻貓瞧著自己佇列，第一個想法就是趕緊派個人去護住水壺。

晚上雖然沒什麼月光，星星也見不著幾顆，但軍訓的地方都亮著燈，將操場周圍照得清晰。

「原地休息五分鐘！」

教官的話一落，剛才還繃在那兒立正列隊的一幫人就跟軟泥似的坐地上了。

「啪！」

拍蚊子的聲音響起。

「Oh，my god and 佛祖他大爺！」與焦威同宿舍的一個學生看著手心的血跡和蚊子屍體，叫道：「我養出這麼點血容易嗎我！就這麼點牠還不放過！」

「切勿對佛祖他老人家不敬。」焦威的另一位室友說道。

「佛祖慈悲為懷，就當我剛才放屁吧。」

「……你剛才本來就放了，別以為叫這麼大聲我就不知道。」

「你想當佛嗎？」焦威笑著問另一位室友。

「不想，佛多累啊，還要普度眾生！我只要順利畢業，找個工作，找個老婆，生個孩子，過完這平凡而漫長的一生就行了。」

先前那位室友沉默了一會兒，道：「這麼深奧的話題我還是不參與了。哎，不是說吃維生素

B1能防蚊子咬嗎？為什麼我吃了還是中招？」

「因人而異吧。」

「還是回去灑花露水的好。」

晚上軍訓課的地方，花露水、風油精、蚊不叮等各種防蚊蟲的氣味交織在一起，但生長在楚華大學的蚊子卻總是不怕死一般前仆後繼。

晚上九點半，一天的軍訓結束，焦威並沒有跟室友們回宿舍，而是往校門那邊走。他每天晚上都會過去自家小餐館看看，然後幫著整理一些東西，等關店了再回宿舍。回宿舍的時候，他也順便帶點宵夜給室友們。

今天，焦威來到自家小餐館的時候，雖然還有點距離，但卻看到裡面坐著一些人。平時這個時候一般都已經沒什麼人了，但今天是怎麼回事？

等焦威快步來到小餐館門口的時候，裡面的人也往外走了。

這些人中，帶頭的那個叼著根菸，染著黃毛，有點吊兒郎當的樣子。焦威心裡一咯登，也不再去注意那些人了，趕忙跑進店裡，見父母都沒事，才緩了口氣。

「怎麼了？」焦威問道，「那些人是來找碴的嗎？」

焦威曾經聽人說過，一些店家的老闆看到別家店生意好的話，會雇人去找碴，所以才比較急。

「沒事，不用擔心。」焦威他爸擺擺手道。

不管焦威怎麼問，他爸媽就是不說。第二天，他單獨找了那個雇來幫忙的老鄉，才將事情搞清楚。

昨天傍晚的時候，高峰期過去，來餐館的人漸漸少了下來，然後就進來了幾個看著不太好惹的人，說是要他們交「衛生費」。但是焦威他家已經繳過衛生費了，還有繳費單在，很顯然在那種情況下，「衛生費」有另外的意思。

不管是「衛生費」還是「管理費」等等這一類的詞，在某種情況下的意思就是「保護費」。以前在小縣城的時候，焦威他家的餐館還稍微正規點，但這種費也是交過的，只是焦威他不知道而已。

所以，焦威在弄明白事情緣由之後很生氣，去找他爸媽說實在不行就報警。

焦威他爸倒是比較淡定，還笑著開了兩句小玩笑，然後跟焦威說了一下這其中的利害關係。其實在這周圍做生意的，不管是小店鋪，還是那些擺地攤、擺夜市的學生，都遇到過這種事。他問了下周圍的店鋪，看看他們交了多少，知道自己店交得多了一些，也沒太生氣，畢竟自己一家是新來的，還是外地人，沒關係、沒底蘊，談了談之後，便交了一個月的。

準備在這裡開店的時候，焦威他爸媽其實都有心理準備了，只是沒想到會來得這麼快。曾經還是老實人的兩口子，出來做生意的前兩年就磕磕碰碰琢磨了些經驗。現在，既然焦威都已經捅破這層紙了，兩口子也將其中的一些經驗跟焦威說說。

原本兩口子覺得自家孩子以後的工作肯定像電視上那些高級白領一樣，不用面對那些找碴收保護費的，但不管在哪個崗位，都有它的潛在規矩，你強的話還好，如果只是個普通人，還是順著規矩點。

聽爸媽講過那些經驗之後，焦威心裡挺不是滋味。他不笨，知道這是事實，但畢竟是年輕人，畢竟還是有著一腔熱血，以前還沒靜下心來唸書的時候，也打過架，跟老師對著吵架掀桌子過，焦威不能確定如果自己再見到那些人會不會上去跟他們拚。

隔天下午吃完午飯，焦威坐在小餐館門口，幫著削馬鈴薯。店裡都是人，所以他沒在裡面，外面也透氣些。雖然他爸媽拉著不讓他弄，但焦威倔了，並不怕被人笑話，幫家裡削馬鈴薯怎麼了？誰規定大學生就不能削馬鈴薯？又不是幹什麼見不得人的事情。

正削著，隔壁店家的老闆過來了。

隔壁的店主要賣麵食，是一對年輕夫婦開的。這段時間，兩家都熟悉不少，隔壁店的老闆也認識焦威。

「聽說你們店昨晚來人了？」那老闆說道。

昨天隔壁麵食店有事情，只上午開了半天，焦威家餐館的事情那老闆還是聽附近人說的。

「嗯。」焦威應了一聲，不是很想提這個話題，手上削馬鈴薯的力道也大了許多。

那老闆笑了笑，「你別不服氣，其實大家都一樣，我們家也是，那時候剛畢業，不太懂這裡面的規矩，還想打電話報警，被我媳婦兒攔住了，秉著息事寧人的態度，先交了些。後來找了人，才沒再碰到他們。」

見焦威不吭聲，但削馬鈴薯的動作慢了很多，知道他在聽，那老闆指了指對面的一家火鍋店，繼續說：「他家剛開業沒多久的時候，生意很火，後來有段時間每天十來個小混混去店裡吃，一開始還照買單，後來就漸漸開始找碴，最後還直接放話要多少錢。那家老闆也不是好惹的，當時雖說讓那些人第二天過去，但晚上就找了人，結果第二天，那些小混混一個都沒來，也沒再出現在他家店裡了。」

「還有那個賣蓋飯的，遇到這類事的時候直接打電話叫來一批人，準備大幹一場，後來還是被警察驅散了。不過那些混混以後也沒再找過他。混混也是欺軟怕硬的，他們要是知道你是個硬碴，就不會來了，跟他們講禮數不行就直接下狠手，現在這社會就這樣，做人吶，就得狠一點。當時那些混混中也不乏故意光著膀子亮著紋身的人，車上還放各種鋼管、刀具等等，最後還不是那樣收場了。」

「以前有段時間警方加強取締，那些人消失了很久，現在才漸漸又冒出來。不過，以前多是些小嘍囉、小混混，但現在這些這麼快就冒頭的，估計不太好處理。你要是認識負責管轄這一帶的警察，可以過去走動一下，在這方面打通點關係還是必須的，畢竟誰都想好好做生意。」

「還有，周圍一些沒有被盯上的店家，那些老闆就算不是本地人，但留在這裡很多年了，有些人脈，有沒有其他路子我就不知道了。至於像你們家這樣的，可以先去探探風，多問問附近的商鋪，搞清楚是誰在管這個，然後再去拜拜碼頭，有人關照你們的話當然也就沒事了，這條不行的話，就試著找找其他路子。萬事開頭難，熬過去了就行，實在沒門路的話，就交吧！準時點，不然吃虧的是你們。大家出來是求財不是求氣的，但形勢比人強，你也不知道下一次警方加強取締是什麼時候，所以……」

後面的話，那老闆也沒說完，他媳婦兒叫他，應了一聲就趕緊回去了。

焦威依然坐在那裡，有些心不在焉地削馬鈴薯。

「聽著好火爆。」

旁邊突然出現的聲音讓焦威一驚，往身後看過去，見蘇趣正端著一碗飯，站在那裡吃。

「蘇學長，你怎麼不到店裡去坐著吃？」焦威說道。

因為焦爸的原因，蘇趣、易辛都認識焦威，有時候過了用餐時間，出校門的話也會來光顧一下他家的店。

「沒事，那邊人多，出來換口氣，我也沒想到會聽到剛才那些話。那老闆不說，我還真不知道有這種事情，以前有同學擺地攤也沒聽他們說過，不知道是沒碰上還是他們不想說。」蘇趣一邊往嘴裡扒飯，一邊口齒不清的說道：「不過我覺得混得好的傢伙不用靠這種方式來生存，那些人估計就是些小人物，真的不用給他們面子。要是到時候找人打架，算上我一份。」

蘇趣的大塊頭確實挺有壓迫感的，不過焦威也不會真用那種極端的方式，他賭不起。父母都在這邊，年紀還大了，焦威不希望他們出個什麼意外，就算打贏了又能有個什麼保障呢？

「那蘇學長，你認不認識……這方面的人？」焦威有些不知道怎麼去描述。

蘇趣明白他這話裡的意思，但他來這邊也沒多久啊，平時多半都是實驗室、宿舍、食堂三點一線的生活，這種事情還是第一次聽說呢。

「我就認識我老闆。」蘇趣無奈道。

焦威搖搖頭，「別去煩擾明生叔了，他已經幫過我們很多，而且他家還有兩個孩子呢。」

「唔……」蘇趣擦了擦嘴巴，然後眼睛一亮，「你認識那個叫衛稜的吧？」

「認識，但是不熟，就開店之前來過，後來也是匆匆叫了份外帶就走了。他行？」

「聽我學長說過一點，你可以試試。」

「但是，要找衛稜，肯定要去找明生叔，這個……」

「我只是將知道的說一說啊，至於你相不相信，就取決於你自己了。」

「嗯。」

蘇趣將空了的餐具扔進垃圾簍，說道：「你要是真想請衛稜幫忙，並不一定要透過我老闆那條線。」

「你的意思是？」

「我老闆家的那隻貓！」

焦威：「……」

打死焦威也不會想到蘇趣會給出這樣一個回答。

其實正常人都不會想到這樣的答案，不知道的人還以為蘇趣在開玩笑呢！畢竟一隻貓而已，能幫多大的忙？幫忙吃嗎？

見到焦威的表情，蘇趣就知道他心裡所想的了，抓抓腦袋，「哎，我就只是說說，聽不聽、信不信，你自己決定。」

「為什麼是那隻貓？」焦威想了半天才擠出這麼一句話。

「怎麼說呢？要說跟老闆家的關係，那肯定是我學長易辛要熟一些，所以他知道的事情也多一些，有時候我學長也跟我說一點老闆家的事情，其中說得最多的就是那隻貓了，那可是我們老闆家的寶貝。像佛爺、趙小姐、蘭教授……等等一些人，別看平時跟我家老闆關係不錯，但其實都和那隻貓有關。哦，還有一個人，海歸教授呢，上學期還是我們院裡的風雲人物，後來被整下去了。聽我學長說，也和那隻貓有關。」

雖然任崇的事情很多人並不清楚真正原因，但像易辛這樣跟焦家的關係比較緊密的人，也能從其中推測出一些。

聽著蘇趣的話，焦威都沒削馬鈴薯了。

蘇趣說的人他很多都不認識，但蘭教授他知道，來這裡不久就被那隻貓帶著去了蘭教授的小花圃，看那樣子，還真就可能是蘇趣所說的那樣。畢竟，相比起焦副教授，那些人的能耐要大得多，何必看一個沒什麼背景的副教授的面子？

「很多事情我也是聽我學長說的，所以瞭解得並不深，不過單就衛稜這個人的話，你要找他可以先盯著那隻貓，反正每次衛稜過來都只找貓。還有件事，或許你不相信，當初我能順利到老闆手下，也是那隻貓的功勞。」蘇趣想到後來真正成為焦副教授的學生後，有一次跟易辛聊天時，易辛分析的。

看看時間，已經不早了，蘇趣先告辭離開，他晚上還有課。

焦威加快動作，將剩餘的幾個馬鈴薯削了，然後整理一下，趕往軍訓的地方，晚上的訓練也要開始了。

蘇趣的話，焦威一直在考慮，以至於第二天見到那隻貓的時候，總覺得有些彆扭。

鄭歎對於焦威的想法一點都不知道，他和大胖幾個最近換了地方看軍訓，焦威他們那個訓練場的人都開始防備貓了，每次放水壺的地方都坐著幾個人，一旦鄭歎和幾隻貓靠近，那些人就開始驅趕。

所以鄭歎和大胖牠們現在也不單單待在某一個訓練場，反正軍訓的地方那麼多，看哪個地方合適就過去圍觀一下。瞧著那些人訓練時出醜也挺有意思的，還有休息的時候才藝表演，唱歌跳舞的，還是女生那邊比較好看。

中午下課，鄭歎正和小柚子一起跟著焦威往小餐館那邊走，感覺總有一股視線盯在自己身上，扭頭看過去，正好見到不自在挪開視線的焦威。

——搞什麼？

鄭歎納悶，難道焦威對自己和大胖幾個圍觀軍訓有意見？

一直來到小餐館樓上，在折疊小桌旁吃飯，鄭歎還時不時察覺到焦威打量的視線，胃口都變差了。

一人一貓對著瞪了幾秒，焦威再次挪開視線。他感覺那貓的眼神挺奇怪，說不出的怪異，就好像……不是一隻貓而是人的眼神。

焦威以前也聽別人說過，有些貓會將心裡的想法表露出來，看牠的眼神就知道牠在想什麼。雖然不能從眼前這隻貓的眼神中看出具體要表達的意思，但焦威至少知道這貓心情不太好了。

快到十月連假的時候，軍訓已經臨近結束，天氣也不像之前那麼折騰人，開學時的小白臉現在也都一個個像被刷了灰似的黑了幾層。

如果要問那些大三、大四的學生當年在軍訓期間最抓狂的事情，那多半就是照相了。

在他們大學時期最醜最黑的時候，學校為他們照了證件照，而且這個照片還將存檔計入系統中，並會在今後的四年中出現在他們的各種卡證上，如學生證、圖書證、各類考試證件……等等。

這時候一卡通還沒有在楚華大學內出現，所以很多卡都是分開的。

每次去圖書館借書，圖書館櫃檯人員就會盯著他們卡上那張黑黝黝的臉，然後對著人看半天。尤其是那些比較愛面子的，提起那些經歷，都會捶胸頓足。

這一屆的新生照相時，鄭歎正蹲在不遠處的一棵樹上趴著，聽那些學生抱怨。

打了個哈欠，鄭歎幸災樂禍了一會兒。都說一白遮百醜，現在大多數人都被曬得黑黝黝的，想找幾個看得過去的妹子都不行。

軍訓檢閱的那天，鄭歎和大胖、警長都跑過去看了，阿黃不在，吃壞肚子被帶去小郭那裡看病了，就算在這裡，阿黃對這些也不怎麼感興趣。

上午檢閱完，下午送教官。別管軍訓的時候被操練成什麼樣，現在在那種氣氛的影響下，紅眼睛的人很多。男人之間的感情，前一刻能對著拍磚，後一刻卻也能夠一起抽菸喝酒聊女人。

年輕人都是容易衝動的，當氣氛起來，也就不一樣了。

就連蹲在邊上看的鄭歎都有些被感染，回想了一下自己當年入學的情形，大概似乎好像沒有去參加軍訓，砸了點錢去醫院開了張單子，再讓學校老師簽個字，走人。現在看來，實在有些可惜啊！

伸了個懶腰，跳下樹，鄭歎往家裡走去，焦媽說晚上吃餃子～～

焦威和室友們一起先送完教官，然後便來到自家餐館幫忙，幾個室友也過來這邊，準備好好吃一頓，順便想想接下來兩天怎麼玩。

軍訓完之後，他們有兩天閒置時間，除了開一下班會之外，就沒什麼事情了，便計畫著出去看景點。

焦威他爸媽也在旁邊幫腔，不管怎麼說，自家孩子也只是個十八、九歲的年輕人，年輕人就應該活躍點。塞給焦威一些錢，焦威他爸讓他和室友同學們一起出去看看這個城市，自打來到楚華市，他還沒有好好看過這個新的繁華的大都市。

晚上回宿舍，幾個人一起研究楚華市的一些著名景點。焦威住的是八人間，相對於四人間那種來說，住宿費要便宜很多。原本他爸媽是不同意的，怕委屈孩子，但焦威覺得自己每天除了睡覺之外，也沒什麼時間待在宿舍，用不著住那種四人間的；再說了，就算是八人間，相比起以前鎮上高中的住宿條件，還是好很多的，至少爬上鋪的時候那床不會咯吱咯吱響。

晚上宿舍的幾人聊得比較晚，焦威雖然也應上幾聲，但腦子裡還是想著那件事情，眼瞅著九月就要過去了，十月份，那些人是不是還會來？

試著去找找那隻貓？

可是，怎麼說？

難道站在一隻貓的眼前說：「嘿，幫我個忙，我給你魚吃！」

估計別人會覺得你是神經病。

唉，不好辦吶……

第二天上午，焦威和同學們去食堂吃早餐，他們的打算是吃完早餐，然後就按照預計的路線去各個景點逛一圈，連公車卡都買好了，哪個景點坐哪趟車都已經列在一張單子上，免得到時候迷路。

吃完幾人往外走，焦威就瞧見離食堂不遠的那條小道上有一個熟悉的黑色身影。

「你們先走吧，到等車的車站那裡等我就行，我有點事先離開一下，待會兒再趕過去。」焦威有些急促地對室友說道。

「有什麼事啊，需要幫忙嗎？」

「不用了，你們先過去吧！」說完，焦威就往小道那邊跑了。

鄭歎正準備去小樹林那邊逛一圈，好久沒去那邊了，準備過去爬爬樹運動一下。早上吃得太飽，現在也就沒跑動，他慢慢悠悠地往那邊走，直到聽見熟悉的腳步聲。

「黑碳！你等等！」焦威邊跑，一邊大聲喊道，生怕那貓跑沒影了。

鄭歎停住腳步，扭頭看向跑過來的人，不知道焦威叫住自己幹啥，昨天這傢伙就說了要跟同學出去玩，現在這是還沒出發？

焦威跑過來後，看著眼前這隻貓，反而有些不知道該怎麼開口了。看看周圍，雖然小道上沒多少人，但還是有一些學生往這邊走，想了想，焦威試探著道：「找個沒人的地方，咱談一談。」

如果不是接觸過這隻貓一段時間，如果不是聽蘇趣說了那些事，打死焦威也不會對一隻貓這樣說話。

鄭歎扯扯耳朵，不明白這傢伙到底有什麼事情。不過，他反正閒著無聊，想了想周圍合適的地方，抬腳往那邊走，走兩步，停下看向焦威，示意他跟上。

焦威摳了摳鼻翼，看看周圍，然後跟上前面的貓。

沒有走太遠，來到一個小花壇旁邊，這裡比較偏，沒人，說話也不會被人聽到。

鄭歎跳上花壇，看向焦威，等著他接下來的話。

焦威「這個、那個」了一會兒，然後問道：「你能不能幫忙聯繫一下衛稜？」

——衛稜？

——找那傢伙幹嘛？

鄭歎狐疑地看向焦威。

不過，說起來衛稜有段時間沒過來了，那傢伙上次說過，就是不想看到新生軍訓才不過來的，那會讓他懷念軍旅生涯，所以要過來的話，怎麼也會等軍訓結束。看看時間，軍訓已經結束，這兩天衛稜應該會過來。

「這樣吧，如果下次衛稜過來找你，你能不能將他帶去我家餐館那邊？」焦威有些猶豫的說道，然後看著眼前這隻貓的反應。

鄭歎不知道焦威到底找衛稜什麼事情，但只是這樣的話，這點小忙還是能幫上的。於是他抬起一隻手，看向焦威。

焦威不太明白眼前這貓的意思，沒動。

鄭歎：「……」蠢死了！

走過去，鄭歎在焦威手背上拍了一下。

這是平日裡鄭歎跟焦遠和小柚子習慣了的贊同方式，同意的話就會拍一下爪，所以現在才會有這樣的行為。

拍完，鄭歎就跳下花壇，往小樹林那邊走去。

焦威看著走遠的貓，再看看自己的手背，這是……同意了？

◆◇◆◇◆◇◆◇◆

衛稜是在鄭歎答應幫忙的第二天過來的，和以前一樣，衛稜先打了通電話給焦爸，通知一聲，然後來到東教職員社區，看了一圈沒找到鄭歎的身影，便有節奏地按了幾下喇叭。

鄭歎正在周圍一棵樹上睡覺，聽到喇叭響，便跳下樹，來到衛稜的車旁邊。

不過，和以前不一樣的是，鄭歎這次沒有直接跳進打開的車窗，而是往外走。

「哎，黑碳，幹嘛去？今晚夜樓有個明星過去，機會難得啊！」衛稜一邊說著，一邊開著車跟上去。

鄭歎小跑著往校門外走，這次沒有直接從草叢那邊跑，直接走在人行道上，以便讓衛稜看到。出了校門之後，鄭歎就朝焦威他家小餐館過去。

車裡的衛稜心裡奇怪，這貓又想幹嘛？

那條街再往裡，車就不太好走了，所以衛稜先將車停在校門口一個地方，然後來到焦威家的小餐館。他到的時候，鄭歎已經蹲在一張椅子上等著了。

由於已經熟悉，焦威他爸媽見到鄭歎也沒太驚訝，不過等見到衛稜的時候，焦威他爸媽一個過來熱情地打招呼，畢竟衛稜幫過他家的忙，而另一個則去打電話給兒子宿舍。

焦威昨天外出回來的時候就跟二老說過了，如果那隻貓帶著衛稜過來的話，就趕緊打電話給他，若是他不在宿舍，就試著要一下衛稜的電話號碼，或者直接將自己宿舍的號碼告訴衛稜，等衛稜什麼時候有空再聯繫。

二老雖然覺得找衛稜要電話號碼不太好，但既然兒子開口，如果宿舍沒人的話，就只能試一試。好的是，今天焦威他們並沒有出門，昨天玩得太累，今天都在宿舍休息。

接到家裡的電話，焦威趕緊帶上背包，往餐館趕過去。他原本這個時間點也準備去餐館幫忙了，只是如果衛稜過來的話，焦威就多帶點錢，以防萬一。他早聽人說了，求人辦事得上禮，就算衛稜不要，但還有其他人。

說起來，焦威昨天晚上還想著這事，對貓還是持懷疑態度，沒想到這第二天就有消息了。果然像蘇趣說的那樣，這貓的能耐確實挺大的。

坐在店裡的衛稜還挺疑惑，見焦威爸媽有些不好意思，擺擺手，「您二位忙去吧，不用管我，這時候學生也快出來了。」

衛稜也不準備在這裡吃飯，只讓焦威他爸端了杯水過來。

「黑碳吶，到底啥事？還勞煩你把我找來？」衛稜看著旁邊椅子上的貓，問道。

鄭歎沒理，他自己都不知道，怎麼回答衛稜？

焦威是跑著過來的，他們宿舍離這裡有些遠，校內通勤車中途老停，還繞彎，也就沒坐。看來還是買輛自行車，到時候進出方便，而且等到時候店裡供應外賣了，他還能幫忙送外賣。

喝了兩杯水緩了一下之後，焦威對衛稜道：「衛叔，有點事情想請您幫個忙。」

「別又是『叔』又是『您』的，感覺我老了好多。」衛稜笑道，起身往外走，他知道焦威的話肯定不好在這裡說，不能讓二老聽到。

焦威跟爸媽打了聲招呼之後，就提著背包跟衛稜往外走。

鄭歎跟上去，他也好奇究竟是什麼事情，還要找衛稜幫忙。

出了小餐館，走了一段距離，焦威才有些不好意思地將自家餐館的情況說了一下，希望衛稜能提供點資訊，至少能知道送禮送給誰吧？

自打自家餐館出這種事之後，焦威問過一些同學，還間接問了其他一些店家，瞭解了更多外人不知道的事情。有時候，交了「費」之後，並不是什麼事都沒了的，也可能會有人過來找碴，焦威現在想著退一步了，只要自己父母能安然開這家餐館就行，別搞出其他事，再說自家確實是新來的，有點表示總好一些。

鄭歎在旁邊扯耳朵，就這麼點屁事啊！不過也是，小老百姓不好當，尤其是這種外來的、沒一點底蘊的小商販。

「事情就是這樣，所以，想問一下衛叔您的意思，能不能幫忙指條路。」焦威有些緊張，看了衛稜一眼之後，便垂下頭，沒拎背包的手放在口袋裡，手心都是汗。

衛稜這次沒有糾結話裡的「叔」和「您」字，搖搖頭道：「我也不是本地人，對這周圍也不怎麼瞭解。不過……」

聽到衛稜前面的話，焦威有些喪氣，但最後這個轉折詞，有希望啊！

「不過，解決問題倒是可以，就是有點大材小用啊。總之，這事你不用操心了，下個月那些人應該不會來，再來的話，你就打電話給我。」

衛稜將自己的電話號碼跟焦威說了，焦威趕緊拿出紙筆記下。

鄭歎心想，估計衛稜是要去找核桃師兄或者葉昊那邊的人了，一個白、一個黑。但是不管哪邊，確實大材小用。

衛稜對焦威的印象還不錯，從見過的幾次來看，小夥子人還不錯，有野心，但這不是壞事，心正就行。

「那個，衛叔……」焦威不太知道怎麼去表述，他沒想到衛稜直接將這事全部攬了過去，「謝謝您了！到時候請您吃頓飯吧。」

衛稜一聽這話裡的意思就知道焦威想什麼了，「我不搞送禮送錢的那套。要不這樣，到時候我去你們家吃飯免費怎麼樣？」

「當然！您什麼時候來都行！」能夠解決自家餐館的事情，焦威心裡也高興。

「對了，你今天沒什麼事情吧？」衛稜問。

「沒、沒有！」焦威趕緊答道。雖然原打算是幫家裡顧店的，但他怕衛稜有其他事情，尤其是與自家餐館相關的。

「那就一起吧，今天帶你去玩玩，年輕人，總悶在學校裡幹嘛。」說著，衛稜就往停車的地方走。

焦威回家跟父母說了一下後，進了衛稜的車。

「你坐副駕駛座吧。」衛稜對焦威說道，「後座給黑碳，那傢伙無聊的時候會在後座打滾，你坐那裡會被嫌棄的，別占了牠的地盤。」

焦威：「……」人不如貓啊！

「黑碳，耗子今天會將爵爺帶過去。」衛稜開著車，說道。

那隻大貓？鄭歎回想了一下，說起來，有段時間沒見過那隻大貓了，聽說跟著葉昊之後，那傢伙混得挺不錯，唐七爺總帶著在外面得瑟，威風八面啊！

焦威老老實實坐在副駕駛座上，聽著衛稜跟後座上的那隻貓說話，雖然後座的貓沒有回一句，衛稜卻一直都沒停嘴。什麼「爵爺」、什麼「ＮＢ」樂團之類的，焦威一點都不知道。

來到夜樓的時候，焦威有些傻眼，昨天他和同學還從這裡經過，在公車上的時候，看到外面的夜樓，和幾個室友討論了一番，還想著什麼時候有機會去裡面看看呢，就是聽說那裡的消費……不是一般的高。

焦威看了看自己這身與周圍完全不搭調的休閒服，本來還有些彆扭，但看到衛稜之後，淡定了一些，因為衛稜也是一身休閒服。

還是和以前一樣，衛稜沒走正門，焦威跟著前面的一人一貓從側面的一扇門進去。

進到衛稜那個專屬包廂沒多久，葉昊就帶著爵爺進來了。

上面那位倒臺之後，葉昊也不用蟄伏了，成天忙得不見人影，今天也是恰好有空才來夜樓這邊休息一下，跟衛稜小喝幾杯。

鄭歎看了看，跟在葉昊身邊的是豹子，老樣子，還是沒見到龍奇，估計現在龍奇對貓有種恐懼感了。

和上次見到的時候不一樣，現在的大貓確實有點爵爺的風範，不管是CFH還是所謂的超級貓，總歸還是貓。貓本來性子就有些傲，以前大貓過著流浪的生活，毛沒那麼順，現在看著不僅順亮了，還又壯了一些，精神狀態也不錯，威風凜凜的，走進來的時候那尾巴翹得跟旌旗似的，就差沒在上面標注「高富帥」了。

爵爺跟在葉昊的身邊還挺安分，進來之後就蹲在旁邊，沒到處閒逛，不像鄭歎，沙發上趴一趴，跳到茶几上吃吃喝喝，再上個廁所，盡折騰。

不過，焦威是第一次見到爵爺，也是第一次見到這麼大的貓，剛才還以為是狗呢，再看看，臥槽，好大的貓！

「這位是黑碳牠家熟人的孩子，在楚華大學上學。」衛稜給葉昊介紹道。

焦威注意到，衛稜介紹他的時候是說的「黑碳牠家」，而不是「焦副教授他家」，這話值得琢磨。

葉昊「哦」了一聲，就沒再問了，而是跟衛稜聊起天來。反正也不是什麼機密話題，不怕被焦威聽到；再說，既然是黑碳牠家的熟人，又是衛稜帶過來的人，也不會對自己不利。

「對了，你們那個合作的工程弄得怎麼樣了？」衛稜問。

說起這個葉昊就皺眉，「聯繫不到人，他祕書總說在忙，要預約，但預約的人多，一排就排個十來天。」

「方三爺嘛，日理萬機，忙是應該的，不止你一個受到這種待遇。」衛稜拿著那瓶二鍋頭，跟葉昊碰了下，喝了兩口。

葉昊瞧了蹲旁邊吃花生的黑貓一眼，「是啊，方三爺日理萬機的時候，還為貓送貓跳臺過去。」

「噗！」

衛稜一口酒噴出來了。

「啥？方三爺還送那玩意兒？親自去送的？」

「是啊。」

這事可是葉昊好不容易打探出來的。

坐在邊上的焦威垂頭，心裡的羊駝駝開始奔騰了。不會是自己想的那個樣子吧？

「不愧是**患難與共**的感情啊！耗子，這貓大腿你可得抱緊點。」衛稜笑呵呵的道。其中「患難與共」著重強調。

鄭歎扯扯耳朵，裝作沒聽出這個詞裡的意思。那段日子實在不願想起來。

雖然衛稜這句聽著像玩笑話，但也有理。葉昊也打算到時候跟方三爺見面，先不談工程，提一提這隻貓。

作為生意人，肯定不會因為某個人或者一隻貓而輕易做決定，但至少能夠拉近一下雙方的距離，總不至於連人家喜好都不知道的時候處於過度的被動狀態。

抱貓大腿，這是焦威以前沒想過的，其實只要是正常人都不會往這方面想，可焦威現在卻真正遇到了。

焦威不知道在這種高端大氣上檔次的地方跟衛稜一起喝二鍋頭的兩個人是誰，也不知道他們所談論的「方三爺」到底是個什麼身分背景，但能肯定這兩個都是大人物，而那位看上去不太可靠的「方三爺」顯然等級更高一些。

葉昊只在這裡待了一會兒便離開了，爵爺跟著離開。鄭歎倒無所謂，反正跟那隻大貓也不熟，來這邊也只是無聊玩一下而已。

等下面東宮那邊的演奏開始後，鄭歎就趴在拉開的窗口往下方瞧。而衛稜，和以前一樣，開始套話，之前套阿金的話，這次套焦威的話，圍繞的還是方三爺。衛稜實在好奇方三爺的想法，居然來楚華市之後，「日理萬機」一下還為一隻貓送貓跳臺。

可惜這次衛稜要失望了，焦威也只是短暫見了方三叔一面，其他的並不知情。

衛稜看著趴在那邊聽演唱的貓，心裡嘆氣，想幫忙打聽點情報都不行。不光是葉昊這邊，還有天元生物那邊，已經有好幾個合作商找袁之儀打探方三爺的事情，衛稜原本想幫點忙，可惜打探不出什麼。至於焦副教授那邊，就不適合去套口風了，那樣只會讓人覺得得寸進尺，而焦副教授也沒有往那邊湊的意思，能夠搭上方三爺這條線，是幸運，都是那隻貓的功勞，其他的還是得靠自己奮鬥。

想起袁之儀在辦公室放的那個招財貓，衛稜就想笑，那是袁之儀專門定做的，純黑色。甭管以前是不是從事研究事業，作為商人，總會有這樣那樣的講究。

灌了口酒，衛稜心裡嘆道：還真是隻招財貓！

今天沒待太晚，九點多的時候，衛稜就讓人幫忙開車將鄭歎和焦威送回去。

司機已經跑過很多次了，路熟，直接從楚華大學東校門開進去，在社區大門口停下。焦威也在這裡下車。

看著跳出車窗往住宅樓房那邊跑過去的黑貓，焦威心裡還是有一種荒謬感，這貓的日子過得比人還爽快！

這種事情說出去誰信啊！

不過，真能夠解決自家餐館的麻煩事的話，就不得不相信了。

焦威抬頭看了看天空，往小餐館那邊走去，他回來不去一下店裡，父母也不放心。

第七章

貓生都昏暗了

夜空月亮挺亮的，過兩天就是中秋。

鄭歎回到焦家的時候，正看到焦遠在拆一個包裝盒。

——月餅？

看看客廳的月曆，還真的差點忘了。不過可惜的是，現在中秋節還不是國定假日，焦遠和小柚子他們依然要上學。

不過……

鄭歎看了看擱在那裡的兩盒精裝月餅，依照焦媽的風格是不會買這種「浪費錢的東西」的，應該在蛋糕店零買一些才對。這麼說，應該是別人送來的。

一到這類節慶假日，送禮行動就開始了，別管是官場、商場還是職場，就算現在中秋節還沒有列為國定假日，依然給了很多人送禮的機會和藉口。諸如方三爺、趙董等人，都是那些人想方設法湊過去巴結送禮的目標，而眼前這兩盒就是趙樂晚上送過來的。

原本有三盒，焦爸拿了一盒去生科院，分幾個給易辛和蘇趣。

由於已經吃過晚飯，焦媽只允許焦遠吃一個，明天早上可以帶一個，上兩節課之後覺得餓的話就拿出來解決一下。

「媽，黑碳也要吃，給牠吃幾個？」焦遠對房裡的焦媽喊道。

「你們一人只准吃一個，黑碳也只能吃一個！最近黑碳都胖了啊！」正忙著接電話的焦媽說道，然後將房門關上，繼續打電話。

小柚子幫鄭歎拆了一個蛋黃的，鄭歎抱著在沙發上啃，但耳朵支著，聽臥房裡面的動靜。打個電話還弄得這麼神祕？不想讓兩個孩子知道嗎？

焦遠和小柚子聽不到房裡打電話的聲音，但鄭歎聽得見，雖然不太清晰，但至少能夠抓住幾個關鍵字，好像還涉及到即將到來的十一假期，以及……買車？

鄭歎動了動耳朵，咬月餅的動作停下，很認真地聽著房間裡的聲音，可惜焦遠這小屁孩話特多，鄭歎索性扔下月餅，來到房門口，靠近門，聽裡面的動靜。

見到鄭歎的動作，正在吃月餅的兩個孩子相視一眼，放下手上的月餅，踮著腳來到臥房門口，將耳朵貼在門上聽。

裡面打電話的焦媽絕對不會想到門口會有偷聽的，還在跟人聊得起勁。

焦爸回來的時候看到的就是這樣一幕：兩個孩子站在門兩邊，耳朵貼門上，下面還有一隻貓也跟他們一樣，尾巴尖還時不時勾兩下，像是在想什麼心事。

見到焦爸回來，焦遠一點都沒有被當場抓住的尷尬，而是激動地問焦爸：「我們家是不是要買車了？」

焦爸心裡好笑，敢情這孩子就因為這事才偷聽的，「有這個想法，不過還沒定下來。」

雖然已經有了計畫，但是焦爸還是沒有將話說得太滿，省得到時候有什麼變故的話，讓兩個孩子失望。

焦遠和小柚子畢竟還是只孩子，聽到焦爸這話也沒深想，只要知道有這個可能就好，繼續回到沙發上坐下，一邊吃沒吃完的月餅，一邊看電視。

「吃完準備洗澡睡覺，別看太晚。」焦爸對兩個孩子說道，路過鄭歎旁邊的時候，伸出手指戳了下鄭歎的額頭，「你也是，早點睡。還有，最近多運動，你看你都胖了一圈了。」

鄭歎扯扯耳朵，來到小柚子房間的鏡子前看了看，也……沒胖多少。

回想了一下這段時間的生活，好像除了接送小柚子之外，就是吃飯、睡覺、圍觀軍訓。至於口糧，跟著焦家的人一日三餐，中間間歇性還吃了一些其他食物，雖然有些小挑食，但相對於其他貓來說，他吃的東西範圍太廣，再加上確實沒怎麼動，有那麼點跡象。

不會過段時間就變成跟大胖一樣的胖子吧？

不管有沒有胖，鄭歎第二天重新拾起了扔掉許久的跑步運動。

翟老太太跳完舞回來，手上還搖著那把嫣紅的毛扇子，見到小跑著的鄭歎，叫道：「喲，黑碳，好久沒見你跑步了。」

翟老太太旁邊的一位老太太也說道：「那貓看著比以前養好了些。」

所謂的養「好」了些，意思就是胖了些。只不過這裡的人覺得將寵物養得胖點好，要是瘦不拉幾的，人家還以為你苛待寵物呢。就像東教職員社區裡面，公認的餵養得最好的，就是大胖那個胖子！大多數人見到大胖的第一句就是「這貓養得真好」！

當初大胖家那位老太太還怕牠因為肥胖而有什麼疾病，去檢查了一下，結果除了胖點，沒什麼大毛病，能跑能跳的，大家還覺得挺稀奇。

不管怎麼樣，鄭歎決定將放下許久的跑步撿起來，反正現在天氣也漸漸轉涼，不會像夏天那時候熱死人。

最近幾天學校廣場上的人比較多，社團招募新生，比較熱鬧。直排輪社團的社員們排著隊型穿著直排輪繞著學校的主幹道轉圈，胳膊上還綁著一些字條，可以組成宣傳標語。裝備也整齊，呼啦呼啦一隊人從眼前滑過的時候，看著挺酷，也滿足一些人耍帥的心理，所以見到的新生很多都會去廣場上直排輪社團攤位那裡詢問情況。

還有自行車社團，一隊人騎著拉風的自行車，有時候舉看板，有時候喊口號，繞著校園騎。在廣場那裡他們社團攤位的地方，還放著一些照片，都是假日的時候一起騎車出去旅行拍的。上面還有一些如「騎行天下」之類的標語，正好滿足一些人十一假期騎車外出的心理。

有時候還能看到一些裝扮得如動漫人物一樣的學生，那是動漫社團的。楚華市有時候會舉辦一些動漫展，裡面有cosplay，他們也會去參加，所以每年的社團招新和動漫展的時候，就能在校園裡看到那些很吸睛的coser。

這是鄭歎在跑步的時候見到的，還有很多社團都只在廣場那裡打廣告，鄭歎站在遠處看了一會兒，有穿著戲服的人，還有穿著舞裙的，甚至還有穿武術服裝、跆拳道服裝的人，那些都是人氣很高的社團。

鄭歎以前上大學的時候沒參加過這種，那時候似乎也沒注意這些，多半時間也不在學校，很多在大學裡面會遇到的活動，他來這裡後才瞭解。

鄭歎還看到焦威了，不是鄭歎眼力太好，他只是往周圍一些比較冷門的社團那邊看了一眼，那邊也沒多少人，一個社團那裡只有焦威一個人而已。不過，因為角度原因，鄭歎看不到那是什麼社團，也不怎麼感興趣。

又小跑了一會兒，路過生科院的時候，鄭歎跑到焦爸辦公室窗前那棵樹上看了看，辦公室沒人，易辛和蘇趣也不在，估計正忙實驗。

沒多待，鄭歎回到東教職員社區準備回家睡一會兒，沒想到又見到了停在樓下的方三爺的那輛四個圈。此刻方三爺正靠在車門那裡掏手機。見到鄭歎，方三爺挺高興。

「哎，正準備打電話給你貓爹呢，你家沒人，幫我開一下門。」方三爺又將手機收起來。

鄭歎狐疑地看了他一眼，衛稜和葉昊不是說這傢伙「日理萬機」嗎？現在怎麼又有空閒跑這裡來？

跳起來刷卡，在大胖家拿了鑰匙。流浪回來之後，鄭歎嫌將鑰匙藏樹上麻煩，就直接藏大胖家陽臺上一個地方了，反正大胖平時基本都蹲在陽臺上看家。如果大胖去拜訪親戚，鄭歎再將鑰匙藏樹上。

對於鄭歎能自己開門，方三爺也沒什麼太驚訝的，早透過焦爸的口知道了。流浪那段時間，他還知道這貓自己開熱水、自己用吹風機呢！

方三爺這次拖了好幾盒精裝月餅過來，他要回京城過中秋，但這邊送禮的人太多，他又吃不了這些，分了一些給下面的人之後，方三爺順道送了一些過來焦家這邊，送完之後他就會直接開車回京城。

方三爺將東西放下之後，打了通電話給焦爸。

打完電話，方三爺對懶洋洋趴在沙發上的鄭歎道：「你貓爹好像在買車。雖然他沒說，但我聽到那邊一些人的談話聲了。」

說完，方三爺又看了看貓跳臺，見架上有被撓的痕跡，還有幾根貓毛，知道是真派上用場，便滿意地離開了。

方三爺離開之後，鄭歎就趴在陽臺那兒盯著樓下，進來一輛車，就伸長脖子看看。

等到小柚子中午下課的時候，鄭歎也沒等來預想中的車，沒辦法，只能先去附小接孩子。

中午焦爸已經打電話跟小餐館的人說了，不過來吃，鄭歎猜想焦爸估計還在忙車的事情。不過也難為焦副教授了，上班時間跑出去看車，手頭的事情估計又甩給了易辛或者蘇趣。

雖然上午沒等到，鄭歎下午也沒出去，就在社區的幾棵樹上爬著玩了一會兒，然後找了棵樹，趴上面睡覺。

一直到快五點的時候，終於見到焦爸回來，不過他是一個人走進社區的，鄭歎往焦爸身後看了看，沒看到車，又疑惑地瞧瞧焦爸。

車呢？

可惜沒等來焦爸的解惑，鄭歎決定今晚去聽牆角。一般晚上等兩個孩子睡了之後，焦爸焦媽會談論一些事情。

吃完晚飯，陪兩個孩子看電視看到九點，等兩個孩子上床睡覺，鄭歎就跳下床準備去偷聽。

小柚子的房間裡關燈了，但小柚子還沒睡，聽到旁邊鄭歎的動靜，小柚子從枕頭底下掏出一個小手電筒，「黑碳，你幹嘛去？」

鄭歎甩了甩尾巴，看向門鎖。

小柚子起來，踩著拖鞋過來替鄭歎開門，動作輕輕地，盡量不讓門鎖發出聲音。將門打開一條小縫，正好能讓鄭歎出去。這樣的配合已經很多次了。

鄭歎來到臥房門口蹲下，側著頭，將耳朵貼向臥室的房門，而小柚子則重新回床上躺下。十來分鐘後，鄭歎重新鑽回被窩。心情不錯。

焦爸確實買車了，明天去牽車，估計還有一些手續要辦理。除了車的事情之外，焦爸焦媽談的主要就是十一假期的事，焦爸妹妹的孩子十歲生日宴早收到請帖了，到時候夫妻倆會帶孩子過去，開自家新車，順便將鄭歎也帶上。

在他們那裡，孩子十歲生日宴是件大事，家長都比較重視，既然恰逢假期，焦爸焦媽肯定不會拒絕，正好也回老家家看看。

除了車的事情之外，其餘的就是談論親戚之間的那些破事，鄭歎沒興趣聽，聽到自己想要的消息之後，就樂顛顛地回來了。

但是，正因為如此，鄭歎錯過了焦爸與焦媽談論的比較關鍵的地方。至少對於鄭歎來說，是比較關鍵的。

很多人家裡要出遠門的話，會將家裡的寵物寄養在寵物中心那邊，十一連假總共也沒幾天，寄養在那裡其實也沒事，大家都這樣做。而鄭歎比較特殊，焦媽捨不得讓他獨自一個被關在寵物中心，又不放心讓小郭他們幫著養，要是不見了怎麼辦？所以還是自己帶著吧，反正自家貓聽話。

但是，另一件事情就麻煩了。

焦爸妹妹住在老家那個縣城的市中心，三層樓的透天厝，空間比較大，到時候請的客人估計會比較多，雖說在餐廳宴請，但除了酒宴的時間之外，一些親戚朋友也會在家裡休息。人多，孩子也多，屁事不懂又破壞力十足的熊孩子們，都是寵物的剋星。所以焦媽有些擔心到時候有個什麼衝突就不好了，雖說自家貓沒怎麼撓過人，但萬一到時候哪個熊孩子惹毛了自家貓被撓了呢？吵架嗎？

「沒事，她們家有一條寵物犬，也養了一隻貓，平時跟孩子們相處還不錯。再說了，還有大人看著呢，我們家貓也聰明，不會引發衝突的。」焦爸說道。

「我還是不放心。」

「到時候讓黑碳跟著小柚子，我再跟那邊的人打打招呼就行了。」

次日，焦爸終於在晚飯前將車開了回來。

銀灰色的，很普通的家用車，不像袁之儀的車那麼威風，也遠比不上方三爺的四個圈，但鄭歎和兩個孩子都很高興。

再高級的車，那還是別人的，就像再富麗堂皇的宮殿，那也不是自己家，沒那種感覺。

當老闆的袁之儀肯定要配一輛好點的車撐臉面，而方三爺更甚，四個圈已經是他所擁有的車裡面比較低調的了。不過，對於焦家來說，這樣一輛比較普通的家用車已經足夠。

鄭歎知道現在焦爸手頭的錢雖然寬鬆了些，但也沒太多能花銷。之所以忙著買車，一個是回老家那邊的時候開自家車方便一些，再來就是想快點讓焦媽熟悉一下，到時候他出國的話，焦媽在這邊也能用上，去哪裡也不用騎著電動摩托車，畢竟載兩個孩子加一隻貓有些危險，開車的話就能省去不少麻煩，下雨天也方便。

如果是讓曾經的鄭歎評價這車，估計看不上眼，但現在鄭歎挺高興的，從車窗跳進去之後，就開始左看右瞧，覺得新買的車氣味不怎麼對，太陌生。突然想起了阿黃和警長圈地盤的時候做的事情，用尿標記肯定是不可能的，那樣的話鄭歎以後就別想上車了。

除了尿標記，還有蹭上氣味。貓的鬍子和耳朵附近有分泌氣味的腺體，透過蹭來蹭去的摩擦方式將自己的氣味散播到周圍的物體上。

所以，鄭歎學著阿黃牠們在車座等地方蹭了蹭，然後嗅嗅，似乎作用不明顯，再蹭、再蹭……

人在熟悉的氣味環境下會比較安心，就算房間裡總放著臭襪子，或者一桶沒洗的衣服，只要能忍受、能習慣，就行，如果突然讓他到一個很乾淨，沒有其他任何雜味的房間的話，一時半會兒他還會拘束。

久聞不知其臭，生理學上講，是屬於「嗅覺適應」。但另一方面其實也說明了一個「我的地盤我的臭」的哲學問題。

於是，鄭歎蹭得很投入，蹭得心安理得。

焦爸看著自家貓在裡面到處蹭，想了想，還是由著他了。估計除了他們家之外，沒誰家會讓寵物在新買的車上亂蹭。

車裡面並沒有裝飾一些其他東西，比較單調。買車的時候送了一個據說是開過光的掛件，焦爸總覺得礙眼，便拿下來了，到時候回老家，再去找那位老婆婆弄一個。外面送的這類東西，焦爸不相信。

不過，在焦遠和小柚子回來之後，車就變樣了。焦媽還繡了一個「平安」的十字繡掛件，車上也被小柚子和焦遠放了幾個小娃娃，看著多了一些生氣。

鄭歎蹭完車之後，覺得差不多了，又在車座上滾了一圈才出來。

正因為有了車，鄭歎才特別期待十一出行，甭管去哪裡，這也是個新的體驗。

由於十一假期第一天出行的人會很多，焦爸決定在九月三十號這天出發，由於提前幾天就開始做準備，出發的時候並沒有倉促的感覺。等兩個孩子放學，焦媽和焦爸都回來之後，吃了晚飯，七點的時候出發。

他們這次的目的地是屹陽，也就是他們老家所在。從楚華市到屹陽，走高速公路的話大概兩個小時的車程，焦爸已經向那邊的兩位老人家說了，焦老爺子昨天就從村裡來到鎮上的房子，打掃衛生。雖然鎮上有房子，但焦家兩位老人總還是喜歡待在村裡，那裡熟悉，從村東頭到村西頭，都是認識的人，打麻將也能隨叫隨到，不會太無聊。只是偶爾會在鎮上住一段時間，跟一些搬到鎮上的親戚走動走動。

九點多的時候，他們才到達住處，兩位老人家已經站在門口等著了，將外面的燈也開著。

焦老爺子還挺高興地過來跟許久不見的孫子打招呼，結果第一個竄出來的是一隻黑貓。

「怎麼還帶牠過來？！」

焦老爺子跟鄭歎對著瞪。

雖然焦老爺子對於焦爸他們把貓帶著有點不滿，但畢竟兒子一家好不容易都過來了，而且時間已經很晚，也沒對鄭歎找碴，回去跟老伴一起收拾房間去了。

鎮上的這間房子是透天厝，並不是公寓式大樓，相對來說比較自由，再加上地域原因，空間也大得多，難怪焦老爺子不願意去楚華市那裡。

收拾了兩間房出來，焦爸和焦遠一間，焦媽和小柚子一間。鄭歎想了想，無視焦老爺子拿出來的舊沙發墊和紙盒做成的簡易貓窩，跑進焦媽和小柚子那間房。

焦老爺子因為鄭歎的存在，還特意將剛買的魚用東西蓋著，防止被貓偷食。

第二天，焦老太太起了個大早出去買早餐，很多本地的特色早餐在楚華市是吃不到的。兒子孫子好不容易回來一次，老太太也買了很多，不過沒鄭歎的那一份，吃早餐的時候還是焦爸他們四個分了些出來給他，看得焦老爺子直瞪眼。

「這貓養成這德行都是你們慣的！」

老太太雖然沒出聲，但看樣子是支持老伴的話。

焦爸只是笑笑，不出聲，這種時候出聲只會讓老爺子話更多。

鄭歎吃兩口，抬頭看看焦老爺子，尾巴慢悠悠甩兩下。

——老頭你瞪啊，再瞪也沒辦法～～

焦老爺子挑了兩口米粉，筷子一放，捂著胸口說：「胃疼！」

眾人：「……」

——敢情您老的胃長在心臟那裡？

「吃你的！你說你跟一隻貓嘔什麼氣？！」老太太睨了他一眼。

焦老爺子哼哼兩聲，不說話了，重新拿起筷子。

「對了，明生啊，吃完早餐去看看姚紅，她住院了。」老太太說道。

「怎麼回事？」焦爸驚道。

姚紅是焦爸的表姐，焦爸記得那人挺健康的，自打表姐夫商場得意之後，表姐姚紅也一躍成為貴婦，平時還挺注意保養的，怎麼會把自己搞到進醫院？

老太太嘆了一口氣，「聽說好像是吃減肥藥吃的，不過只是猜測，現在醫院那邊還沒個結論，不知道到底怎麼回事。」

他們說的是方言，鄭歎之前也聽過一點，雖然算不上全懂，但也能從中聽懂一部分。

聽到老太太的話，鄭歎心裡感慨：嘖，吃減肥藥也能將自己吃進醫院。

焦爸想了想，點點頭，「我知道了。不過，有些減肥藥確實不太好。」

鄭歎抬頭看了看焦爸，感覺焦爸應該是推測出了原因，但是又不好在這裡明說，所以只是簡單答了一下老太太。

十歲生日宴在明天，今天焦爸決定先讓兩個孩子在家休息一下，他們夫婦去醫院看望表姐，老太太跟他們一起去。

這樣一來，家裡就只剩下兩個孩子、一個老頭，以及一隻貓。

兩個孩子在看電視，焦老爺子閒逛了一圈，不知道從哪裡扯過來一根狗尾巴草，去騷擾躺沙發上休息的鄭歎。鄭歎原本不想理這老頭，可這老頭還來勁了，鄭歎一爪子將那根狗尾巴草抓過來，扯斷後扔旁邊，然後跑到焦遠和小柚子中間趴下，他就不信這老頭還這麼無聊去惹孫子煩。

焦老爺子看了看兩個孩子，又看看趴中間的貓，哼了一聲，跟焦遠說了幾句之後，就拖了張椅子過來，坐那裡跟兩個孩子一起看動畫片，看得還挺高興。

下午焦爸焦媽回來之後，在房間裡談論，鄭歎支著耳朵偷聽了下。

「估計就是減肥藥的原因。我問過，確定了紅姐她買的是那個時下很暢銷的名牌減肥藥，而那個藥我聽醫學院那邊的人說過，那裡面的主要成分就是鹽酸西布曲明，對於這個，國外一直存在爭議，而且在前兩年，歐洲那邊開展了一個 SCOUT 西布曲明心血管終點試驗研究，現在研究還在進行中，不過聽說有死亡和心血管事件，正式結論好像還沒出來，得等個幾年。不過，我估計明年國外會開始預警了，至於國內的情況……說不準。」

「紅姐她還不承認呢。」焦媽嘆道。

「在這之前，紅姐平時的一些症狀也和那藥的副作用相似。她就是要面子，死不承認。不過今天跟她說的話應該是聽進去了，接下來一段時間應該會注意點。」

「哎，你再說說，那個很有名的減肥藥，現在國外的研究怎麼樣了？」焦媽對這個話題還挺感興趣的。

女人嘛，總希望一直保持個好身材，但年紀來了之後，容易發福，尤其像焦爸他表姐那樣的，發達之後應酬也多了，體質也容易發福，為了不掉面子，就使勁吃減肥藥。

鄭歎聽著焦爸和焦媽的談話，他們談論的那個減肥藥的牌子，鄭歎記得當年確實流行過很長一段時間，還有很多明星代言，不過後來幾年倒沒聽過了，不知道到底發生了什麼事。現在看來，莫非和焦爸預料的一樣，被禁了？

鄭歎抱著聽故事聽八卦的心態聽了一會兒，他對這個還挺感興趣。不過，鄭歎的好心情在晚上被打到低谷。

扯著耳朵聽焦媽又說了一遍，鄭歎才確定自己的災難是真的要來了。

——熊孩子，明天要面對一堆熊孩子……

——突然不想去了怎麼辦？

但家裡人都出去，焦媽估計不放心將鄭歎獨自留在這裡，包都準備好了，就等著明天裝鄭歎，晚上還讓鄭歎好好洗了個澡、刷毛、吹毛，弄得乾乾淨淨，然後將貓牌戴上。

但是一想到要面對的，鄭歎實在高興不起來。

——真他媽操蛋！

十月二號這天，焦老爺子和老太太難得穿著一身新衣，焦遠和小柚子都被焦媽精心打扮過。所謂的十歲生日宴，除了為小壽星過生日之外，大家肯定就得談談孩子。

社會規則就是這樣，小的時候比成績，長大以後比身家家世，結婚以後比孩子，再然後，又是個新的循環。焦遠和小柚子還小，不懂，但焦爸焦媽早有了這方面的心理準備，所以提早為兩個孩子買了新衣服，打扮得體，甚至到時候一些應酬的話也打好了腹稿。

至於鄭歎，正蹲在焦媽拎著的包裡面，耳朵往後扯成個飛機狀，一臉的不高興。

車裡面空間這時候就顯得小很多了，焦媽坐在副駕駛座上，後排坐著兩位老人家和焦遠，小柚子被老太太抱著。鄭歎看小柚子那樣，似乎有些緊張。也是，都不是熟悉的人，要是顧家那邊的人還認識幾個，可現在這邊的都是焦家的人。

不過，這也免去了一個麻煩，顧家那邊很多人都知道小柚子被她媽扔回國內，然後自己一個人在國外逍遙，不管孩子。光是這件事就能夠被那些婆婆媽媽們嘮叨很久。所以，不碰到顧家那邊的人也好，耳根清靜。

二十多分鐘後，焦爸的車停在一棟三層的透天厝門口。那裡已經停著好幾輛車了，周圍也有很多人。

焦媽先帶著兩個孩子下車，焦爸將車停到不遠處的餐廳那邊去，反正到時候生日宴也在那邊，那裡的停車場大，不像這邊這麼擠。而且，孩子多了之後，劃車之類的事情經常發生，為了避免新買的車沒幾天就「受傷」，焦爸還是將車開走了。

焦媽一手挎著包，一手牽著小柚子；至於焦遠，周圍很多人他都認識，就算有一年多沒見，但湊在一起玩一會兒就熟了。十來歲的孩子了，焦媽也不可能一直盯著他，反正焦遠也不樂意跟那些上幼稚園的小孩子一起。

小柚子有些拘謹，抿著嘴不怎麼說話，焦媽跟人打招呼的時候偶爾讓她叫一叫人。

傳統的稱呼太複雜，估計小柚子也搞不懂，這邊的方言小柚子也有很多聽不懂，從小她接觸最多的就是國語和英語。不過有焦媽在旁邊，她也不用太擔心。

「喲，妳怎麼還帶貓過來？」一位大嬸看著焦媽包裡的鄭歎，笑道。

「這可是我們家的寶貝，都不放心把牠留楚華市，就一併帶來了。很聽話的，不亂跑。」焦媽跟那人說道。

那大嬸旁邊還站著個七、八歲的小孩，看著從包裡露出來的貓頭，咬了咬手指，然後慢慢挪過來，伸手要揪鄭歎的鬍子，鄭歎將頭重新縮回包裡了。

上樓後，焦媽來到一個房間，這裡面待著一些孩子，基本都是女孩，男孩子都在外面跑，閒不住。焦媽為幾個孩子介紹了一下之後，就讓小柚子先留在這裡跟這些孩子們一起看光碟片，焦媽還得去跟一些人打招呼。

這裡有個十多歲的女孩子，大概是國中生，負責招待這裡的幾個孩子，她笑著替小柚子拿了個坐墊讓她坐，還遞給她一杯果汁。

這個房間的地板上鋪著安全地墊，其他人都拿著坐墊直接坐地上，旁邊有個小屁孩在地墊上爬，估計還不會走，但爬得挺有力，而且一邊爬一邊流口水。

鄭歎從包裡出來，挨著小柚子坐著，一開始還有幾個孩子過來騷擾鄭歎，但慢慢地大家都看光碟片去了。

正瞇著眼睛打盹，鄭歎突然感覺一股奶味靠近，睜開眼，正看到那小屁孩盯著自己，還「啊啊」地叫兩聲，話語也很模糊，聽不清楚他到底在說啥。

——啊個屁！

鄭歎扯了扯耳朵。

「喀喀喀——」那小屁孩笑了幾聲，又開始模糊地說話，一邊笑，一邊流口水，還一邊往這邊爬。

看著那小屁孩爬過來，鄭歎覺得腦袋疼，起身往其他地方走。

那小屁孩還跟上癮了，爬得可帶勁。

最後鄭歎蹲在一個櫃子上，還是高處比較清靜，既沒人騷擾，也不用面對小屁孩。

櫃子旁邊有扇窗戶，鄭歎從窗戶往外看，瞧見焦遠和幾個跟他差不多大的孩子正打鬧著、到處跑，再看看房間裡的，對比鮮明。

不得不說，女孩子還是比男孩子要安靜一些，至少這個房間裡面的女孩子都挺安靜。

至於唯一的那個男孩，還是個不滿一歲的小屁孩，鄭歎直接將他無視了，任由他在下面一邊流口水、一邊「吧噗啊嗒」地自言自語。

不過沒等多久，就進來一個老太太將小屁孩抱走了，估計是他奶奶。沒了小屁孩吵，鄭歎也沒跳下櫃子，就蹲在櫃子上，迫切希望時間過得快點。

小柚子見鄭歎蹲在櫃子上後，也就不再擔心了，跟周圍幾個小女孩一起看租來的動畫片。那些都是女孩子喜歡看的，鄭歎看不下去，只能蹲在櫃子上打盹。

按照這地方的習俗，十歲的生日宴是兩頓，中午一頓，晚上一頓。

其實，說是十歲生日宴，真正按照出生時間來算的話，只有九歲。不過習俗如此，鄭歎也懶得去糾結，他現在想的是，小柚子好像也八歲多快九歲了，到時候在楚華市也辦十歲生日宴嗎？可小柚子她那個無責任的媽一直待在國外呢。

——嗯，到時候就去方三叔的韶光飯店，應該好好為小柚子慶祝一下。

終於等到中午，焦媽過來帶小柚子離開，鄭歎重新跳進包裡被焦媽拎走。餐廳不遠，一群人直接走路過去。

這次鄭歎沒進飯店，就待在焦爸的車裡面，原本小柚子想將鄭歎一起帶進餐廳去，但焦爸讓鄭歎選擇的時候，鄭歎直接跳進車裡了。他看了一下，跟焦遠一起進去的孩子好多，他不想去那裡擠。到時候一個桌子上人又多，熊孩子又多，周圍都是不認識的人，還是等到時候焦爸他們吃了之後再帶飯過來。

待車上雖然有些無聊，但總比過去那邊面對熊孩子和各種陌生人的好，那裡面太吵了。一覺醒來的時候，焦爸已經端著個碗過來了。送飯之後，焦爸又立刻轉回去，那邊還有人要找他聊聊。

餐廳的飯菜，鄭歎不怎麼習慣，不過好在還是溫的，像是剛熱過，所以勉強也吃一下填填肚子。聽說待會兒孩子們會去遊樂園玩，鄭歎決定到時候依舊待車上算了，反正以現在的遊樂設施，以及這個小地方的設備條件，估計沒什麼好玩的，他一成年人的心理，就更沒興趣跟那些小孩子一起玩了。

吃完之後，鄭歎在後座上趴了一會兒，覺得有些無聊，起來準備舒展一下身體，爪子搭在車窗那邊，伸個懶腰。

懶腰伸了一半，往窗戶外瞅的時候，恰好看到一大群熊孩子從餐廳門口出來，正往這邊走。從三歲的、到跟焦遠差不多的，有男孩有女孩，一堆人往這邊走。有幾個小孩子手上還拿著氣球，用氣球彭彭敲著抱他的家長，那家長還樂得開懷，笑著將臉湊上去讓拍。

鄭歎感覺骨頭疼，一看到這種熊孩子，感覺貓生都昏暗了。

去遊樂園由於孩子太多，大家分流，有車的每輛裝幾個，最後多出來的一起包車過去。於是，焦爸這車上多了兩個不認識的孩子，一個坐副駕駛座上，焦媽坐後面抱著小柚子，還有焦遠和另外一個鄭歎不認識的十歲左右的男孩。

那孩子手上也拿著個氣球，看到鄭歎之後，就用氣球敲鄭歎，不管焦遠和小柚子的抗議，也不管焦媽說什麼，他就是不安分。

鄭歎實在忍不住，抬爪子將氣球抓破了。

最後還是焦爸發話，那孩子才安靜下來一會兒，但也只是一會兒，坐著的時候眼睛還溜溜往鄭歎這邊瞧。

——瞧屁啊瞧！

鄭歎很不爽。

◆◇◆◇◆◇◆◇◆

這個城市的遊樂場離這餐廳大概二十多分鐘的車程，隔五分鐘焦爸就得訓一次話，不然那孩子就跟屁股上安了陀螺似的轉動，還伸手戳鄭歎，要揪鄭歎的尾巴，揪不到尾巴就要揪耳朵和鬍子，被鄭歎拍開了。

躲開也不行，車裡就這麼點地方，這熊孩子隔著人也過來戳。鄭歎又不能跑前面去妨礙焦爸開車，再說前面還有個孩子呢，誰知道前面那個會不會更難纏。

焦遠要揍那孩子，被焦媽攔住，要是真將人揍哭了，到時候又得吵架。但這孩子是真的不聽話，所以焦爸隔幾分鐘就得警告一下他。除了焦爸，這孩子誰的話都不聽，估計是知道其他人不敢拿他怎麼樣。

鄭歎突然很懷念楚華市了，真他媽希望時間快點過去。

終於到遊樂場的時候，那熊孩子的注意力才被轉移，車門一開就往外衝。

「黑碳，一起去嗎？」焦爸將車停到停車位後問道。

鄭歎趴在後座上不動，耳朵往後壓低了一些，也不理會人。

「好吧，你自己乖乖待車裡。這裡有一個貓砂盆，尿急的話將就一下。」焦爸將一個鞋盒大小的簡易貓砂盆拖出來放在空地，然後離開了。

車上有水，還有一些小零食，現在連「廁所」都有了，焦爸也不怕鄭歎出啥事。

車窗關著，但沒關嚴實，留著一點兒縫，也不怕有人來撬車，反正有鄭歎看守。

鄭歎看了看車窗外，遊樂場的設施跟他想像的一樣，比較單調，也很簡單，雲霄飛車之類的就別想了，不過有類似的項目，逗逗孩子足夠了。

鄭歎趴在車座上有些無聊，睡也睡不著，這兩天都沒出去閒逛，地方太陌生，鄭歎對周圍又不熟悉，即便想出去走走，焦爸估計也不會准，索性就做著吃、睡、吃、睡的簡單運動。

實在睡不著，鄭歎立起來，從車窗看外面的風景。

這個遊樂場周圍沒什麼高大的建築物，這座小城市還沒發展起來，相對於楚華市那邊簡直落後太多，就別提更南方的南城了。這還是所謂的「市中心」，焦爸他們老家還在鄉下農村，按照焦爸的計畫，十一假期準備去那裡看看的，就是不知道具體幾號過去。不過，不管怎麼樣，對鄭歎來說，只要不用面對那些熊孩子就行。

正想著，鄭歎看到一個四十多歲的大嬸抱著孩子從車窗旁邊經過，腳步有些匆忙。

鄭歎注意到並不是因為這個大嬸，而是她懷裡抱著的孩子，雖然用一件外套簡單遮著點，但由於離得近，路過的時候這個大嬸往後看了看，外套下滑，正好讓鄭歎瞧到那孩子的正面。

這不是早上還跟著自己爬的那小屁孩嗎？

那帶著小熊圖案的衣服鄭歎還記得清楚。不過這小屁孩似乎睡得沉，閉著眼。

那大嬸看了眼後方之後，將下滑的外套拉了拉，再次把孩子遮住，就抱著孩子直接往前走，前面不遠處有一輛摩托車，一個戴墨鏡的男人騎在上面，跟那大嬸說了一句話，然後抬手掀開罩在小屁孩上面的外套看了看，鄭歎感覺這人應該在看小屁孩有沒有小ＪＪ。

然後，那個墨鏡男就載著那大嬸離開了。

鄭歎不知道這孩子到底是誰家的，也不認識焦爸他家的親戚，本來沒想再去注意，再說就算有點疑惑，他現在也出不去啊！

但不到五分鐘，遊樂場裡面就有人跑出來，之前跟焦爸他們一起的幾個大人一臉的焦急，還詢問周圍的人。

鄭歎突然感覺不對勁，回想了一下，確實很多疑點。鄭歎沒遇到過這樣的事情，以前他只聽說有人用食物或者玩具去騙小孩，將孩子騙走，但那小屁孩才一歲不到，連走都不會走，就這樣將孩子偷了？

不是周圍很多人看著的嗎？那孩子的奶奶也一直跟著，怎麼會被偷？

直到十分鐘後，焦爸和焦媽他們出來，情緒很不好，焦遠和小柚子也識趣地不吱聲，現在各家帶著各家孩子，這次有兩個孩子過來坐車，不過並不是之前那兩個，現在這兩個孩子安分很多、很沉默，其中一個像是還哭過。

和來時的氣氛完全不同，車裡沉默中帶著壓抑，焦遠本來張了幾次嘴，最後還是什麼都沒問。

焦爸先將孩子送回她妹妹的房子那邊，然後帶著一家人回鎮上的房子，焦老爺子和老太太都還沒回來。將焦媽和兩個孩子送回來之後，焦爸打了幾通電話，便急急忙忙出去了。

焦爸出去之前，鄭歎聽到焦爸和焦媽在房間裡談論的話。

一般人販子會在甲地騙、乙地藏、丙地賣，如果不儘快找到的話，估計人販子會將孩子拐到外地去，那樣就更難找到了。所以焦爸他們現在都抓緊時間在尋找。

而那個孩子，就是焦爸他表姐的第二孩子，第一個孩子是女孩，後來好不容易有了這麼個兒子，平時也寶貝著。但這次，由於孩子他爸忙生意、他媽住院，都沒時間照顧，在家裡有保姆，出來的話就由孩子他奶奶帶著了。原本老人家只是想帶孩子出去玩玩，沒想到會出這種事，現在到處都急瘋了，有關係的找關係、有管道的找管道，焦爸也沒什麼空暇時間。

這座還沒發展起來的小城市，有監視器的地方不多，找起來確實不大好找。

鄭歎想起了自己那次被貓販子套走的經歷，覺得那小屁孩挺可憐的，那孩子什麼都不懂，不像他這樣會自救，而且應該還被餵了藥。

就像那些寵物貓，再精貴的寵物貓，做成菜，也不過幾十塊錢。而鄭歎曾聽說被拐的孩子賣出去都是賤賣，就幾千塊錢，在家裡被寶貝一般供著的，到人販子手上就只值這價錢了。

鄭歎真心希望，焦爸他們能夠快點找到那個小屁孩。

第九章 鬍子帶來的苦惱

那天晚上，焦爸很晚才回來，兩位老人家也被焦爸一同載回來的。和早上的神采奕奕相比，現在兩位老人家的精神狀態很不好，要不是平日裡二老還算健康，鄭歎懷疑這時候估計就直接倒下了。

畢竟，誰家出現這樣的事情都不會好過。而且，依二老的見識，心裡都很清楚那小孩落到人販子手上的下場。

這個夜晚，很多人注定要失眠了。

不僅失眠，晚上幾位大人也一直在談論著事情，凌晨兩點多的時候還陸續有電話打過來跟焦爸詢問情況。

鄭歎沒睡，在房間外面聽了他們的談話，也聽了兩位老人家的對話。

以前鄭歎不太懂這方面的事情，他所經歷的只有販賣貓的途徑，可現在畢竟是人，與貓是不同的。

自打孩子不見了之後，孩子他爸也放下手頭的工作，聯繫了一些人，印發懸賞公告，廣泛在周邊省市張貼。孩子他媽原本都準備出院了，結果一受刺激，繼續住院。

販賣孩子的事情很早就有了，全國的這類事件每年都在增加，而且一些犯罪組織也開始集團化，分工明確，單靠一地的警察很難偵破。更何況現在手頭所查到的資訊有限，一群人有心無力。

不過，就算沒有多少頭緒，還是得找，該聯繫的人也都聯繫了，多一條管道多一份希望。

凌晨四點的時候，又一通電話。

就怕手機沒電後不方便，所以焦爸將手機和座機號碼都留給一些人了。

寂靜的夜裡，座機的來電聲響讓人剛剛稍微沉靜下來的心也繼續懸了起來。

很多人都說，沒有消息就是好消息，至少能證明孩子沒事。這種說法有些自欺欺人，就像現在的這種情況，大家還是更希望能有點消息。

聽到電話鈴聲響，甭管老人、小孩，耳朵都支了起來。

焦爸接的電話，說了兩句，臉色很差。

「怎麼了？」焦老爺子披著外套走過來，步子邁得急了些，差點被地上的矮凳絆倒。

「沒什麼，我出去一趟。」焦爸將電話掛斷，回答道。

「你放屁！」焦老爺子也不管踢到的矮凳，走過來，指著焦爸說道：「我雖然年紀大了，但我不傻，沒老年痴呆呢，你別想騙過我！」

焦老爺子的說話聲有些大，情緒太激動，沒控制好，焦媽和老太太也都往這邊過來。

焦爸示意焦媽去照顧孩子，焦媽猶豫了下，嘆了口氣，轉身離開。

「老婆子，妳也去休息！」焦老爺子對老太太說道。

焦老爺子一直覺得出事了、有壓力的時候，就得男人來扛，就算即將面對的事很殘忍，那也得去面對，不能讓女人去承受。

老太太也知道焦老爺子的脾氣，就算真有什麼事情，他們現在也不會說。紅著眼睛，擦了擦眼角，老太太挪動小腳，往臥房走去。

鄭歎站在房門口，反正沒人說他，正好在這裡偷聽。

「說吧，他們打電話啥事？」焦老爺子沒了剛才的氣勢，扶著床沿坐下。

「大橋那兒發現了一個棄嬰，讓我去看看。」焦爸說道。

焦老爺子手一抖，雖然這話沒說全，但隱含的意思老爺子都懂。那邊正在調查的人既然讓焦爸去看，肯定不會是女嬰，而在這地方，男孩還是很寶貝的，極少有「棄嬰」這一說。偏偏又在這種時候被扔在大橋那裡，那男嬰估計……活著的機率不大。

「現……現在就去？」焦老爺子聲音發顫。

雖然不是自己的親外孫，但是親戚之間關係還不錯，逢年過節姚紅夫婦也也經常送過節禮給老爺子，那小屁孩也很討老爺子喜歡，發生這種事，老人家怎麼可能不心疼。

「還沒確定是不是呢，只是去看看。這事也還沒跟紅姐他們說。」

「行吧，我跟你一塊兒去。」老爺子也不等焦爸反對，說道：「我這張老臉還有點用。」畢竟是土生土長的本地人，老一輩人之中也認識些人，有時候焦老爺子在場的話，還是比焦爸的話更有用。

焦爸跟焦老爺子四點多出門，家裡其他幾人也都沒什麼睡意，一直到天亮，焦媽買早餐回來的時候，焦遠和小柚子坐在餐桌旁還不停打著哈欠，顯然一晚上都沒怎麼睡好。

鄭歎的心情也被影響了，胃口不太好，難得的沒吃完那份早餐，不過焦媽也沒說什麼，就只是嘆氣。

老太太吃完早餐想要出去散散步，說屋裡太悶了。

焦媽不放心，怕老太太的心情不好而影響了身體，年紀大了之後，高血壓、心臟病之類的毛病不少，得多注意著，現在這事讓老太太明顯看著狀態差了很多，要是在外面不小心摔一跤什麼的問題就大了。但家裡還有兩個孩子，焦媽得看著，走不開。

想了想，焦媽的視線最後放在正在大門口轉悠的鄭歎身上。

「黑碳，想出去？」焦媽問。

鄭歎甩甩尾巴，跳起來拉門鎖，看著打開的門，走到門邊，又轉身看了看焦媽，意圖明確。

「喲，這還真會開門呢！」老太太難得注意力被轉移。

「是啊，在家裡就經常自己開門，也不知道怎麼開的。」焦媽道。

老太太以為只是這種從屋內拉門鎖的開門，並沒有往用鑰匙開門那方面想。而且，會開門的貓不多，但確實有，周圍就有一戶人養的貓會拉門鎖，所以老太太並沒有覺得鄭歎有太過奇異的地方。

「媽，讓黑碳陪您出去吧，順便讓牠散散心，在楚華的時候牠就經常去學校裡逛，這次跟著出來估計被憋壞了。」焦媽說道。

聽著焦媽的話，老太太點點頭，「這貓不亂跑吧？要不要用繩子牽著？」

「不用，黑碳很聽話的。」焦媽趕緊道。她還真不忍心讓自家貓套上繩。

鄭歎聽著焦媽和老太太的話，裝作很乖的樣子。他確實想出去透透氣，這一晚上的氣氛太沉重了，有些壓抑、難受，還是出去走一走的好。

見老太太出門，鄭歎跟了上去，就在老太太旁邊走著，也不跑遠，速度也維持著跟老太太差不多的樣子。

焦媽站在門口看了會兒，直到老太太和鄭歎走遠，才回屋將門關上。

鄭歎一邊跟著老太太走，也一邊注意著周圍的景物路線。來這裡兩天，還沒好好觀察過這裡的地形環境。這周圍都是住宅區，往前走個一百多公尺，出了巷口，外面就是街道，那裡才熱鬧一些。

這片地區雖然不是市中心，但周邊已經有建設新區的意味了，老工廠的廠房被推倒，準備建設商業大樓，還有一些地方已經圍起來，估計開始建房了。

老太太走出巷口的時候，突然想起還跟著一隻貓，往旁邊看了看，見兒子家那隻黑貓一直緊緊跟著，也不往其他地方跑，遇到一些狗對著這邊叫也無動於衷，心裡滿意不少。也難怪兒子家將這貓寵成那樣，確實挺聽話的。

老太太準備出巷口之後，沿著街道走段路再回去。鄭歎也不多管，反正跟著老太太不會迷路。正走著，路過一個雜貨店的時候，老太太過去買了點水果糖，準備帶回去給焦遠他們吃。

「您這是帶貓出來閒晃呢？」雜貨店的老闆有些好奇地看著老太太腳邊站著的黑貓。

老太太扯出一個笑，「是啊，兒子家養的，陪我出來散散步。」

老闆也不多說了，將秤好的糖果給老太太，收錢找零。

提著水果糖，老太太又帶著鄭歎往回走。

鄭歎正準備跟上離開，突然看到一個熟悉的身影。

一輛小三輪慢慢從街上駛過來停到路旁邊，司機從裡面出來，走到雜貨店買菸。

像這種載客三輪車在城區很多地方都可以看到，相對於計程車來說要便宜不少，很多人為了省錢都會選擇坐這種車。

鄭歎看了看那個司機，沒戴墨鏡，衣服也不同，但鄭歎就是覺得這人跟昨天那個騎摩托車的很像，完全是憑直覺。

「黑碳，走了，回去。」老太太見貓停下來並沒跟上，便對那邊叫道。

鄭歎回頭看看老太太，又轉頭繼續盯著那個買完菸往回走的小三輪司機，視線放到那個司機戴著的手套上——黑色的皮手套，跟昨天騎摩托車的人戴的也差不多。等到那人跨上小三輪的時候，聳了聳肩，鄭歎更確定了。昨天騎摩托車的那個人在騎車之前也大幅度地聳了聳肩，估計這是一種個人習慣，反正鄭歎沒見到衛稜騎摩托車的時候聳肩。

老太太見鄭歎沒理她，又叫了兩聲，結果發現這貓直接就跑了。

「黑碳！你回來，快回來！！」老太太這下子急了，知道兒子家很寶貝這貓，這要是丟了，回去兩個孩子肯定得哭。

不是說這貓不亂跑的嗎？現在又是怎麼回事？！

可惜老太太腳力不行，小跑了兩步就停下喘氣，手上還拎著一袋子東西呢。

雜貨店的老闆坐在鋪子裡面，看著那隻黑貓不管老太太的叫喊，一直跑遠，搖了搖頭，低語道：「這出來遛還是帶狗比較好，貓哪會乖乖跟著妳遛啊！」

鄭歎一直往前跑，那小三輪已經開動了，不過前面由於施工，路面會有一些小石子，小三輪開過去的時候車速也不算快。

在車子拐彎的時候，鄭歎從開著的窗子跳進去。

那司機只覺得車震動了一下，從內後視鏡看了看，沒發現什麼異常，將原因歸結為路上的石子，開口罵了一句「操蛋的路面」，便繼續開著小三輪離開。

由於那邊有很多建築工地，周圍都圍起來了，也干擾了一些人的視線，再加上那時候小三輪剛好拐彎，所以也沒其他人看到鄭歎跳進小三輪裡。

鄭歎還怕中途有其他乘客上來呢，到時候就算躲到座位底下，只要乘客往下一看就能發現他。但好的是，這個司機似乎並沒有要載客的意思，開著車一直走。

鄭歎從簾子縫裡往外瞧，後面的路段有些偏，周圍似乎規劃過，有很多老建築物上畫著個大大的「拆」字，但並沒有開始建設。

等車開了一段路之後，鄭歎突然想到，萬一認錯了人，自己怎麼回去？！他不認識路啊！

老太太回到家的時候，焦爸和焦老爺子已經回來了，兩人的精神不太好。

確定大橋那裡的男嬰並不是小屁孩，父子倆接著又去找了幾個人，然後去醫院安慰了下姚紅，現在才回來。空著肚子，父子倆早飯還沒吃，焦媽正在廚房忙活。

老太太原本想說鄭歎的事情，結果見到焦老爺子，還是先問了孩子的事，知道後只是長嘆一聲，這時候還真不知道說什麼好。

小柚子從老太太進門的時候就趕緊跑出來，然後一直盯著門口，沒看到貓的身影。但是大人們在談話，她插不了嘴。

焦遠拿著遙控器換了幾臺，沒心思看電視，躺在沙發上準備睡一覺。焦遠快睡著的時候，小柚子戳了戳他，「哥，黑碳沒回來。」

焦遠一個激靈，睡意全沒了，看了看周圍，還真沒瞧見自家黑貓的身影。

「奶奶，黑碳呢？」焦遠問。

老太太一拍腿，一說起孩子，差點忘了這事，趕緊將剛才在外面發生的事情說了。

「黑碳跑了？！」焦遠跳下沙發，有些不敢相信。

「黑碳不會亂跑的！」小柚子也道。

攔住準備出門的兩個孩子，焦爸問老太太：「您說當時黑碳一直瞧著誰？」

滿臉愧疚的老太太想了想，「一個去雜貨店買東西的人。」

焦爸又問了幾句，老太太回想著，一一答了。

焦爸回房打電話說了一會兒，出來之後讓焦遠和小柚子乖乖待在家裡。

「怎麼回事？」焦老爺子將焦爸叫住。老爺子好奇心強，焦爸要是不將事情說完，他心裡就不對勁。

「我問過了，抱走毛毛的那個中年婦女出了遊樂場之後，從停車場那邊走過去，我的車就停在那邊，她應該有從我車旁邊經過，而且據那周圍的目擊者所說，騎摩托車接走人的地方也在那附近，那時候黑碳就待在車上，牠肯定看到什麼了，不然不會亂跑！那個去雜貨店買東西的人很可疑，我過去雜貨店那邊先問問情況。」

焦爸口中的「毛毛」就是那個小屁孩的小名。能夠得到一點有用的消息，焦爸重新振奮精神，拿起手機出門。

不管焦爸那邊和警方調查得怎麼樣，待在小三輪裡面的鄭歎覺得自己有些衝動了，還沒完全確定呢，就直接跳了進來，現在也沒退路了，不知道這車會開到哪裡去。

車開到近郊的地方，這裡還有一些民房，不過這些民房看著並不寒酸，都是兩、三層的小樓。小三輪沿著一條土石子路往裡開，來到一棟房子前停下。小三輪司機停下車之後也沒多看裡面的車座，直接掏鑰匙開門，進了樓。

鄭歎從窗口的簾子縫隙看了看周圍，見周圍沒什麼人，撩起簾子跳出去，來到一棵樹後藏起來。這周圍雜草很多，很適合藏身。

鄭歎看了看眼前這棟貼著白瓷磚的二層小樓，和周圍的民房都差不多，沒有什麼特色，不過門窗緊閉，二樓的窗子還是那種單面透視的玻璃，從外面根本看不見裡面是怎樣的情形。

鄭歎躲在樹後的草叢裡等了一會兒，最後索性找了棵樹跳上去，趴在一根樹枝上，從葉縫間看那棟小樓的情況。

周圍很安靜，這周圍的居民並不多，偶爾看到幾個人在外面閒逛。鄭歎在觀察那棟小樓時，也從周圍路過的一些人的談論中瞭解到這片區域要搞城市建設，有田的都得到了不少賠償款，準備搬走，有些整天在外面找房，有些決定遷往外地。這也是為什麼周圍沒多少人的原因。

在鄭歎等得有些昏昏欲睡的時候，那棟小樓的二樓窗戶被拉開，一個中年婦女正端著一盆水往外潑。

就是那個人！

鄭歎精神一振，覺得自己這趟確實來得值。

那個中年婦女往外潑完水之後，就將窗戶重新拉攏了。鄭歎圍著這棟二層小樓轉了一圈，還真不好找進去的地方。這棟小樓沒有後院，不能翻牆，一樓的窗戶也都關得嚴嚴實實的，唯一開著的兩扇窗戶還裝著防盜網，鄭歎根本擠不進去。

這樣一來，就只能從二樓進去了。

如果有手機更好，直接發封匿名簡訊給焦爸，可惜周圍找不到手機，打電話鄭歎不能說話，不能告訴別人地址。

還是自己來吧，至少要確定一下那個小屁孩還在不在這裡。

鄭歎圍著這棟二層小樓轉圈的時候，並沒有聽到小孩的哭聲，連人的對話都聽不到。

本來想等到晚上的，但鄭歎也聽焦爸他們說了，多一分鐘就多一分危險。還是提早行動的好。

目測了一下二樓的高度，正面貼著白瓷磚，側面和小樓後方並沒有貼磁磚，牆面粗糙，凹凹凸凸的，真要爬的話也可以。

二樓側面的窗戶關得嚴實，後面倒是有一扇開著的，也只是普通的窗戶。等周圍沒人的時候，鄭歎先在牆面上試了試，確定爪子可以藉助牆面的粗糙凹凸面而往上爬，然後才開始行動。

鄭歎覺得自己現在就像個蜘蛛人，貼著牆面行走，不過要是牆面再光滑一點的話，那難度就大了。

來到後面開著的窗戶那裡，鄭歎聽了聽裡面的動靜，確定窗戶周圍沒什麼人，才從開著的那扇小窗翻進去。

這裡像是一個雜物間，放著幾個紙箱，估計有段時間沒人打掃了，紙箱上面有一層灰。

房門關著，但好的是，房門的門鎖好像壞了，只是掩著而已，鄭歎用爪子勾一下就能打開一條縫。

小心從門縫裡擠出來，鄭歎聽了聽，沒聽到周圍有人的動靜，來到前面的房間，不大，那裡只有一張床，床上放著幾件屬於中年婦女的衣服，也沒看到有什麼嬰兒用品。

——奇怪了。人呢？

那個小三輪司機進來了，那個中年婦女也肯定在這裡面，但是怎麼沒動靜？

找了一圈，二樓有一間房是關著的，關得很嚴實，鄭歎將耳朵貼在門上，才隱約聽到一點兒聲音。

裡面有隔音設備。

感覺到震動靠近，鄭歎趕緊竄到前面房間的床底下，下一刻，那間緊閉的房門就打開了。鄭歎聽到裡面的談話聲，一道女聲，兩道男聲。女的肯定是那個中年婦女；男的，一個是那個小三輪司機，另一個聽聲音稍微蒼老一些。

鄭歎聽他們談論著「大貨」、「小貨」等等，還有治病的事情。

那個中年婦女在抱怨著什麼，三個人有些爭論。

聽了半天，鄭歎才反應過來，所謂的「大貨」其實就是男孩，「小貨」是女孩，這應該是行話。但是，真聽到將人比作貨物，鄭歎心裡很不舒服。這人命就這麼賤？

他們手頭原本有三個孩子，兩個男孩、一個女孩，但是有個男孩從外地運到這裡的時候生病了，他們不願意為那個男孩治病，除了金錢問題之外，也不想太麻煩而暴露他們自己，所以就直接將那個男孩扔到大橋那裡了。鄭歎猜測，估計就是凌晨四點多的時候焦爸和焦老爺子火急火燎跑過去看的嬰兒。

還有一個女孩，好像餵食過量的安眠藥，有些反應遲鈍，估計是傻了。

鄭歎想起了那些用麻醉槍打狗的人，也不管不同的狗承受劑量各是多少，就那麼直接一槍，很多狗會直接死掉。而人的話，也有極大的風險，特別是小孩子。稍有不慎，關乎性命，就算命大，孩子的大腦發育和智力都會產生嚴重的損害，更何況是這麼大一點兒的小嬰兒。

這三個人就是為這兩件事在吵。

那個聲音蒼老的人說已經聯繫了人取貨，可是一連出了兩個岔子，是另外兩人不注意，是他們的責任而損失了四萬塊錢。

鄭歎不知道他們是怎麼聯繫買主的，一個男嬰出的價錢是三萬，而女嬰是一萬，那人說這是難得的高價，結果被攪黃了，現在只剩一個男嬰。不然還能多賺四萬塊。

四萬塊，兩條人命，而且還只是連話都不會說的嬰兒。

鄭歎覺得，這幫傢伙真他媽不是人！

不過，鄭歎同時也慶幸，那個餘下的男嬰，估計就是焦爸他們正焦急尋找的「毛毛」小屁孩，那個老人口中「昨天剛弄過來的長得很好的男嬰」確實能夠跟毛毛對應上。

既然找到了地方，又找到了人，該怎麼跟焦爸他們聯繫？

鄭歎苦惱。

那間房門又緊緊關攏了，中年婦女和小三輪司機出來，那個老人還在裡面，不知道在幹嘛，或許在聯繫買主，或許在談價錢。

那個三輪司機抽了根菸之後下樓去了，而那個中年婦女來到房間裡，打開抽屜，拿出一個盒子，鄭歎聽著那聲音，像是首飾之類的。

過了會兒，等那個中年婦女離開、也下樓之後，鄭歎聽了聽周圍的動靜，從床底下出來，再次看了看房間的布置。

自己一個對付三個人估計有些吃力，而且這三個人明顯都不是善類，不能衝動。

翻了翻抽屜，還有旁邊掛著的小包，鄭歎翻出一盒藥。

抖了抖鬍子，鄭歎眼睛一瞇。

——減肥藥？

看了看放在邊上的茶壺，鄭歎掏出藥。

——先給你們製造點麻煩！

鄭歎還得感謝小屁孩他媽，要不然也不會知道這藥的作用。

焦爸和焦媽談話的時候，鄭歎聽得清楚，而且他們談論的正好就是這個牌子的減肥藥。

藥是膠囊，鄭歎隨手找了張紙片過來，拿著藥躲床底下開始拆藥。不可能將膠囊整顆整顆地扔進茶壺裡面去，所以鄭歎得把膠囊裡面的粉末弄出來。

貓爪子有點不太好弄，但畢竟用過很多次了，靈活性要好很多，只是拆膠囊而已，也不算很麻煩。

將膠囊裡面的白色粉末倒出來之後，鄭歎將這些粉末倒進茶壺裡，還有桌子上的茶杯裡面也放了些。茶杯裡面不知道泡的是什麼茶葉，鄭歎不認識，希望不會影響藥效。

做完這些之後，鄭歎聽到樓梯那裡又有動靜，便快速鑽到床底下。

不知道焦爸所說的那些副作用會不會產生，鄭歎現在也只能抱著試一試的心態了。

進來的還是那個大嬸，鄭歎心裡就納悶了，這位大嬸都是四十多歲的女人了，記得好像也不是很胖，竟然還吃減肥藥！而且剛才翻抽屜的時候，鄭歎就看到一個首飾盒裡面很多金項鍊、金耳環。

——愛美，沒誰說妳不行，但這些金銀首飾全都是用賣孩子的錢買來的吧？

都說女人是感性的生物，面對孩子的時候怎麼說都得有點母性吧？這大嬸偷孩子時到底是個什麼心情？

小屁孩，還有另外那兩個可憐的孩子，應該也只是他們販賣的眾多孩子中的一部分，也不知道他們做這一行究竟有多少年了，看上去還挺熟練。

鄭歎覺得自己以前做人的時候夠渣的了，沒想到現在變成貓之後，還能看到一個個刷新下限的人。

就在鄭歎思索的時候，那個大嬸已經來到床邊坐下，拿起泡著茶葉的杯子，喝了兩口。

皺皺眉，她覺得味道不對，而且茶也已經有些涼了，便打開窗戶，將杯子裡的茶水倒掉，重新拿起茶壺倒了一杯。喝了兩口，她還是感覺味道跟以前喝的不一樣，但樓下的那個小三輪司機在催她做午飯，她也沒多想了，將杯子裡的茶喝完，匆匆下樓。

鄭歎看不到那個大嬸的動作，但是能夠從聲音中聽出她大致的行為。聽到那個大嬸喝水的聲音，鄭歎放心不少，但也不確定到底有沒有效果，那麼多膠囊的劑量放進去，那個大嬸究竟喝了多少，喝下的這些劑量能不能產生焦爸所說的效果，鄭歎就不得而知了。

不過，只要能削弱力量就行，不然的話，他就只能找機會個個擊破了。

不一會兒，樓下傳來菜香味，鄭歎肚子有些餓，但現在這時候也只能忍著。這罪是自己找的，就算難受也得忍。

蹲在床下，鄭歎想了想接下來的計畫。其實也沒什麼具體計畫，只能走一步算一步，他對這些人並不瞭解，而他自己也不能暴露，該怎麼辦呢？

那些人在吃中飯，不過房間裡那個老頭沒出來，是大嬸將飯端進去的，鄭歎懷疑那個老頭行動不便，這樣的話，對他更有利。

唉，中午了，不知道焦爸他們是個什麼情況，發現自己不見了之後會做些什麼？鄭歎還記得自己跑向小三輪的時候，老太太在後面氣急敗壞的叫喊聲。

不知道回去了會不會挨罵？

吃完飯，三個人在房間裡面不知道又商討了什麼事情，那個大嬸出來後就回房間睡覺，鄭歎聽她和那個小三輪司機的談話，好像是晚上有行動。

——今晚就準備轉移孩子了？運到外地去給買家？

時間緊迫，鄭歎覺得自己得再做點事。

不一會兒，那個小三輪司機過來，他準備去買車票，先過來跟那個大嬸打聲招呼，問問看還有什麼要買的。但他在房門口叫了幾聲之後，那個大嬸沒回應。

鄭歎動動耳朵，聽著床上的人異常的呼吸聲。

——藥有效果了？

外面的小三輪司機叫了幾聲之後，不耐煩地將門打開，卻發現床上的人臉色很不對勁，四肢痙攣，而且看上去呼吸有些困難。

「喂，妳到底怎麼了？怎麼回事？」

小三輪司機走到床邊又問了兩句，還是得不到回應。床上的人體溫很高，再加上現在的症狀，讓小三輪司機嚇住了，趕緊跑到那扇緊閉著的房門前，使勁敲門。

「鐵鉤叔，快開門，出事了！」

裡面的老頭開門的時候，聲音帶著緊張：「怎麼了？有情況？」

小三輪司機指了指躺床上的人，「她好像生病了，叔，是不是癲癇？」

聽小三輪司機說完之後，老頭鎮定不少，只要不是有人查上門，什麼都不算大事。

「晦氣，關鍵時候出岔子！」老頭罵了一句。

「鐵鉤叔，有什麼藥嗎？總不能讓她一直這樣吧？晚上的行動計畫都安排好了，沒她不行，就我一個大男人不可能帶著小孩跑那麼遠，估計一出車站就被警察盯上了。您也說了不能再給孩子灌安眠藥，那樣賣不了好價錢，也就她有手段哄孩子，帶孩子這事我真不行！」小三輪司機急了，趕忙說道。

老頭吐了口唾沫，罵了兩句之後，讓小三輪司機將人帶去離這裡不太遠的小診所看看。

「那診所關門了，老闆準備去市中心買房，我今天回來的時候看過，門關著，沒人。」小三輪司機說道。

「那就看哪個醫院離這裡近，就送她過去吧，盡量避著點人。」

「哎，這個我當然知道，她今天化過妝，這裡離遊樂場也遠，出去別人認不出來的。」

鄭歎看他們忙活了一陣，小三輪司機將那個大嬸帶走，聽到樓下的載客三輪離開的聲音，鄭歎長舒一口氣，只有那個老頭的話，就容易多了。不過那老頭一直躲在房間裡面，要怎麼將他引出來？

鄭歎往樓下跑了一趟，樓下的布置簡單很多，而那個小三輪司機曾經騎過的摩托車就在那裡。樓下的臥房應該是那個小三輪司機睡的，有些亂，也沒什麼特別之處。

樓下的窗戶安裝著防盜網，鄭歎放棄了到時候從窗戶跳逃的計畫，想了想，還是將門打開，就算有人進來偷東西，鄭歎也不怕，反正偷的又不是自己家的，這些人被偷光光都活該。有人進來也好，早點發現這老頭的祕密。

轉了一圈之後，鄭歎再次上樓。

鄭歎看了看周圍，然後來到那個大嬸的房間，抱著茶杯使勁朝窗戶扔過去。

「啪！」

窗戶破開一個洞，茶杯也摔了出去。

這三個人防外人防得這麼狠，也就是說，周圍很多人其實並不知道他們在賣孩子。鄭歎覺得，既然自己不好來行動，就藉助外力。

鄭歎繼續找東西扔窗戶。反正不是自家的東西，砸著不心疼。

茶壺，踹了！

桌子，掀了！

抽屜全部抽出來，甩地上，東西扔得到處都是，還有那個大罎藏著的一盒首飾，也砸在地上，金鍊子、金耳環什麼的，都隨意扔在地板上。

砸窗戶的聲音將居住在周圍的不少閒得蛋疼的人都招了過來，有人見這家人的大門開著，在門口叫了兩聲，沒人應，但也沒進門。最近為了土地賠償金分配問題而吵架的家庭很多，為此打架受傷的人也有，周圍人想著估計又是這個原因，所以誰都不想摻合進來，再說大家跟這家人也不熟，就只是站在門口看著，議論紛紛。

裡面的老頭其實聽到外面有聲響，將厚厚的窗簾拉開一條縫，看了看外面，猶豫半晌之後，依然不開門。他打電話給另外兩人，但那邊一直都沒接，老頭有種不太好的預感。在三坪左右的房間內走了兩圈，點了一根菸，坐在那裡抽，在他的手邊還放著一把帶血槽的刀。

如果只是小偷的話，老頭並不怕，只要不是警察就行。外面的東西偷就偷了，至於損失，做幾場買賣就能再賺回來。

坐了一會兒，還是覺得心裡懸得慌，老頭將旁邊一個白色塑膠酒壺提起來，擰開壺蓋，倒了杯酒，喝了兩口。酒能壯膽，老頭眼裡的狠戾也越來越濃，雖然腿上有點傷，但是並不妨礙他的決斷。

狹小的房間內煙霧瀰漫，而放在那張嬰兒床上的小屁孩眼皮動了動，估計是安眠藥的效果退去，像是要醒過來的樣子。

鄭歎見那老頭仍舊龜縮在裡面，外面的人也不進來，不禁有些氣，掃了眼地板上亂七八糟的東西，再看看那扇緊閉著的門。

既然那老頭不出來，那就直接來硬的吧！總不能等到那個小三輪司機回來，那樣的話就前功盡棄了。

聽到外面有動靜都不開門，那麼自己過去敲門那老頭也不會開。鄭歎觀察過大嬸這間房的房門和那個緊閉房間的房門，看著都差不多，如果只是這種普通的門，踹還是踹得開的。

不能再猶豫了！

鄭歎來到那扇門前，退後幾步，深呼吸，一個加速，跳起，使勁踹在門鎖那裡！

原本鄭歎打算三次之內將門踹開，沒想到只這一次，門就直接被踹開了。

而裡面那個老頭剛喝酒壯膽、拿著刀準備出來看看，剛靠近門，門就碰的一下猛地開了，直接撞在他頭上。

鄭歎聽到「咚」的一聲，小心往裡面瞧的時候，看到那老頭躺在地板上，額頭那裡流著血。老頭倒下的時候將桌子上那壺還沒蓋上的酒撞翻了，五、六十度的白酒從裡面流了出來，而老頭原本扔在地上還燃著的半根菸，碰到酒之後，直接燃了起來。

原本還準備再踹那老頭兩下的鄭歎，見到開始蔓延的火勢之後，也不管他了，將老頭手裡握著的刀踢到一邊去，然後跑到嬰兒床旁邊，看著裡面的小屁孩。

小屁孩已經醒了，看著像是要開哭的樣子，但是瞧見鄭歎之後，正準備哭的一張臉又緩了回來，還咯咯咯地笑。

——笑屁啊！

鄭歎也顧不上其他，火勢漸起，空氣的灼熱感越來越強烈，再繼續待下去估計呼吸都困難，對小屁孩的傷害很大。鄭歎趕緊將小屁孩舉起來，然後用兩條腿開始跑！

跨過擋在門口的老頭，鄭歎舉著小屁孩往樓下跑。

倒在地上的老頭捂著頭動了動，準備爬起來，突然感覺眼前一個黑色的身影從自己上方跳過去。由於頭被撞了，倒地的時候後腦杓又被擱地上的凳子磕了一下，有些暈，看東西不太清晰，老頭並不能從剛才那個黑影中看出什麼，但那個黑影上方的東西……很熟悉啊……

——對！是大貨！

——有人把大貨搶走了！

老頭現在腦子不太清醒，視線也模糊了，距離的判斷感也不強。其實只要稍微清醒一點，他就不會將剛才那個小小的黑影聯想到人身上。

周圍的火勢越來越大，老頭也遲鈍地意識到這裡不能久留，扶著門框站起來，但呼吸幾次之後，感覺腦子好像越來越混。

這間狹窄的小房間，門窗和其他房間都差不多，唯一特別的是，窗戶那裡用厚厚的簾子遮著，牆上和門上都黏著吸音棉，就是為了防止裡面的對話傳出去，或者一些嬰兒的哭叫聲傳出去。門外或許能聽到一些，但出了這棟小樓，只要外面的人聽不到就行了。要求不高，所以才一直保留著原來那扇不怎麼樣的木板門，這也是鄭歎能夠一踹得手的原因。當然，還有連鄭歎都沒料到的巧合存在。

不管怎麼樣，鄭歎現在就想著趕緊將小屁孩扛出去了事，但來到一樓的樓梯口，鄭歎止住腳步。差點忘了這棟小樓大門外還站著一些看客，自己也不可能就這樣舉著小屁孩出去。

鄭歎將小屁孩放在一樓的地板上，見小屁孩還看著自己，笑得口水都出來了，活脫脫傻孩子一個。抬起手掌戳了戳他，鄭歎希望能將這小屁孩戳哭，只要哭出來，外面的人應該會進來的吧？

可惜的是，這小屁孩笑得更開心了。

鄭歎：「……」

沒辦法，鄭歎走到小屁孩後面，將他往外面推。

小屁孩以為鄭歎在跟他玩，就這樣趴地上被推往前面，袖子磨得髒髒的也不知道。

「哎，那裡面是不是個小孩啊？」一個居民看著裡面說道。

「好像是，看著正朝外爬呢。」

一樓裡面有些暗，從亮處看向暗處，很多細節根本看不清，但鄭歎卻能從裡面看清楚外面那些人的反應。

小屁孩原本正玩得開心，突然發現推力沒了，往後看，什麼都沒有，往前看，一堆陌生人。

「哇——」

終於見到小屁孩開哭，鄭歎鬆了口氣。外面已經有人進來，站在二樓樓梯口看著小屁孩被抱走之後，鄭歎也從進來時的那個雜物間翻了出去。

爬上來的時候還比較容易，爬下去就困難一些，好的是這小樓後面沒什麼人，鄭歎一點點從二樓窗戶那裡滑下去，跳到地面。

走到小樓前的時候，很多人都已經見到二樓燃燒著的窗簾，嗅到燃燒產生焦糊味了，於是報警的報警、搶救的搶救。鄭歎看到那個老頭被拖了出來，好像還有氣，只是昏過去了。

正看著，一輛輛警車駛過來。

「咦？才報的警，這麼快就來了？」一些居民好奇道。

鄭歎往那些警車後面看了看，焦爸那輛車也在，頓時安心很多，這樣小屁孩也不用找警察了，直接能被焦爸帶走。

撲滅火勢之後，焦爸已經找到被居民抱著正扯開嗓門哭的小屁孩。

小屁孩他爸也開車過來，抱著他，父子倆對著哭。

焦爸打電話給其他親戚老人們報平安，然後看了看小屁孩背上一個疑似貓爪印的地方，然後走到一邊，往周圍的草叢樹林裡看了看，低聲喊了喊。

「黑碳？快出來，我知道你在這裡。」

聽到焦爸的喊聲，鄭歎從一棵樹後探出腦袋。

瞧到那個黑黑的貓頭，剛準備笑著讓自家貓過來的焦爸，面部表情變得有些古怪。

那邊小屁孩他爸看到被居民拖出來的老頭，情緒有些激動，要不是幾個警察攔著，估計就直接過去踹了。很多居民都看著那邊的事情發展，並沒有注意焦爸這邊。

一個帶頭的警察往這邊走來，跟焦爸聊了幾句。

「確定就是他了，樓上還發現了幾個手機，因為火勢原因有不同程度的損壞，不過要的資訊都在上面，我們會根據那些通話記錄和電話號碼往深處查。不過，那些人平時也不用真名，一發現不對勁就會換手機換號碼，連代號也換掉，能夠查到多少現在暫時不能下結論。」

「嗯，辛苦你們了。」焦爸頓了頓，又問道：「查到起火原因了嗎？」

「有個推測，那老頭喜歡喝高度數的白酒，不知道從哪裡打的散裝酒，其中可能還含有一些工業酒精。那老頭愛抽菸，再加上最近這晴好乾燥的天氣，不然也不會那麼容易就燃起來。那間屋子你沒看過，裡面有很多易燃物，而且還有一些劣質的吸音棉，著火不說，燃燒產生了很多有毒氣體，那老頭吸了不少。不過，那老頭也算幸運。前些日子一間歌舞廳也因為一些原因起火，裡面一些東西燃燒還產生了氰化氫，如果換作今天這裡的話，那老頭死定了。」

氰化氫，致命劇毒物。這個焦爸很清楚。

「那老頭現在怎樣？」焦爸問。知道不是自家貓放的火，焦爸心裡也踏實很多。

「被人及時拖出來，撿回一條命，但也待不長了，就他犯過的那些案子，到時候法律也不會留他。」

剛進入十月，天氣一直不錯，很多人還穿著短袖，忙前忙後，跟焦爸說話的那個警察額頭都是汗，這時有個警員過來找他，他便跟焦爸簡單交代了兩句之後離開。

鄭歎在草叢裡聽著那個警察和焦爸的談話，知道他們一直在查那個小三輪司機，在醫院的時候將他和那個大嬸一起抓住；同時，還在小三輪司機的車裡面發現了一個有些痴傻的女嬰，那個小三輪司機準備到時候找地方扔掉的。

焦爸收回注意力，那邊要壓在查人販子的事情，要麼就圍著小屁孩轉。

「黑碳，先回車上去待著吧。」說著，焦爸往停車的那邊走，邊走還瞧兩眼自家貓，眼角抽了抽。

打開車門，焦爸讓鄭歎上車，估計還要等一會兒才能離開，車上還有一些零食，讓鄭歎先吃著。鄭歎也沒管其他，上車之後就將食物撈過來拆開吃，腳掌上還黏著一些汙跡，也全都踩在車座上，焦爸看到後也沒說什麼。

將鄭歎提起來看了看，焦爸沒發現自家貓身上有什麼傷，走動跑動都挺正常，胃口……也依舊好得很！

「黑碳……辛苦了！」焦爸最後憋出了這麼句話。

這件事確實得感謝自家貓，要不然也不會往載客三輪車方向查。焦爸又瞧了兩眼自家貓，嘆了口氣，關上車門，往小樓那邊走去。

那邊的事情鄭歎不管，而且鄭歎覺得，焦爸既然能夠察覺到一些自己做的事情，肯定也會幫著掩蓋一些蹤跡，那些說不通的跡象由焦爸胡扯去，反正他不擔心，小屁孩也救出來了，還是填飽自己的肚子再說。

吃飽喝足之後，鄭歎也沒做多餘的事情，趴在車窗上看了看那邊人堆處，周圍的居民越聚越多，世上總是不缺看熱鬧的人。

打了個哈欠，鄭歎趴在後車座上，閉著眼睛休息。從昨晚到現在也沒怎麼睡，現在一放鬆下來，就覺得有些疲憊。

◆◇◆◇◆◇◆◇◆

不知過了多久，鄭歎聽到車門打開的聲音，睜開眼睛，見焦爸進來，又往車窗外瞧了瞧。除了兩輛警車還停在那裡，其他幾輛車都準備離開。

沒有先回去，焦爸和小屁孩他爹幾人先去的是醫院，也就是小屁孩他媽所在的地方。

「我先進醫院一趟，你還是待在車裡？」焦爸將車停好之後問道。

鄭歎抖了抖耳朵，尾巴尖閒晃了兩下，沒有要起身的意思。

「好吧。」關上車門，焦爸跟其他幾人往醫院走去。

知道自家孩子沒事，大人、老人都喜極而泣。

那些都不關鄭歎的事，他現在就想快點回去好好洗個澡，然後補眠。

進醫院的時候是好幾個人一起，出來的時候只有焦爸一人，裡面那些人太熱情了，小屁孩他爹還拉著焦爸要好好感謝，焦爸藉口說有事先離開。

回到住處的時候，焦媽在門口等著，兩個孩子一聽到動靜就衝了出來，他們在電話裡被告知自家貓安然無事，就一直在客廳等著，連電視都看不進去。

「黑碳！」

焦遠和小柚子都跑出來。

可是，等鄭歎從車裡出來的時候，焦媽和兩個孩子的表情有些古怪。之前鄭歎覺得焦爸的表情不對勁也沒往其他方向想，只以為自己這次的事情有些匪夷所思，可現在，就算再轉不過彎，鄭歎也知道有異常了。

小柚子抬手指著鄭歎，驚訝地道：「黑碳，你的鬍子……」

——鬍子？

之前在那棟小樓的時候，鄭歎由於全部注意力都放在怎麼把小屁孩從著火的房間裡帶出去，以及怎麼讓人發現小屁孩而不扯到自己，並沒有注意其他。

本來朝家門走的鄭歎轉身跳進車，爬上駕駛座，伸長脖子對著內後視鏡照了照，然後心中的羊駝駝又開奔了。

——臥槽！老子的鬍鬚！

鄭歎瞪著內後視鏡瞪了半分鐘，還換了幾個角度來看，最後發現——沒有一根鬍子是好的！原本那一根根黑黑的、直直的、充滿韌性的鬍子，現在他媽的變得根根帶捲了！

貓不僅在嘴的兩側長著鬍子，其實在其他地方也有，如眼睛上方、面頰、下巴等處都有一些，只不過人們並不稱之為鬍子而已，也容易忽略，有時候一些人也將貓眼睛上方的長鬚稱為眉毛。

而現在的鄭歎，這幾個有長鬚的地方，毛都被火燎得差不多了，只不過嘴巴兩側的鬍子明顯一些。

「眉毛」捲了，「鬍子」捲了，而且捲得參差不齊，捲得不忍直視，讓鄭歎恨不得將內後視鏡砸掉。

不過，考慮到這是焦爸剛買沒幾天的新車，鄭歎還是忍了下來。

從車裡跳出來，鄭歎壓著耳朵，也不理會其他人，徑直往屋內走去。

「黑碳是不是受打擊了？」焦媽問道。

「估計是。」焦爸點頭。

焦媽決定好好安慰一下自家貓，晚上多弄點好吃的吧。

知道自家貓的鬍子被火燎了，小柚子很著急，聽焦爸解釋說過段時間會長起來，她才放下心。

可是，就算知道鬍子以後會長起來，鄭歎的心情還是相當不好，進屋之後就窩在房間裡面，隔段時間就跳上桌對著鏡子照一照，看著那一根根捲起的鬍子，心情就惡劣得很。

最後，鄭歎做了個決定。

找了幾個房間，在老太太的床頭櫃那裡看到一把剪刀，鄭歎便將剪刀撥到一直跟在身後的小柚子眼前。

「剪鬍子？」小柚子看著地上的剪刀，有些擔憂。

鄭歎將剪刀往小柚子那邊再推了一點，意思是「剪吧」。

沒有貿然幫鄭歎剪掉，小柚子先問了焦爸，確定之後，才拿起剪刀，很小心地、一根一根地將燎捲的貓鬍子剪掉。沒有被火燎到的部分還保存著，並沒有剪下來。

由於鬍子被火燎的時候並不是很規律的，捲曲的長度也不一樣，以至於剪了之後很明顯的長長短短，看著彆扭不已。

貓的鬍鬚根部布滿神經，能夠讓牠們察覺到一些輕微的動靜，據說輕至毫克的東西拂過牠們都能感受到，而且連氣流、風向都能辨別出來。

正因為知道鬍子對於貓的重要性，小柚子才相當認真。焦遠在旁邊看得大氣都不敢出，生怕一出聲打擾了小柚子而將貓鬍子拔了。

坐在沙發上的焦爸其實很想說只要不傷到鬍鬚根部就行，剪多剪少一點都無所謂，但看到兩個孩子臉色緊張，再看看明顯有些沮喪的自家貓，焦爸還是沒說話。

剪好之後，小柚子和站在旁邊看著的焦遠都鬆了一口氣。

小柚子將剪下來的帶捲的貓鬍子用一個小塑膠封口袋裝起來，放進一個盒子裡，收藏起來。

鄭歎抬起爪子摸了摸鬍鬚，明顯短了很多，最短的那幾根都快挨到貓嘴那裡了。

——天殺的，好不容易逞一回英雄，代價卻是被燒捲的鬍子！

跳上桌，看向桌上的那面鏡子，鄭歎側了側臉，又換了幾個角度看，覺得沒了鬍子的貓氣質突然就從威武霸氣變得猥瑣滑稽了，果然是挫得要命！

「放心啦，鬍子很快就會長起來的。」小柚子安慰道。

鄭歎甩了甩尾巴，長起來是肯定的，但到底要多長時間才能變得跟以前一樣？這個誰都說不準，可能一、兩週，可能一個多月，也可能更久，沒有絕對的答案。不同的貓，鬍子生長的速度似乎也不一樣，這是焦爸的結論。

而鄭歎最鬱悶的就是焦老爺子回來的時候了。

知道這次能夠這麼快找到小屁孩都是兒子家這隻黑貓的功勞，焦老爺子經過菜市場的時候還專門買了一條大魚，準備回家犒勞一下貓，結果回家後發現貓臉兩邊的鬍子剪得短短的，還不齊，這下次焦老爺子好奇了，硬是找焦爸問原因。

焦爸說是人販子那邊著火，自家貓就是在那裡被火燎的。焦老爺子聽完之後有些心疼，心疼過後就開始笑。

經歷了一天的壓抑心情，好不容易現在暢快了，就笑得特別大聲，引來兩個孩子的不滿。

「哎呀沒什麼的，俺們村很多人養貓，冬天蹲灶臺那兒被火燎鬍子的多得去了，很快就會長起來的，沒事！不過，這貓的行動估計會受影響。」

說著，焦老爺子坐在沙發上，伸手還準備去碰碰鄭歎的鬍子，被鄭歎側頭避開，抬手將老爺子的手指拍到一邊。

「喲，還上脾氣了。」

焦老爺子手被拍開，也不惱，經過這次的事情，他反而覺得這貓確實挺讓人稀罕的。聽到孫子說自家貓沒了鬍子心情不好，焦老爺子雖然有些懷疑，但還是沒繼續撩撥下去。

焦老爺子以前沒想過一隻貓還會有什麼心情，不過經歷了這次的事情，知道這貓有靈性，也就沒再說什麼了。老人們比較相信一些說法，早些年在老家那邊，人們見到有靈性的動物得敬著，但焦老爺子看著眼前這隻貓，實在敬畏不起來，怎麼看怎麼滑稽，瞧著就想過來撩撥一下。

搖搖頭，焦老爺子背著手，走到廚房，看老太太燒魚，還在旁邊指指點點，被老太太用鍋鏟趕了出來，最後還是出來客廳陪孩子們一起看電視。

小屁孩他爸媽都打電話過來感謝，說要好好請焦爸他們吃頓飯，還有貓也帶上，這是第一次正式邀請一隻貓去吃飯。但焦爸拒絕了，小屁孩他媽還在醫院躺著，估計暫時出不了院，都是親戚熟人，沒必要搞那麼麻煩。

焦老爺子也發話了，讓他們養病的養病、照顧孩子的照顧孩子，就怕這次的事情給孩子落下什麼陰影，多查查灌安眠藥有沒有後遺症之類的，都得好好看看，要感謝以後有的是機會感謝，不差這點時間。

既然焦老爺子都發話了，小屁孩他爸媽也就沒再堅持，只說過年的時候大家一起聚聚，到那時一定得好好招待一下。

其實，很多人只知道發現小三輪司機是焦副教授家的貓的功勞，至於人販子藏身的小樓那邊發生的事情，並沒有往貓身上想，只認為是有其他人介入，才導致了後來的一連串事情。畢竟，誰都不會想到一隻貓能夠給人販子製造出那樣的麻煩。

就算是焦爸，也不會想到自家貓能夠舉起一個小嬰兒跑下樓。

由於沒有聯想到貓身上，所以案子有很多疑點，調查人員現在還在繼續查案。不過，由於一直找不出原因，而那個老頭神智也不太清醒，問不出什麼，現在的工作暫時從小樓失火的方向集中到尋找這三個人販子的上下線。

人販子之間的交易涉及面很廣，像這次抓到的三個，他們上面還有人，牽扯到更多的人販子販賣兒童，可能在本市本省，也可能在其他省市，所以根據手頭現在得到的資訊，後面的工作更艱巨。現在有一些人為了升職，摩拳擦掌準備大幹一番，也不會一直去糾結小樓怎麼失火、小屁孩怎麼爬到樓下的事情了。

就在老頭被抓五個小時後，高速公路國道警察駕駛警車巡邏到一個收費站時，發現一名懷抱嬰兒的可疑婦女，詢問的時候那名婦女神色慌張漏洞百出，加大詢問力度後，這名婦女才交代了違法事實。

而這兩件案子中有相關聯的部分，他們有共同的關係人，併案偵查後，透過偵查結果的統一回饋，半年內查獲涉案人員兩百多人，涉及被拐賣的兒童一百多名，於是全國大範圍的抓捕行動開始！

不過，那是後話，暫且不提。

鄭歎也不會去特別關注那些販賣兒童的案子，他現在正蹲在沙發上苦惱著。

很多人都說，鬍子就像一把尺或者蝸牛的觸角，能夠幫助貓來探測道路的寬窄，以便於準確無誤地自由活動。如果沒了鬍子，牠們的行動會變得遲緩，沒有生氣。

對於鄭歎來說，倒不至於行動遲緩、沒有生氣，只是很不習慣。聽別人說是一回事，感觸最深的還是鄭歎自己。

之前心情不好，鄭歎全部心思都放在燎掉的鬍子上，但現在靜下心來之後發現，確實像是少了什麼的感覺，並不完全是心理作用，是真的。

平時不怎麼注意，在晚上睡覺的時候，夜深人靜之際，鄭歎總覺得自己的感官變得遲鈍了少許。作為貓極為重要的觸覺器官，鬍子的作用也體現了出來——它們是對視覺感官的補充。

而失去那些之後，鄭歎才真正明白那些長鬚的作用。眼睛上方和面頰上的長鬚能夠提醒他對眼睛和其他面部部位產生危害的物體，觸碰到之後便會避開，不至於在沒看到的情況下撞上去。

平時照常睡覺、吃飯，胃口也不錯，鄭歎不至於因為沒了鬍子而委屈自己的胃，但是他確實覺得彆扭，不怎麼順暢的感覺。有時候鄭歎也會感覺心神不寧，不知道是不是沒了鬍子的後遺症。

難道是自己太敏感了？

鄭歎趴在沙發上沉思。

不過，在鄭歎調整過來狀態之前，十一假期也差不多結束了，因為中途發生了小屁孩的事情，大家並沒有回老家那個村裡去，就只在鎮上待了幾天，然後便準備回楚華市。

走之前，焦老爺子還對焦爸說，過年的時候將貓一起帶回來，到時候做一個漂亮的貓窩。

焦爸只是笑笑，不多說，他們知道自家貓一向都是睡被窩。

知道要回楚華市，讓鄭歎的心情稍微好了那麼一咪咪。

回程路上，鄭歎決定，在鬍子長出來之前，還是不到處亂跑了。

《回到過去變成貓03萌貓特工大顯神威！》完

敬請期待更精采的《回到過去變成貓04》

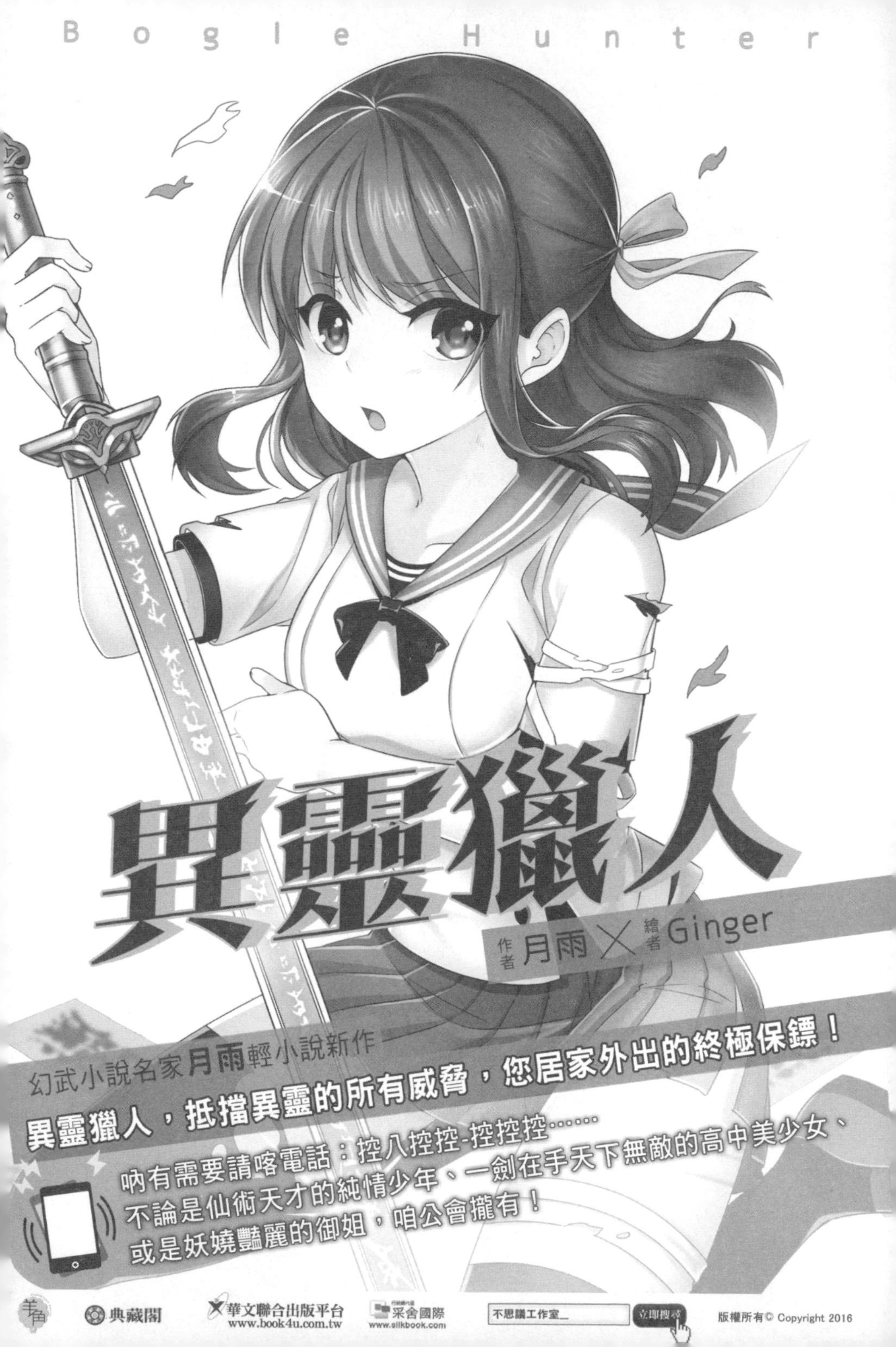
Bogle Hunter
異靈獵人
作者 月雨 X 繪者 Ginger
幻武小說名家月雨輕小說新作
異靈獵人，抵擋異靈的所有威脅，您居家外出的終極保鏢！
吶有需要請喀電話：控八控控-控控控……
不論是仙術天才的純情少年、一劍在手天下無敵的高中美少女、
或是妖嬈豔麗的御姐，咱公會攏有！
羊角
典藏閣
華文聯合出版平台
www.book4u.com.tw
采舍國際
www.silkbook.com
不思議工作室_
立即搜尋
版權所有© Copyright 2016

羊角系列016

回到過去變成貓 03

萌貓特工大顯神威！

出版者■典藏閣
作　者■陳詞懶調　繪　者■PieroRabu　拉頁畫者■水々
授權方■上海玄霆娛樂信息科技有限公司（起點中文網 www.qidian.com）
總編輯■歐綾纖
製作團隊■不思議工作室
郵撥帳號■50017206 采舍國際有限公司（郵撥購買，請另付一成郵資）
台灣出版中心■新北市中和區中山路2段366巷10號10樓
電　話■(02)2248-7896　傳　真■(02)2248-7758
物流中心■新北市中和區中山路2段366巷10號3樓
電　話■(02)8245-8786　傳　真■(02)8245-8718
ISBN■978-986-271-667-0
出版日期■2016年2月

全球華文國際市場總代理／采舍國際
地　址■新北市中和區中山路2段366巷10號3樓
電　話■(02)8245-8786　傳　真■(02)8245-8718

新絲路網路書店
地　址■新北市中和區中山路2段366巷10號10樓
網　址■www.silkbook.com
電　話■(02)8245-9896
傳　真■(02)8245-8819

☞您在什麼地方購買本書？☜

1. 便利商店（＿＿＿＿＿市／縣）：□7-11　□全家　□萊爾富　□其他＿＿＿＿＿＿＿

2. 網路書店：□新絲路　□博客來　□金石堂　□其他＿＿＿＿＿＿

3. 書店（＿＿＿＿＿市／縣）：□金石堂　□蛙蛙書店　□安利美特animate　□其他＿＿＿

姓名：＿＿＿＿＿＿地址：＿＿＿＿＿＿＿＿＿＿＿＿＿＿＿＿＿＿＿＿＿＿＿＿＿

聯絡電話：＿＿＿＿＿＿＿＿　電子郵箱：＿＿＿＿＿＿＿＿＿＿＿＿＿＿＿＿＿＿

您的性別：□男　□女　　您的生日：西元＿＿＿＿＿年＿＿＿＿＿月＿＿＿＿＿日

（請務必填妥基本資料，以利贈品寄送）

您的職業：□上班族　□學生　□服務業　□軍警公教　□資訊業　□娛樂相關產業

　　　　　□自由業　□其他＿＿＿＿＿＿

您的學歷：□高中（含高中以下）　□專科、大學　□研究所以上

☞購買前☜

您從何處得知本書：□逛書店　□網路廣告（網站：＿＿＿＿＿＿＿＿）　□親友介紹

　　（可複選）　□出版書訊　□銷售人員推薦　□其他＿＿＿＿＿＿＿＿＿＿

本書吸引您的原因：□書名很好　□封面精美　□書腰文字　□封底文字　□欣賞作家

　　（可複選）　□喜歡畫家　□價格合理　□題材有趣　□廣告印象深刻

　　　　　　　　□其他＿＿＿＿＿＿＿＿＿＿

☞購買後☜

您滿意的部份：□書名　□封面　□故事內容　□版面編排　□價格　□贈品

　（可複選）　□其他

不滿意的部份：□書名　□封面　□故事內容　□版面編排　□價格　□贈品

　（可複選）　□其他

您對本書以及典藏閣的建議＿＿＿＿＿＿＿＿＿＿＿＿＿＿＿＿＿＿＿＿＿＿＿＿＿

＿＿＿＿＿＿＿＿＿＿＿＿＿＿＿＿＿＿＿＿＿＿＿＿＿＿＿＿＿＿＿＿＿＿＿＿＿

＿＿＿＿＿＿＿＿＿＿＿＿＿＿＿＿＿＿＿＿＿＿＿＿＿＿＿＿＿＿＿＿＿＿＿＿＿

✌未來您是否願意收到相關書訊？□是　□否

感謝您寶貴的意見

印刷品

$3.5
請貼
3.5元
郵票
不思議信箱
FUSIGI POST

235 新北市中和區中山路二段366巷10號10樓

華文網出版集團　收

（典藏閣－不思議工作室）

陳詞懶調 × PieroRabu

回到過去

BACK TO THE PAST
TO BECOME A CAT NO.3